united p.c.

Alle Rechte der Verbreitung, auch durch Film, Funk und Fernsehen, fotomechanische Wiedergabe, Tonträger, elektronische Datenträger und auszugsweisen Nachdruck, sind vorbehalten.

Für den Inhalt und die Korrektur zeichnet der Autor verantwortlich.

© 2014 united p. c. Verlag

Gedruckt in der Europäischen Union auf umweltfreundlichem, chlor- und säurefrei gebleichtem Papier.

www.united-pc.eu

Meister *Jesus* und die Quanten-Physik

Gespräche zur Synthese von Wissen und Glauben

Franz&Ingrid Maria Moser

Inhalt   **Seite**

Vorwort……………………………..7

Der Einstieg-Der historische Zwiespalt – Glaube und Wissen…………………10
Vorbereitung auf die Gespräche………21

Der Gespräche I. Teil über Mensch und Welt ……….,,,,,,,………………………27

1.Tag - Materie, Körper und Geist……27

2.Tag - Mensch, Welt und Ego………..61

3.Tag - Raum, Zeit und Ganzheit…….106

4.Tag - Freier Wille, Bewusstsein und Heiliger Geist………........................133

Der Gespräche II.Teil über Gott und die Welt……...................155

5.Tag - Leben und Tod……………...155

6.Tag - Himmel, Hölle, Jenseits und Erlösung ……………………… …..215

7.Tag -   Krankheit und Heilung..........274

8.Tag -   Gott…………………………..309

Der Ausstieg
Die Synthese- Wissen und Glauben……358

Hinweise zur Literatur………………….362
Lebensdaten der Autoren………………364

Vorwort

Es wäre völlig falsch, den im Titel des Buches angesprochenen „Meister Jesus" einer Religion zuzuordnen.
„Meister Jesu" steht hier symbolisch für einen Weisheitslehrer, der eine neue Spiritualität verkündet, die es bisher auf der Erde noch nicht gab. Er repräsentiert die metaphysisch-spirituelle Komponente einer neuen Weltschau.

Hier gilt es auch zu unterscheiden zwischen Religion und Spiritualität. Religionen stellen ein rigoroses Glaubenssystem, bestehend aus Geboten und Verboten, dar. Davon ist in diesem Büchlein nicht die Rede.
Im Gegensatz dazu kennt eine Weisheitslehre, weder Unterschiede des Menschen in Rasse, Glauben, Herkunft usw.

Die Quantenphysik ist der andere Teil dieser neuen Weltschau. Das überraschende an diesen metaphysisch-physischen Dialogen ist nun, dass - im Gegensatz zu den jahrhundertelangen Auseinander-setzungen dieser beiden wesentlichen Elemente unseres Daseins - eine Synthese aufgezeigt werden kann. Wissen und Glauben, Physik und Metaphysik fügen sich zu einem einheitlichen Ganzen einer Weltschau der Zukunft, die die Menschheit aus der Unwissenheit über das Sein und aus dem Leiden zur Wahrheit führen wird.

Ist dieser Anspruch zu hoch? Kann man die Synthese überhaupt verstehen? Muss man etwa ein Quantenphysiker sein und dem allen folgen zu können?

Die wiederum überraschende Antwort ist: Die Wahrheit ist einfach und gut verständlich, für jeden der offenen Geistes ist, auch wenn sie zu Beginn - im Vergleich zur heutigen Weltsicht oder dem „normalen, gesunden Menschen-verstand" absolut verrückt, paradox und unglaubhaft erscheinen wird.

Doch die Frage ist: Muss die Welt so sein, wie sie unser „gesunder Menschenverstand" sich das vorstellen kann, oder müssen wir uns geistig so entwickeln, dass wir die

Wahrheit des Seins, so wie sie ist, akzeptieren können?

Letzteres ist schon durch die Geschichte bewiesen. Immer schon nannte man die Vertreter einer neuen Weltsicht „Narren" und „Verrückte" wie Luther das dem Kopernikus ausrichten ließ.

Kann man erwarten, dass dieses Büchlein, mit den in lockerer Form gebrachten Gesprächen zwischen einem Laien, einem Physiker, Skeptiker, einer klugen Frau und dem Meister uns eine neue Weltschau nahe bringen wird?
Lassen Sie sich überraschen!
Der Wahrheit genügt eine klare Sprache und ein offener Geist. Beides ist leicht zu haben, wenn man dazu bereit ist.

Jänner 2014

**Der Einstieg -
Der historische Zwiespalt: Glaube und Wissen**

Du fragst dich: Wie soll ich leben? Was kann ich wissen und was soll ich glauben? Eigentlich bist du ja schon weit gekommen, wenn du dich das fragst, denn nicht alle Menschen hinterfragen ihr Leben. Sie leben einfach so, wie sie es von anderen sehen.

Falls du dir aber diese Fragen stellst, dann geht es eigentlich um die Grund-Frage: Was ist Wahrheit? Was ist Leben?

Viele sagen: Es gibt keine Wahrheit oder man sagt, es gibt viele so genannte Wahrheiten und jeder hat oder findet seine eigene Wahrheit. Diese relativen Wahrheiten unterscheiden sich durch Kultur, Religion, Rasse, Zeit, Ort und Bewusstseinshöhe und noch manches andere auch und es gibt dann allzu viele, ja unzählige „Wahrheiten".

An dieser Suche nach Wahrheit krankt die Welt seit Menschengedenken, seit Beginn des Da-Seins und das führt zu

Auseinandersetzung, zu Kriegen, zu Leid und Streit, die die Folge davon sind. Daher sagen manche verständlicherweise: Bleib mir doch vom Leib mit deiner Suche nach der Wahrheit - ich will wissen. Und dieses Wissen ist besser, als der Glaube an eine sogenannte Wahrheit.

Und auf diese Weise begann vor einigen 1000 Jahren - vornehmlich bei den alten Griechen, die ja unsere westliche Kultur wesentlich beeinflussten - dieser Zwiespalt: Hier Wissen und dort Glauben.

Die Wissenschaftler wollten und mussten ihr Wissen von der Welt beweisen, zumeist durch physikalisch-mathematische Erkenntnisse oder durch Versuche. Der Glaube, das war das Gebiet der Religion. Auch da versuchte man Beweise zu finden, aber das war wenig überzeugend.
Daher formulierten einige mutige Theologen im Mittelalter -
es waren franziskanische Mönche etwa um das Jahr 1280 – die These von den zwei Wahrheiten, einer weltlich-physischen Wissens- Wahrheit und einer überweltlich-metaphysischen Glaubens-Wahrheit.

Diese zwei Wahrheiten sollten sich nicht in die Quere kommen, und so bestand jede für sich und jeder Mensch konnte sich entschließen, eine der beiden oder beide zu akzeptieren. Nur - diese zwei Wahrheiten waren inkommensurabel, das heißt sie waren nicht vereinbar. Die eine beschrieb die physische Welt, die andere den Himmel, oder was immer das sein sollte.

Seit etwa 800 Jahren hält sich diese These von den zwei Wahrheiten nun schon und irgendwie haben beide Seiten, einerseits die wissenschaftlich Denkenden und anderseits die Gläubigen, ihren Frieden mit dieser Sichtweise gefunden, obwohl es keine der beiden Seiten lassen konnte, die andere zu provozieren und zwar durch Bücher, Dogmen oder sonst wie.

Wenn nun aber in unserem Jahrhundert, nach 800 Jahren Fehde, jemand käme und sagte: Freunde, unser Wissen von der Welt hat sich so erweitert, dass wir jetzt eine Synthese von Wissen und Glauben erstellen können, wie würden sich die Menschen da verhalten?

13

Viele würden meinen: Das geht ja sowieso nicht. Ich kann das nicht glauben, dass hier eine Vereinbarung, ein Übereinkommen möglich wird. Andere würden sich überhaupt weigern ihre Einstellung, die sie schon einmal getroffen haben, zu ändern.

Aber einige wenige, die selber auf diesem Gebiete geforscht haben, und es sind vor allem Wissenschaftler und unter diesen wieder die Physiker, würden sich dieser neuen These von der Synthese von Wissen und Glauben anschließen und sagen: Ja, ich glaube es ist möglich. Es kann in Wahrheit nur eine Wahrheit geben. Zwei Wahrheiten, das ist ein Trugschluss. Sobald wir die Welt verstehen so wie sie ist, können wir Wissen und Glauben vereinen.

Eigentlich ist das auch logisch. Denn es kann doch nur eine Wahrheit geben, wenn sie wirklich die Wahrheit sein will. Wenn es zwei oder viele Wahrheiten geben sollte, dann kann eine Wahrheit keine Wahrheit sein, sondern nur eine Sichtweise, eine These, ein Dogma, eine Theorie oder was immer, aber es kann nicht die eine Wahrheit sein.

14

Aber jetzt haben wir ein Problem und dieses ist:
Wie kann ich die Wahrheit erkennen? Wie kann ich diese Wahrheit erreichen? Wie kann ich wissen, dass diese angebotene Wahrheit die wahre Wahrheit ist?

Und die etwas überraschende Antwort ist: Die Wahrheit lässt sich nur erfahren. Man kann sie nicht beschreiben, und man kann sie nicht erklären. Man kann dir die Bedingungen der Wahrheit zu Bewusstsein bringen, die Erfahrung davon aber musst du selber gewinnen.

Die Frage ist also: Wie sollte ich diese Erfahrung gewinnen, denn mancher würde sagen: Beschreibe mir doch einfach, wie ich diese Wahrheit erfahren kann.
Und zum Teil stimmt das sogar, man kann die Wahrheit erfahren. Die Frage ist nur: Wie?
Selbst wenn die Wahrheit nicht beschrieben werden kann, so kann sie erfahren werden und ist das dann der Beweis, dass es die Wahrheit ist?
Du selbst kannst also die Wahrheit erfahren? Hier und jetzt, aber nicht sofort?

15

Du musst also etwas Geduld üben, denn ohne Geduld geht gar nichts?
Und das alles glaubst du und das alles soll stimmen?
Du wirst zu Recht einwenden: es gibt unzählige Erfahrungen der Wahrheit, genauso wie es vorher unzählige Wissens-Wahrheiten gab. Wo ist da der Unterschied?
Und auch da gilt nur die Erfahrungs-Regel. Es gibt tatsächlich viele hunderte Wahrheits-Erfahrungs-Möglichkeiten, aber du musst selber diejenigen finden, welche du zu erleben imstande bist.
Gut, aber wie können wir versuchen, die Wahrheit zu erreichen und sie auch zu erfahren? Wenn die Wahrheit nur zu erleben ist, weder mit dem Verstand, dem Denken, noch gefühlsmäßig zu erfassen, wie komme ich dann an die Wahrheit heran?
Hier wird uns ein Bild helfen weiterzukommen. Stelle dir vor, die Wahrheit liegt irgendwo, in irgendeiner Ferne und du musst einen Weg gehen, der über Dornen, Disteln und Steine führt, um dort hinzukommen und es ist, wie alle sagen und wissen, die den Weg einmal gegangen sind, ein schwerer Weg, der im Inneren von

dir gegangen werden muss. Schwer ist er, weil du mit dem Freud`schen Unbewussten in Kontakt kommen wirst. Und das ist nicht so lustig.

Nun gibt es viele Wege, es gibt tausende Wege, und viele Möglichkeiten, diesen Weg zu suchen und zu gehen und der Unterschied in diesen Wegen ist nur, dass sie entweder schneller ans Ziel führen oder langsamer. Aber alle führen zum gleichen Ziel. Auf dem einen Weg wählst du 1000de von Inkarnation über einen Zeitraum von Millionen von Jahren. Auf einem anderen Weg, von dem wir sprechen, kannst du die Zahl der Inkarnationen tausendfach verkürzen.

Die einen sagen: Hab` keine Angst, frisch drauf los, du wirst das Ziel schon erreichen. Sie sagen: Ich wähle immer, was ich in meinem Inneren fühle. Ich will mich von meinem Inneren leiten lassen, ich brauche keine Schulung, ich brauche keine Methoden, ich brauche keine Hilfe. So stolpern sie also mühsam auf ihrem Weg und irren in der Wildnis umher. Sicher, irgendwann werden auch sie ihr Ziel erreichen, aber wann und wie und unter wie vielen Schmerzen, das kann sich jeder selber ausdenken.

Die anderen wählen einen Führer. Aber da bieten sich viele an. Und wer weiß schon, wer uns gut führt, wer uns richtig führt? Und wiederum ist es so, dass du selber wählen musst, welchen Führer du akzeptieren kannst. Diese Entscheidung kann dir niemand abnehmen. Falls du bereit bist, einen Führer anzunehmen, dann musst du ihn selber finden.
Ein kluger Führer aber würde dir sagen: Du brauchst einen Halt für den Weg, eine Schulung, du brauchst Schuhwerk, damit du den steinigen Weg besser gehen kannst. Dieses Schuhwerk, diese Schulung, hilft dir, besser gehen zu können. Diese Schulung ist weder eine Einschränkung, noch eine Bevormundung, sondern resultiert aus der Erfahrung des Führers, der den Weg eben schon vor dir und viele Male gegangen ist. Und wer geht schon in eine Wildnis, auf einen Berg, den er nicht kennt, ohne sich beraten zu lassen? Das können nur Eigensinn oder Überheblichkeit sein, die

dich dann in Schwierigkeiten bringen würden.

Also wir nehmen gutes Schuhwerk, wir akzeptieren den Führer und dann gehen wir los. Aber selbst dann ist es noch ein schwerer Weg, den es zu gehen, d.h. zu leben gilt.

Das Wissen vom Sein, also die Wissenschaft, kann uns auf diesem Weg große Hilfe leisten und, um in unserem Bild zu verbleiben, könnte man sagen, die Wissenschaft kann uns helfen, in den Schuh zu kommen. Sie ist sozusagen ein Schuhlöffel, um in die Schuhe der Schulung zu kommen, mit denen wir den Weg zur Wahrheit gehen können.
Sicher, auch dieses Bild ist nicht ganz befriedigend und Zweifler werden es nicht akzeptieren können. Aber es gibt auch kein wesentlich besseres Bild, denn der Weg zur Wahrheit ist eben mühsam und nicht so einfach zu finden. Dabei aber kann uns heute die Wissenschaft helfen, Sicherheit für die Entscheidung zu dem, was die Wahrheit ist, zu gewinnen.

Warum aber ist es gerade heute, oder erst heute, nach beinahe 800 Jahren der Trennung von Wissen und Glauben möglich, an eine Synthese von Glaube und Wissen zu denken?

Es ist das neue Wissen von der Welt, die diesen Wandel des Denkens der Menschen herbeiführt. Es ist die Wissenschaft, die das Tor zur Verständigung, zur Synthese von Wissen und Glauben aufstößt. Und wie das?
Die Physiker des 20. Jahrhunderts stellen unser Bild von der Welt vollkommen auf den Kopf. Kein Stein bleibt auf dem anderen. Nichts ist mehr so wie es war. Die Quantenphysik, die in der ganzen Geschichte bis heute am besten experimentell bestätigte Theorie von der Welt, von der Materie, von Raum und Zeit, zeigt uns ein Weltbild, das dem normalen Menschen, der sich auf seine Sinnes-Erfahrung verlässt, und das seit tausenden von Jahren, als völlig „ver-rückt" vorkommen muss.
Das neue Weltbild der Quantenphysik ist nämlich „über-sinnlich", es zeigt uns, dass die Sinne uns betrügen. Wir sind das

„Opfer" einer trügerischen Sinnes-Erfahrung, die wir für wirklich nehmen, die es aber nicht ist.
Auf diese Weise öffnet die Wissenschaft unser Verstehen für eine übersinnliche Welt, von der die Religion immer schon gesprochen hat.
Und interessanterweise sind es die Physiker des 20. Jahrhunderts, welche die Fragen der Theologie, nach Gott, nach dem Sinn des Da-Seins angesprochen und ausführlich behandelt haben, während die Theologen weiterhin in ihren geistigen Nischen verharren.

Freilich - ein Weltbild-Wandel dieses Ausmaßes wird nicht in einigen Jahrzehnten bewältigt werden können. Die Menschen werden noch viele Jahre am alten, gewohnten, vertrauten Sinnen-Weltbild festhalten wollen. Sie lassen sich den „Teppich unter den Füßen" so leicht nicht wegziehen. Sie wollen Sicherheit. Aber das neue Weltbild gibt Sicherheit, nicht mehr im Außen, im Materiellen, sondern nur mehr im Inneren, im Geiste.

Auf diese Weise kommen wir – früher oder später - zu einer Synthese von Wissen und Glauben. Das Wissen ist die Hilfe, das Konzept, um die Reise anzutreten, das heißt also: Die Schuhe anzuziehen und dann gehen zu können. Die Schuhe sind die Methode, das Training, die Lehre, die Lernarbeit am Bewusstsein, die notwendig ist, um den Weg richtig, d.h. in der richtigen Richtung, die zum Ziel führt, gehen zu können.
Aber gehen, das ist das Wesentliche, muss jeder selber und allein, auch wenn der Führer nach wie vor sich anbietet und präsent ist. Das Wissen ist also aus dieser Sicht eine notwendige Voraussetzung, um diese Synthese von Wissen und Glauben herstellen zu können.

Vorbereitung auf die Gespräche

Als erstes möchten wir die Gesprächs-Teilnehmer vorstellen. Es sind dies:

Simplicius - ein einfacher Mensch aus dem Volke
Physicus- der Wissenschaftler

Skepticus - ein kritischer Mensch, Atheist und Materialist
Sophia-eine kluge Frau
Der Meister- der historische Jesus, wie er sich in dem Buch „Ein Kurs in Wundern" selbst darstellt.

Es wurde vereinbart, dass in diesen Gesprächen jeder offen und ehrlich das ausdrücken sollte von dem er glaubt, dass es wichtig, gut und richtig sei, ganz gleich, wie das seine Gesprächspartner aufnehmen würden. Damit soll ein Gesprächs-klima der gegenseitigen Wertschätzung und Würde erreicht werden, wie das von einem derartigen Gespräch zu erwarten ist.

Vor kurzem wurde uns bekannt gemacht, dass wir eingeladen seien, an einem Gespräch teilzunehmen, das Fragen zum Thema: „Gott und die Welt" behandeln sollte. Dabei sollte es auch darum gehen zu zeigen, ob und wie eine Synthese von Glauben und Wissen zustande gebracht werden könnte.

Da bei diesem Gespräch, das in Ruhe und Abgeschiedenheit stattfinden sollte, nur eine

Person von unserer Seite eingeladen war, dachten wir, es sei das Beste unseren Freund **Simplicius** zu bitten, uns dort zu vertreten, um mit den anderen Teilnehmern am Gespräch teilzunehmen.

Unser Freund Simplicius war uns seit mehreren Jahren bekannt. Er hatte alle unsere Seminare besucht und mit uns zusammen die ganze philosophische, esoterische und spirituelle Literatur studiert und sich auf diese Weise bestens auf dieses wichtige Gespräch vorbereiten können. Simplicius war auch sonst ein freundlicher Mensch, obwohl er, wenn es um den Sinn des Daseins oder Seins-Fragen ging, dabei auch sehr heftig werden konnte, weil er voller Begeisterung für dieses neue Denken war.

Als Vertreter der Wissenschaft sollte der **Physicus** an diesem Gespräch teilnehmen. Auch der Physicus ist unser Freund. Der Physicus ist sehr erfahren auf dem Gebiete der Wissenschaft und insbesondere hatte er die Quanten-Physik studiert. Er konnte also die Meinung und das Wissen der Gemeinschaft der Physiker in diesem

Gespräch voll einbringen. Die Autoren und die Literatur, auf der die Ausführungen des Physicus beruhen, sind am Ende des Buches angegeben.

Besonders freut es uns, dass unsere Freundin **Sophia** sich zuletzt doch entschlossen hat, an diesem Gespräch teilzunehmen. Anfangs dachte sie ja, dass sie fehl am Platze wäre, doch wir konnten sie überzeugen, dass das Gegenteil der Fall ist. Wo die Weisheit der Weiblichkeit vertreten werden soll, ist sie gerade am richtigen Ort.

Im zweiten Teil der Gespräche wird auch eine Person teilnehmen, die wir als Freund **Skepticus** bezeichnen wollen. Er ist der Vertreter des derzeit vorherrschenden mechanistisch- materialistischen Paradigmas. Er ist Atheist und Materialist. Trotzdem erschien es uns wichtig, auch ihn zu Wort kommen zu lassen.

Der fünfte Teilnehmer am Gespräch ist **der Meister**. Wir verstehen darunter alle jene Personen, die über kosmische Bindungen hinausgegangen sind.

Normalerweise denken alle Menschen in den Kategorien eines Dualismus. Dieser kennt den Gegensatz, den Kampf um das Dasein, das Überleben der Stärksten, den Krieg, den Kampf, das Leid und das Elend.

Jene die über dieses dualistische Denken hinausgegangen sind, befinden sich im Geisteszustand der Einheit. Das ist alles. Sie haben weder den Ort, noch die Körper- Haftigkeit gewechselt, sondern haben nur ihren Geisteszustand, ihr Denken und ihr Bewusstsein verändert vom dualistischen Denken zu jenen wo sie nicht-dualistisch Denken.

Sie sind sozusagen aus dem Kerker wo der Geist von der Körper- Identifikation gefangen gehalten wurde in die Freiheit gegangen wo der Geist wieder zum Herrscher über Raum und Zeit geworden ist.

Zwei Teile der Gespräche sind vorgesehen. Im ersten Teil über vier Abende wird das Thema „**Mensch und Welt**", im zweiten Teil, ebenfalls über vier Abende, das Thema „**Gott und Welt**" behandelt.

26

Im Folgenden berichten wir über den Ablauf dieser fiktiven Gespräche.

Der Gespräche I. Teil über Mensch und Welt

Der 1.Tag - Gespräch über Materie, Körper und Geist

Simplicius: Ich freue mich, dass ihr meiner Einladung zu diesen Gesprächen gefolgt seid und möchte zu Beginn sagen, wie ich mir deren Ablauf vorstelle.
Wir nehmen uns jeweils an einem Tag ein Thema vor und versuchen, es von wissenschaftlicher Seite her von unserem Freund, dem Physicus und von der Seite der Weisheitslehren her durch den Meister zu beleuchten. Sophia und ich werden mit unserer Meinung das Gespräch ergänzen.
So möchte ich heute für den ersten Tag vorschlagen, uns dem Thema Materie, Körper und Geist zu widmen. Morgen reden wird dann über die Welt und den Menschen und später über Raum und Zeit.
Daher richte ich mich also zuerst an unseren Physicus, mit der Bitte, uns nach dem derzeitigen Stand der Wissenschaft und vor allem der Quantenphysik zu erklären, was die Wissenschaft uns heute zum Thema Materie sagen kann.

Sophia: Entschuldige Simplicius, dass ich mich hier gleich zu Wort melde. Ich verstehe deinen wissenschaftlichen Geist und deine Sorge, ein Gespräch nicht in viele verschiedene Meinungen und Richtungen auseinander laufen zu lassen und doch bin ich dafür, auch etwas anderes entstehen zu lassen, außer der vorgefassten Struktur. Das würde mehr in die Tiefe führen und eine innere Führung zulassen. Aber ich bin natürlich einverstanden mit einem weit gefassten Plan.

Simplicius: Gut, Sophia, sieh du nur zu, dass wir auch in die Tiefe kommen. Sorge also du dafür, dass wir neben dem Wissenschaftlichen den Überbau nicht aus den Augen verlieren. Ich weiß ja schon, dass du das kannst.
Das gibt mir aber hier gleich Gelegenheit zu sagen, dass wir diese Gespräche nicht in der Form einer linearen Darstellung halten wollen, sondern zirkulär vorgehen, das heißt wir werden teilweise Themen vorwegnehmen, die wir dann in einem späteren Gespräch erst genauer behandeln. Anders lässt sich das Gespräch nicht

sinnvoll gestalten. Nun aber, Physicus, sprich über die Materie.

Physicus: Wie ihr wisst, hat man die Materie im ganzen Verlauf der Menschheitsgeschichte bis ins 20. Jahrhundert als hart, fest, stabil und undurchdringlich gesehen und empfunden. Das ist wohl offensichtlich, denn man stößt mit dem Fuß an einen Stein und fühlt den Schmerz oder den Kopf an einen Balken im Haus und hat eine Beule.
Niemand - kein Philosoph und kein Wissenschaftler, hat jemals an diesen Feststellungen, nämlich Materie sei hart, fest und undurchdringlich, gezweifelt bis, ja bis es im 20. Jahrhundert gelang, die Materie nicht von Außen, sondern von Innen her zu erforschen.

Die Physiker erfanden Methoden mit materie-durchdringenden Strahlen ins Innere der Materie zu schauen - und was fanden sie zu ihrer großen Überraschung - sie fanden, dass da „nichts da ist". Sie fanden reine Leere.

Genauer gesagt: Sie fanden, dass die Materie zu 99.99% leer sei und der Rest von nur 0.01% sei von „Teilchen" erfüllt. Diese Teilchen sind der Atomkern und die Elektronen.

Wie kann man sich nun so ein Atom in der beschriebenen Größenordnung von 99.99% Leere vorstellen?

Will man sich die Leere eines solchen Atoms vorstellen, dann könnte man sagen: Angenommen, der Atomkern sei so groß wie ein Apfel, also etwa 5 bis 7 cm im Durchmesser, dann würde im Atommodell von **Niels Bohr** in einer Entfernung von circa 1 bis 2 km ein Elektron in der Größe einer Erbse oder kleiner, also etwa 0,5 bis 1 cm groß um diesen rotieren. Der Durchmesser dieses Atom-Modells beträgt dann sogar etwa 2 bis 4 km.
So etwa kann man sich einen Begriff von dieser Leere machen.

Simplicius: Gut, wir halten also fest. Die Materie ist reine Leere bis auf diese Teilchen. Aber gibt es diese Teilchen überhaupt?

Physicus: Das ist eine gute Frage. Und ich muss sagen, dass ich selbst überrascht und betroffen bin über die Äußerungen einiger meiner Kollegen, die sich bis heute quälen, die Erkenntnisse der Gegenwart mit den Vorstellungen und der Sprache der Vergangenheit zu beschreiben, wenn es darum geht, diese „Teilchen" in unser Bild von der Materie einzubringen.

Denn nach wie vor verwenden sie Begriffe und eine Sprache, die längst nicht mehr greift, die obsolet ist. Wie aber kann man ein neues Weltbild mit den Begriffen und der Sprache eines alten Weltbildes erklären wollen? Man windet sich sprachlich hin und her, um dem Leser etwas Neues mit den Begriffen eines alten Paradigmas – etwa mit dem Begriff „Teilchen" - zu erklären.

Die Frage: Gibt es dann Teilchen überhaupt, kann man wie folgt beantworten:

Eigentlich gibt es keine Teilchen, sondern nur Wahrscheinlichkeits-Vorgänge, die man im Englischen gut mit dem Wort „event" bezeichnet, was zu Deutsch etwa „Ereignis"

oder „Begebenheit" bedeutet. Diese „Ereignisse" können sich in verschiedener Form zeigen, nämlich bei einer gewissen Art der Beobachtung bekommt man den Eindruck, dieses Ereignis benehme sich wie ein „Teilchen", und bei einer anderen Art der Beobachtung hat man den Eindruck: das ist eine Welle.
Wir stehen also vor der Erkenntnis, dass sich diese „Ereignisse" einerseits wie Teilchen und andererseits wie Wellen zeigen. Man spricht also vom Welle-Teilchen-Charakter der Materie.
Es sind also dem Wesen nach Wahrscheinlichkeits-Vorgänge, die sich entweder als Teilchen oder als Welle zeigen. Sie sind aber „in Wahrheit" weder das eine noch das andere. Es sind alles nur Vorgänge, die wir beobachten. Es gibt zum Beispiel keinen „Weg eines Teilchens", den manche Physiker immer noch mühsam zu beschreiben suchen, sondern es gibt nur Wahrscheinlichkeiten einer Bewusstseins-Welt, die von uns erschaffen wird.

Simplicius: Das gefällt mir gut, sehr gut sogar. Denn zum ersten Mal höre ich jemanden klar aussprechen, was es mit diesen Teilchen und dem so genannten „Wellencharakter" der Materie auf sich hat. Aber zurück zur Materie. Wenn also diese 0,01% Teilchen gar keine Teilchen sind, was ist dann überhaupt noch da von dieser Materie? Und wie kann es dann kommen, dass ich mir doch den Kopf am Holz-Balken stoße, wenn das alles reine Leere ist?

Physicus: Materie ist also reine Leere, denn auch diese Materie-Teilchen sind nur Energie. Materie ist also eine Form von Energie, nach der berühmten **Einstein**'schen Formel **E = mc2**, das heißt Energie und Materie sind äquivalent. Man kann also Energie in Materie verwandeln und Materie in Energie, wie es bei der Atombombe, beziehungsweise bei der Atom-Energie, der Fall ist.

Was aber dann diese Materie, die reine Leere ist und doch eine Menge Energie in sich birgt - das ist die Frage.
Wieso stoße ich mir den Kopf an einem Holzbalken, wenn er reine Leere ist? Das bedarf doch einer Erklärung.

Ich möchte das am Beispiel von zwei Billard-Bewusstseins-Kugeln, die scheinbar aneinander stoßen, erklären. Was stößt da „aneinander", die reine Leere?

Wir könnten hier schon den Begriff des Bewusstseins einbringen und sagen: Es steht fest, dass die ganze Welt, das ganze Universum nur aus Energie besteht. Also: Alles Sein ist Energie.

Nun ergibt sich die Frage: Was aber bringt diese Energie in die verschiedenen Formen, wie etwa ein Mineral, Pflanzen, Tiere, Planeten und die Welt? Alles ist eine Energiewelt, aber wie kommt es zu diesen Formen?
Es ist die „In-Form-ation", welche die Energie zu den uns sichtbaren leeren Formen formt.
Man definiert nun, um etwas Klarheit in diese Dinge zu bringen, ein allgemeines „Bewusstsein" und sagt: Energie im Zusammenhang mit Informationen nennen wir einfach „Bewusstsein". Daher kann man sagen: Alles Sein ist Bewusstsein oder alles Sein hat Bewusstsein.

Man kann dann fragen: Hat ein Stein Bewusstsein?
Und die Antwort ist: Ja, auch ein Stein hat Bewusstsein.

Was ergibt sich also daraus?
Erstens: Alles Sein ist Energie.
Zweitens: Energie plus Information ergibt Bewusstsein.
Daraus folgt drittens: Alles Sein ist oder hat Bewusstsein.

Was also stößt dann aneinander?
Keine Materie, sondern Bewusstseins-Größen, wie etwa der Kopf und der Balken, und die Billard-Kugeln und so weiter.

Simplicius: Nun diese Erklärungen sind ja ganz schön dicht, aber mir fehlt da noch der Grund, warum diese zwei Billard-Kugeln sich voneinander abstoßen, wenn sie reine Leere sind?

Physicus: Einfach gesagt, diese Bewusstseins-Größen haben
Energie -Felder um sich. Es stoßen sich also negativ geladene Bewusstseins-Energiefelder voneinander ab, die sich

niemals berühren. Sie stoßen einander ab, *bevor* sie sich berühren.
Es ist auch so, wenn du auf einem Stuhl sitzt, dann sitzt du nicht wirklich auf diesem, sondern du schwebst sozusagen in einem Abstand von etwa einem Angstroem, das ist ein 100 Millionstel Zentimeter über dem Stuhl. Und so ist es auch mit den zwei Billard-Kugeln. Sie stoßen sich ab, bevor sie sich berühren, es stoßen sich ihre negativen Bewusstseins-Energiefelder voneinander ab.
Und so ist es auch mit dem Holzbalken. Du stößt nicht an den Balken, aber verspürst trotzdem die Abstoßungskräfte des Balkens, seine Bewusstseins-Struktur, und das macht dir die Beule. Es gibt kein Holz, das Holz ist reine Leere.

Simplicius: Gut, gut, das reicht mir jetzt. Unser Meister hat dazu auch noch nichts gesagt. Er scheint mit allem einverstanden zu sein.
Aber - welch eine seltsame Welt soll das denn sein? Woher kommt diese Welt der Leere? Jeder Baum, jeder Strauch, jedes Haus, jedes Automobil soll reine Leere

sein? Was hält diese Formen dann zusammen?

Physicus: Hier bedarf es eines Quantensprungs in unserem Bewusstsein, um das, was nun kommt, auch akzeptieren zu können. Sonst geht das nicht. Und es wird für uns alle - den Meister ausgenommen - auch vorläufig sehr schwierig sein, das Bild, das ich nun zeichnen werde, anzunehmen.

Die Sache ist nämlich die: Wenn alle Materie reine Leere ist, und wenn es nur Bewusstseins-Energiefelder gibt, dann ist alles, was wir sehen wie ein Traum, wie eine Fata Morgana.
Es ist ja - in Wahrheit - in der ganzen Welt nichts da, als Energie plus Information: also Bewusstsein. Man kann das zwar sehen und angreifen, aber auch das ist eine Täuschung. Eigentlich greifen wir – die wir Leere sind - nichts an, wir glauben etwas an-zu-greifen. Aber wir greifen in die Leere, die uns fest, hart, undurchdringlich erscheint, die das aber nicht ist. Alles ist genauso, wie in einem Traum. Solange du an den Traum

glaubst, machst du ihn wirklich, d.h. dann ist die Materie fest und undurchdringlich.

Sophia: Wenn ich das richtig verstehe, dann tragen die Bewusstseins-Energiefelder also bereits Information in sich. Daher können sie auch von Hellsichtigen als Ströme, die in verschiedenen Farben fließen, wahrgenommen werden. Diese Bewusstseins-Energiefelder sind mit allem und jedem verbunden.
Ist das nun ein Feld, oder doch ein Traum? Woher kommt dann der Glaube an eine Individualität? Der Glaube an einen Baum, an einen Balken?
Der Glaube daran, dass wir Körper sind, getrennt voneinander? Wer ist es, der diese Formen schuf?

Simplicius: Ich nehme an, auf diese Fragen der Sophia wird der Meister später noch antworten. Ich aber frage mich, was ist denn eigentlich ein Traum? Ist es nicht so, dass wir uns auch in einem Traum den Kopf an einem Balken stoßen und Häuser und Menschen sehen, die in Wahrheit gar nicht vorhanden sind? Woher kommen diese

Träume, woher kommen diese Formen im Traum? Aus unserem Bewusstsein?

Physicus: Man definiert einen Traum als eine Serie von Gedanken, Bildern und Gefühlen, die uns im Schlaf in unserem Bewusstsein erscheinen.

Simplicius: Genau das aber könnten wir auch für unseren Wachzustand als Welt definieren: Es erscheinen uns Bewusstseins-Zustände, Bewusstseins Bilder etwa Bäume und Menschen, in unserem eigenen Bewusstsein. Oder?

Physicus: So ähnlich könnten wir uns dieser Sache nähern, obwohl noch viele Fragen offen sind, die wir - wie ich höre - aber nicht heute, sondern später behandeln wollen, nämlich: Wie kommen diese Bewusstseins-Zustände, die wir „Welt" nennen, überhaupt zustande? Woher kommen sie?

Simplicius: Ja, so war es vereinbart. Denn heute wollen wir noch näher auf den Menschen, den Körper des Menschen,

eingehen und die übrigen Fragen für später aufheben.
Es gilt also zu fragen: Wenn die Materie reine Leere ist, reines Bewusstsein, ein Energiezustand, was ist dann der menschliche Körper?
Hier nun wollen wir den Meister zu Wort kommen lassen.

Der Meister: Ich habe mit Interesse euer Gespräch zum Thema Materie verfolgt und kann nun gut auf die Frage eingehen: Was ist der menschliche Körper?
Ich möchte zu Beginn gleich einige Sätze zum Körper zusammenfassen, die wir dann im Laufe dieses und der folgenden Gespräche entwickeln können:

In keinem einzigen Augenblick existiert der Körper überhaupt. Immer erinnert man sich an ihn und nimmt ihn gedanklich vorweg, aber er wird nie gerade *Jetzt* erfahren.

Der Körper ist nicht wirklich ein Teil von dir und er ist nicht wirklich wertvoll.

Den Gesetzen des Geistes zufolge ist der Körper ohne Bedeutung.

Weshalb sollte der Körper dir irgendetwas bedeuten?
Sicherlich ist das, woraus er gemacht ist, nicht wertvoll. Und ebenso sicher hat er kein Gefühl. Er übermittelt dir nur jene Gefühle die du haben willst. Er ist ein Kommunikationsmittel und empfängt und sendet Botschaften, die man ihm gibt. Er hat kein Gefühl für sie. Wer aber ist der Sender? Wer der Empfänger?

Physicus: Bevor wir weiter fortfahren, möchte ich noch auf das zurückkommen, was der Meister soeben über den Körper sagte.

Wenn ich mich recht erinnere, sagte er: „In keinem einzigen Augenblick existiert der Körper überhaupt. Immer erinnert man sich an ihn und nimmt ihn gedanklich vorweg, aber er wird nie gerade *Jetzt* erfahren."
Das ist nun einer der überraschenden Fälle, wo die Weisheitslehre und die Quantenphysik zu 100% übereinstimmen. Ich will das erklären.
Im „Jetzt", das heißt, in dem einzigartigen Augenblick zwischen Vergangenheit und

Zukunft, ist keine Beobachtung möglich.
Denn dieses „Jetzt" ist immer schon vorbei, wenn ich es fassen will, und noch nicht da, wenn ich es erwarte. Das bedeutet, es ist ein Zustand der Zeitlosigkeit und in diesem ist keine Beobachtung möglich. Die Beobachtung, das heißt, eine Wahrnehmung mit den Sinnen, ist nur in der Welt der Zeit möglich und nicht in der Zeitlosigkeit. Das ist der wesentliche Unterschied. Die Welt der Zeit ist die Welt, in der wir leben, die Welt der Wahrnehmung.
Die Welt der Zeitlosigkeit ist eine ganz andere. Es ist die Welt des Geistes.
Die Quantenphysik aber sagt –und das ist der springende Punkt -
Keine Beobachtung - keine Welt
Also auch: Keine Beobachtung - kein Körper.

Das ist aber doch genau das, was auch der Meister zum Ausdruck brachte, nämlich: In keinem einzigen Augenblick, das heißt im Jetzt, das heißt in der Zeitlosigkeit, existieren Körper, noch Welt, noch Universum.

Sophia: Das heißt also, dass es die Wahrnehmung ist, welche die Erscheinungsformen entstehen lässt. Im Augenblick unserer Geburt beginnt eine Wahrnehmung, die außerhalb des Augenblickes, des Jetzt, entsteht und uns dadurch von der Einheit trennt.
Von da an nehmen wir uns nur mehr in der Vergangenheit wahr. Wir beginnen zu beurteilen, und zu verurteilen. Die Bilder, die wir nun von uns und der Umgebung machen, verfestigen sich und wir glauben daran. Danach richten wir nun unser Leben aus und manchmal glauben wir sogar, aus bestimmten Situationen nicht mehr herauszukommen. Ist dies wirklich alles nur ein Traum?

Simplicius: Nun, es ist eine gute Frage, die Sophia hier stellt.
Was der Physicus uns sagte, ist einigermaßen verblüffend, das ist neu und es wird vielen Menschen derzeit wohl schwer fallen, es zu akzeptieren. Trotzdem fällt mir folgendes dazu ein:
Ihr wisst ja, dass ich über einige Jahre bei meinen Freunden Seminare besuchte. In diesen Seminaren übt man, in diesen Jetzt-

Zustand zu kommen. Was mich nun wirklich überrascht, ist, was ich selber und andere erleben konnten, dass in diesem Zustand des „Jetzt", also der Zeitlosigkeit, wenn man diesen erlebt, der Körper sich so zu sagen auflöst. Die Menschen sagen dann, wenn man sie fragt: Wo ist dein Körper? Dann sagen sie: Er hat sich aufgelöst. Ich fühle ihn nicht mehr.
Ich finde diesen Hinweis wichtig, weil er uns zeigt, dass das, was die Physiker und die Weisheitslehre sozusagen als Theorie vorbringen, auch von jedem von uns tatsächlich erlebt werden kann. Es sind also keine unbeweisbaren Hypothesen die hier besprochen werden.

Physicus: Der Vollständigkeit halber möchte ich hier nochmals wiederholen, dass der Körper demzufolge, also auch auf Basis der Quantenphysik, in jedem Augenblick neu erschaffen wird, sowie die ganze Welt auch. Ich werde bei unserem nächsten Gespräch noch genauer darauf eingehen, wenn wir das Katzen-Paradoxon besprechen.

Simplicius: Die Frage aber ist: Woher wird der Körper erschaffen?

Der Meister: Die Antwort ist: Aus deinem Geist oder der Seele. Der Mensch erschafft die biologische Welt und den Körper aus seinem Geist.

Simplicius: Da wir doch heute über Materie, Körper und Geist sprechen wollen, scheint es mir wichtig, die Unterschiede zwischen Geist und Materie hier klar herauszuarbeiten und so habe ich gleich einige Fragen an den Meister:
Was ist Geist überhaupt? Sind Energie und Geist identisch?
Ist Geist eine Energie-Form?
Wenn der Mensch kein Körper ist, sondern nur Geist,
wie komme ich an diesen seltsamen „Geist" heran,
den niemand sieht, den man nicht angreifen kann?
Wie erlebe ich mich als Geist?

Der Meister: Das sind gleich mehrere Fragen auf einmal, Simplicius. Lass mich daher etwas ausholen, um genauer auf diese

Dinge, auf diese Fragen, eingehen zu können.
Erstens - Es gilt zu unterscheiden zwischen Geist und Energie.
Im Kosmos ist alles Energie und im Himmels-Zustand, auf den ich später noch zu sprechen kommen werde, ist alles Geist, reiner Geist.
Was ihr Energie nennt, ist nichts anderes als transformierter Geist. Es sind aus höheren Ebenen herunter transformierte Geist-Gedanken.

Da man aber die Energieformen verändern kann – etwa elektrische Energie in Wärme, oder Kohle und Öl in Wärme - bedeutet dies, dass Energie ebenso, wie alles im Universum, eine Illusion ist. Energie ist also nicht Teil der Wahrheit, die ewig unveränderbar ist. Dieses zu wissen ist wichtig, um auch alle Energie-Heilungen, die wir später ja noch behandeln wollen, im richtigen Zusammenhang zu sehen. Energie ist ein Trick des gespaltenen Geistes. Der gespaltene Geist erschafft also die Energie. Der gespaltene Geist kann aber auch von sich aus zum reinen Geist hin sich entscheiden. Das ist das Gute an diesem gespaltenen Geist.

Das Ego, auf das wir auch noch zu sprechen kommen werden, transformiert unsichtbare Gedanken zu unsichtbaren aber messbaren Formen, die ihr Energie nennt, daraus entstehen dann die sichtbaren Manifestationen, die ihr „Welt" nennt.

Würde man etwa von außerhalb der Stratosphäre, etwa in halber Distanz zum Mond auf die Erde schauen, mit Geräten, die Energie- ströme sichtbar machen können, dann würde man sehen, dass die Erde vollkommen von elektromagnetischen Energie-Strömen eingehüllt ist.
Diese elektromagnetischen Energie-Ströme und Felder regulieren nun alles, was in der Welt, im Sonnensystem und dem Universum vor sich geht. Alles ist in dauerndem Auf- und Abschwellen, wie große Wellenbewegungen. Im Grunde sind diese elektromagnetischen Energieströme aber Gedanken aus einer höheren Ebene, die alles, was geschieht regulieren, bis hin zu euren Gedanken. Aber auch diese Energie-

Ströme entstehen aus der Illusion und sind daher Illusion.

Zur zweiten Frage - es gibt den reinen Geist, der aber nur im Himmels-Zustand existiert und es gibt den so genannten gespaltenen oder getrennten Geist, der im Kosmos – scheinbar – existent ist. Wie es dazu kommt, davon später.

Es gilt also zu unterscheiden zwischen der Situation, in der der Mensch aus dem gespalten Geist oder der Seele heraus lebt, oder der Situation, wo er im reinen Geist existiert.

Lebt der Mensch aus dem gespaltenen Geist heraus, dann erlebt er sich als Ego mit Denken, Fühlen und als Körper. Und scheinbar existiert dann alles im Außen, eben als Universum.
Das brauche ich nicht weiter auszuführen, denn das kennt jeder als den normalen Zustand der Welt und der Menschen, so wie sie leben.

Schwieriger ist es also zu erklären, wie sie sich selber als reinen Geist erfahren können

und wie sie aus dem reinen Geist leben
können. Um es ganz einfach zu sagen: Es
geht darum, die Menschen zu lehren, in
diesen Zustand zu kommen, den man das
„Gewahrsein" nennt.
Es wurde bereits vom Simplicius
beschrieben, dass es Übungen gibt, wo
dieses Gewahrsein, dieses „im Jetzt sein",
erlebt werden kann. Das ist der Zustand des
reinen Geistes. Und dann kommt alles aus
dem Inneren heraus - nicht scheinbar,
sondern wirklich.

Simplicius: Meister, das ist schon
einigermaßen paradox. Stimmt es, dass wir
es hier also mit zwei verschiedenen
Sichtweisen oder, genauer gesagt, eigentlich
Lebens-Zuständen zu tun haben?
Einerseits einem scheinbaren Lebens-
Zustand, der uns eine Außenwelt zeigt, in
der es viele Ebenen gibt, aus denen auch
diese Energieströme, die unser Denken
beeinflussen, kommen, die aber in Wahrheit
allesamt eine Illusion sind.
Andererseits eine wirkliche Lebens-
Zustands-Situation, die, wie auch die
Wissenschaft erklärt, alles aus unserem
Inneren als Projektion entstehen lässt. Das

heißt, auch diese verschiedenen Ebenen sind dann in uns und kommen aus uns. Einfach ist das ja sicher nicht zu verstehen. Aber wenn es so ist, so soll es eben so sein. Hier ergibt sich dann die Frage, was ist denn das Besondere an diesem Gewahrseins-Zustand, der dann kein Zustand, sondern nur reines Gewahrsein ist, also ein reines Sein, und warum er anzustreben ist?

Der Meister: Ist der Mensch im Zustand des gespaltenen Geistes und identifiziert sich mit dem Ego, dann wird der Mensch niemals im Frieden, in einer wirklichen Ruhe, oder in der wirklichen Liebe sein können. Das ist ausgeschlossen, denn die Gegensätzlichkeit der Welt, dieses Gespalten-Sein, diese Dualität, die das Grundprinzip der Welt der Trennung darstellt, bedeutet Auseinandersetzung, Angst, Kampf ums Dasein, Krieg und Unfrieden, Innen und Außen.

Demgegenüber ist der Zustand des Gewahrseins und des Jetzt in der Zeitlosigkeit ein Da-Sein, ein Sich-Auflösen im Frieden, in der Ruhe und der wahren Liebe.

Simplicius: Wir haben heute am ersten Tag unserer Gespräche, einige Themen angeschnitten, die wir im Verlaufe der weiteren Gespräche noch ausführlicher behandeln werden. Und manches ist noch unklar, was im Verlauf der folgenden Gespräche deshalb noch deutlicher heraus zu arbeiten sein wird. Wir können aber nicht alles auf einmal besprechen.
Heute ging es darum zu hören, was die Materie ist, was der Körper ist und was der Geist ist.
Wir haben vom Physicus gehört, dass die Materie eigentlich reine Leere ist, so dass wir sagen können, diese ganze Welt, die aus Materie besteht, ist reiner Traum, ein Traumgebilde, eine Fantasie, eine Fata Morgana.
Dasselbe gilt natürlich auch für den Körper, da auch dieser aus Materie besteht.
Vom Geist hörten wir, dass er in zwei Formen existiert; einerseits als reiner Geist und andererseits als gespaltener Geist. Auf diese Gespaltenheit des Geistes werden wir

in unserem nächsten Gespräch zurückkommen.
Was der Geist selbst ist, darüber haben wir nicht gesprochen. Aber eigentlich ist es so, dass Geist die Ur-Substanz des Seins ist, was immer man darunter versteht. Alle Philosophen haben sich mit dieser Frage beschäftigt, was die Essenz des Seins sei und eine befriedigende Antwort haben sie nicht bekommen. Auch der Meister ist bisher noch nicht auf das eingegangenen, was er unter Geist versteht. Ich nehme an, dass darüber noch gesprochen werden wird.

Der Meister: Hier möchte ich doch vorschlagen, dass wir die Frage nach dem Geist nicht so auf sich beruhen lassen, sondern sogleich einige Hinweise darauf geben.
Den Geist zu definieren oder zu beschreiben, wie es die Philosophen seit Jahrtausenden versuchten, ist eine mühsame, eigentlich eine unmögliche Aufgabe. Denn wie Simplicius bereits sagte, ist der Geist die Ursubstanz des Seins, er ist alles was besteht. Er ist alles was ist. So kann man sagen, Gott schuf den reinen Geist nach seinen eigenen Gedanken und

mit einer Beschaffenheit, die seiner eigenen gleicht.

Deine wahre Wirklichkeit ist deshalb reiner Geist, denn du bist von Gott erschaffen als Geistwesen und in dieser Weise ihm gleich. Was du daher auch immer in deinem Geist annimmst, ist für dich wirklich. Dein Annehmen macht es wirklich.
Wenn du zum Beispiel das Ego in deinem Geist auf den Thron setzt, machst du es dadurch, dass du ihm Einlass gewährst, zu deiner Wirklichkeit.
Der Geist kann nämlich die Wirklichkeit erschaffen oder Illusionen machen.
Das ist die einzige Entscheidung, die grundsätzliche Entscheidung, die der Mensch nach der Trennung in sich trägt.
Man kann den Geist nicht physisch machen, doch kann er durch das Physische manifest gemacht werden, wenn der Körper dazu benutzt wird, um über sich hinaus zu gehen. Indem der Geist nach außen geht, dehnt er sich aus. Er hält dann nicht beim Körper inne, denn tut er das, so ist er in seinem Zweck blockiert. Wenn er aber über sich hinausgeht, dann kann er auch den Körper

transformieren, das heißt, sogar diesen auflösen.
Ich sagte schon, den Geist beschreiben zu wollen oder ihn zu definieren ist unmöglich, weil er alles ist, was Gott erschaffen hat.
Und das ist unendlich viel.
Wir werden uns aber in diesen Gesprächen immer wieder auf den Geist einlassen, weil er die Essenz des Seins ist und es unsere Aufgabe ist, sich mit ihm zu identifizieren, sowie er ist, nämlich reiner Geist, von Gott erschaffen, ganz und heil.

Physicus: Und welche Folgerungen nehmt ihr nun, Sophia und du, Simplicius, aus unserem Gespräch mit?

Simplicius: Ich frage mich ja immer, was bedeutet das ganz praktisch für mich, wenn es heißt: Ich bin nicht dieser Körper. Daher möchte ich eigentlich dieser Frage etwas nachgehen.
Jeder sagt ja: Ich habe Hunger, ich bin durstig, ich will Sicherheit, Geborgenheit, ich will Liebe.
Aber wer ist dieses ich?
Immer heißt es ich, ich, ich.

55

Wenn wir sagen: Du bist nicht der Körper, weil es keine Materie gibt, dann heißt das auch, ich bin auch nicht das Ego, also auch nicht meine Begierden, meine Gedanken und meine Gefühle.
Aber was bin ich dann?
Ich hörte, ich bin reiner Geist. Ich weiß aber auch, dass ich ein kosmisches Wesen bin, das diesen Körper angenommen hat, um auf der Erde zu leben. Das wollte ich. Und warum wollte ich das? Eben weil ich es wollte. Ich wollte erfahren wie es ist, in einem Körper zu leben. Das ist alles.
Du kannst dir also sagen: Dieser Körper bin ich nicht. Der wird einmal vermodern oder verbrennen. Ganz gleich, aber ich werde leben, weil ich nicht der Körper bin.
Ich habe auch keinen Hunger, bin nie müde.
Ich - mein wahres Ich ist frei, es ist grenzenlos, heil und ganz.
Warum nur glaube ich Idiot nicht daran?
Das ist mein Problem.
Ich mache mir selber doch Schwierigkeiten, wenn ich glaube, dass ich mich mit meinen Ängsten, meinen Schuldgefühlen, belasten muss, die aus meiner Begierde nach Liebe, nach Sicherheit und Geborgenheit und so weiter, resultieren.

Das ist es, Physicus, was ich für mich als wichtigstes aus diesem Gespräch mitnehmen werde.

Sophia: Lieber Physicus, schon vorher erwähnte ich, dass das Verlassen der Einheit, die der Meister reinen Geist nannte, bewirkt, dass wir begannen, wahrzunehmen, getrennt vom EINEN, vom reinen Geist zu sein und so war die Bildung der Formen eine notwendige Folge. Wir sahen zum erstenmal mit unseren „Körper-Augen", wir fühlten, wir nahmen mit unseren Sinnen wahr und so glaubten wir an das, was wir sahen, aber wir waren nicht mehr EINS. So begannen wir an das zu glauben, was wir erlebten, was wir noch einzeln erleben und alle noch zusammen erleben werden. Und eine Vielfalt von Bewusstseins-Inhalten entstand und entsteht noch immer. Wir schaffen sie immer wieder neu, einzeln und im Kollektiv. Und wir glauben daran - und sie sind für uns wirklich, obwohl sie in Wahrheit keine Wirklichkeit haben. Sie sind nicht ewig, wie das, was Gott erschaffen hat. So kann der Geist, je nachdem, wohin er sich wendet, Wirkliches oder

Unwirkliches erschaffen. Und es entstehen daraus zwei verschiedene Welten.

Physicus: Ich muss sagen, Sophia, du formulierst das sehr schön.
Doch was der Simplicius sagte, finde ich schon radikal. Formuliert er das Ganze nicht zu extrem, wenn er sagt: Nur wir selber schaffen uns unsere Probleme. Ist das wirklich so? Andererseits hast du Recht, wenn ich zurückdenke, so ist das doch genau das, was auch die Theorie der Selbstorganisation aussagt.

Der Meister: Auch ich liebe extreme Formulierungen eigentlich nicht, selbst wenn man mir nachsagt, radikale Lösungen angeboten zu haben, die bis heute kaum verstanden werden.
Es ist eben so, dass wir die geistigen Blockaden, die den Menschen diese Schwierigkeiten bereiten, nur schwer aus der Seele herauszurufen vermögen. Dazu bedarf es der Geduld und der Zeit, die es ja eigentlich nicht gibt. Daher haben wir also alle Zeit, um das zu vollbringen, was wir uns vorgenommen haben.

Lasst mich aber zuletzt noch auf einen ganz wichtigen Punkt zu sprechen kommen, der mir für euch wichtig zu sein scheint. Es handelt sich um die Kontrolle eurer Gedanken.
Wir sprachen heute über Materie, Körper und Geist. Und aus dem Geist kommt euer Denken und dieses Denken schafft eure Welt.
Stellt euch folgendes vor: Jeder eurer Gedanken ist eine ungeheuere Kraft, die entweder positiv und hell oder negativ und dunkel sein würde. Und stellt euch vor, dass jeder Gedanke eine Energie-Aura um euch, um das, was eigentlich eure Seele ist, erschafft.
Die Seele ist doch das kleine Ich, euer Ego, von dem wir noch sprechen werden.
Glaubst du nicht, dass jeder negative Gedanke diese Energie-Aura, deine Seele dunkler färben würde? Ist es dann nicht so, dass euch diese dunkle Energie-Wolke Angst machen würde, euch ängstigen würde?

So ist es nämlich und daher sage ich euch das Folgende: Wenige Leute erkennen die wirkliche Macht der Gedanken. Die

wenigsten von euch sind sich der Macht des Geistes in ihrem Leben bewusst. Der Geist ist eine sehr machtvolle Energie und verliert niemals seine kreative Fähigkeit zu erschaffen. Der Geist schläft niemals und in jedem Augenblick erschafft er, ob dir das bewusst ist oder nicht.
Ihr geht auch viel zu unachtsam mit euren Worten um. Ihr sagt zum Beispiel: Ach, daran habe ich ja gar nicht gedacht, oder: Darüber denke ich nicht nach, oder: Das ist mir nicht so wichtig.
Das würde doch bedeuten, du glaubst, wenn du über etwas nicht nachdenkst, habe es keine Wirkung.

Ihr könnt sicher sein, dass stimmt, was ich einmal sagte: Denken und Glauben zusammengenommen können in einer machtvollen Energie-Woge buchstäblich Berge versetzen.
Vielleicht glaubt ihr, dass solches Denken arrogant sei, aber in Wirklichkeit ist es die Angst vor dieser machtvollen Kraft, die euch hindert, eure Gedanken besser unter Kontrolle zu haben. So sage ich euch: Es gibt keine müßigen Gedanken. Alles

Denken produziert Formen auf irgendeiner Ebene.
Und ich sehe es als meine Aufgabe, euch darauf aufmerksam zu machen, dass ihr eure Gedanken nicht wahllos durch die Gegend, durch das Weltall laufen lassen sollt, denn dann werdet ihr nicht fähig sein mir zu helfen. Wenn ihr mir in meiner Tätigkeit helfen wollt, dann bedeutet das, dass ihr alle eure Gedanken euch voll zu Bewusstsein bringen müsst. Dazu ist es notwendig zu lernen Gedanken zu kontrollieren, das bedeutet, dass ihr in jedem Augenblick zu entscheiden habt, ob ihr eure Gedanken dem Wertvollen oder dem Wertlosen zuwenden wollt. Das ist alles.

Simplicius: Meister, ich danke dir für diese Worte.
Ich selbst leide oft unter der Wahllosigkeit meiner Gedankengänge, die mich dann quälen. Durch diesen Aufruf wird uns bewusst gemacht, wie wichtig es ist, sich der Macht der Gedanken bewusst zu sein. Für diesen Hinweis bin ich, sind wir, sehr dankbar.

Lass mich zuletzt noch etwas auf den Punkt bringen, das ich sehr seltsam finde.
Wir haben doch heute über Körper und Geist gesprochen. Und da ist es für mich schon seltsam, wenn man sagen muss:

Das, was ich sehen kann, das bin ich nicht und das, was ich nicht sehen kann, das soll ich sein?

Das eine ist der Körper das andere ist der Geist. Sind also Geist und Körper so verschieden? Sind wir so irregeleitet in dieser Illusion, dass wir das Wirkliche für unwirklich nehmen und das Unwirkliche für wirklich? Ich muss sagen, das ist schon eine ganz verrückte Welt, in der wir zu leben scheinen.
Für heute soll es also genug sein. Wir sehen uns dann am kommenden Morgen.

Der 2. Tag - Gespräch über Welt, Mensch und Ego

Simplicius: Heute möchte ich vorerst den Meister bitten, zum Thema des Tages „Welt und Mensch" zu sprechen und danach die wissenschaftlichen Erklärungen dazu von unserem Physicus hören.

Der Meister: Gestern hatte ich in unserem Gespräch bereits einige Sätze zum Körper des Menschen gebracht, an die ich heute anschließen möchte.
Wir hatten uns gefragt: Wenn dieser Körper reine Leere ist, woher kommt er dann, wie entsteht er, wer oder was organisiert ihn?
Um diese Fragen - aus meiner Sicht - beantworten zu können, müssen weitere Fragen gestellt werden, nämlich:
Was ist Wahrnehmung?
Was ist die Welt?
Unsere Freundin Sophia hat ja gestern bereits von der Wahrnehmung gesprochen. Das Grundgesetz der Wahrnehmung - also das, was man mit den Sinnen erfahren kann - lautet:
Du siehst das, wovon du glaubst, es sei da, obwohl es in Wahrheit nicht da ist und du glaubst, es sei da, weil du es da haben willst.
Nun kann ich mir gut vorstellen, wenn jemand das zum ersten Mal hört, dass er Schwierigkeiten hat, das zu glauben. Aber

das ist ja der Grund, weshalb wir
zusammensitzen, um solche scheinbar
„wider- sinnigen" Dinge zu erklären.
Man kann nämlich als einen weiteren
Grundsatz für unsere Gespräche und für
deren Verständnis sagen:
Die Welt ist zwar wider-sinnig,
aber sie ist nicht wider-vernünftig.
Es sind also die Sinne, die den Menschen
täuschen und es ist der Geist des Menschen,
der ihn mit seinem Verstand und der
Vernunft auf den rechten Weg zur
Erkenntnis der Welt führt.
Und ich bin bei weitem nicht der erste, der
diese Erkenntnis ausspricht.
Aber zurück zur Wahrnehmung. Wie
kommt es zur Wahrnehmung?
Man kann sagen: Das, was du siehst,
während du auf der Erde, in deiner
Umgebung oder wo immer zu sein glaubst,
das siehst du nur durch die Augen eines
Traum-Bildes, nämlich deines Körpers,
welches du aus deinem gespaltenen Geist,
das heißt einem von Gott getrennten Geist,
projiziert hast.
Lasst mich aber hier das Grundgesetz der
Wahrnehmung noch verdeutlichen:

64

Sinnes-Wahrnehmung wird durch Projektion aus deinem Inneren heraus erzeugt. Die Welt, die du scheinbar mit deinen Augen siehst, die siehst du eigentlich nicht. Sie ist nämlich das, was du ihr, von dir heraus projizierend, gegeben hast, nicht mehr als das. Doch wenn sie auch nicht mehr als das ist, ist sie auch nicht weniger. Deswegen ist sie für dich wichtig.
Die Wahrnehmung ist also ganz logisch und folgerichtig. Was du siehst, spiegelt dein Denken. Und dein Denken spiegelt nur deine Wahl dessen, was du sehen willst. Dafür sind deine Werte ausschlaggebend, denn was du wertschätzt, musst du sehen wollen, indem du glaubst, das, was du siehst, sei wirklich da. Niemand kann eine Welt erblicken, der sein Geist nicht einen Wert beigemessen hätte. Und niemand kann umhin, das zu erblicken, wovon er glaubt, er wolle es.
Die Welt, die du siehst, ist also das genaue Zeugnis für den Zustand deines Geistes, das äußerliche Bild eines inneren Zustandes.

Wie der Mensch denkt, so nimmt er wahr.

Suche deshalb nicht die Welt zu verändern,
sondern entscheide dich, dein Denken über
die Welt zu ändern. Denn - Wahrnehmung
ist eine Folge und nicht eine Ursache.
Wenn du also etwas verdammst, so hast du
dich selber verdammt und das hast du dann
auf die Welt projiziert.
Siehst du die Welt also als verdammt, so
siehst du nur das, was du dir selber angetan
hast und was du in die Welt hinaus
projizierst.
Siehst du Unglück und Katastrophe, so
projizierst du etwas, was du in dir nicht
gelöst hast.
Siehst du die Welt aber in Harmonie und
Hoffnung, dann schaust du ohne zu urteilen,
so wie Gott schauen würde.

Es gibt keine Wahl, die zwischen diesen
beiden Entscheidungen liegt: entweder
Chaos und Krieg oder Harmonie und
Frieden.
Alles kommt nur aus dir.

Und das ist keine Vogel-Strauß-Sicht, kein
Kopf-in-den-Sand-stecken, das bedeutet
nicht, Zuckerguss darüber zu streuen, das ist
auch keine Verdrängung, kein die Realität

nicht wahr-haben-wollen, kein der-Realität-nicht-ins-Auge-schauen-wollen, wie manche sagen werden, sondern das ist die Schau, die die Illusion als Illusion sieht und darüber hinweg schaut, weil Illusionen ohne Bedeutung sind.

Simplicius: Bester Meister, das ist viel Neues und außerordentlich Wichtiges auf einmal. Wäre es nicht sinnvoll unseren Physicus zu bitten, das nun aus seiner Sicht zu kommentieren, damit man es auch besser verstehen kann, bevor wir weitergehen?

Der Meister: Sicher, nur zu. Ich bin sehr einverstanden.

Physicus: Ich bin überrascht, wie sehr der Meister Einsichten seiner Weisheitlehre vermittelt, die mit der Quantenphysik, aus meiner Sicht, weitgehend übereinstimmen. Wenn ich das Gesagte richtig verstehe, dann handelt es sich, von der Wissenschaft her, um das berühmte **Schrödingersche-Katzen-Paradoxon**, das von Erwin Schrödinger im Jahre 1935 ausgesprochen wurde, eigentlich als eine provokante Frage,

weil man zu diesem Zeitpunkt die Quanten-
Physik noch nicht richtig verstanden hatte.
Auch heute ringen die Physiker mit diesem
Problem nämlich den Fragen:
Wie entsteht die Welt?
Wie entsteht die Wahrnehmung?
Wie entsteht das Sehen?
Wie und woraus bilden sich die Formen, die
wir in der Welt wahrnehmen?

Ich möchte auf die Details des Katzen-
Paradoxons nicht eingehen, weil das zu sehr
ins Wissenschaftliche führen würde und nur
die Grundfrage und die Konsequenzen
daraus aufzeigen:
Die Grundfrage wurde schon gestellt: Wie
entsteht Welt?
Und die Antwort ist:
Die Welt entsteht durch die Beobachtung,
woraus folgt:
Keine Beobachtung - keine Welt.

Die Frage, die sich hieraus ergibt, ist dann
natürlich: Was beobachtet? Und die
Antwort ist: Es beobachtet das menschliche
Bewusstsein, der menschliche Geist. Daraus
folgt auch: Die Welt entsteht, indem sich
das menschliche Bewusstsein, der

menschliche Geist, mit dem Bewusstsein der Außenwelt verbindet, wodurch diese Außenwelt als Projektions-Bild entsteht und diese Verbindung nennt man Beobachtung. Die Außenwelt ist in diesem Sinne, genauso wie der Mensch, immer im latenten Energie-Bewusstseins- Zustand vorhanden. Aus diesem werden Welt und Mensch durch die Beobachtung als Projektions-Bild erschaffen.

Das ist nun ebenso schwer zu glauben, wie das, was der Meister sagte. Doch - wenn der Meister formulierte: *Was du siehst, spiegelt dein Denken wieder,* so ist das genau die Formulierung, die sich aus dem Katzenparadoxon ergibt, denn wir projizieren unsere Gedanken, entsprechend dem Katzenparadoxon, in die Welt hinaus und sehen dann das als Bild, was in unserem Geiste vorhanden ist.
Man könnte also die wissenschaftliche Erkenntnis dieses Paradoxons und das, was aus der Weisheitslehre resultiert nicht besser in Übereinstimmung bringen.
Aber das ist eben unser gemeinsames Problem. Denn wir stehen alle vor neuen Erkenntnissen, die für unser altes Denken

absolut wider-sinnig sind. Wir hoffen, dass
sie nicht auch wider-vernünftig sind. Wie ist
das nun zu erklären?

Simplicius: Vielleicht sollte ich hier
versuchen die Brücke zu bauen zwischen
dem, was der Meister sagte und was du,
Physicus, uns zuletzt sagtest.

Physicus: Nur zu, versuche es.

Simplicius: Du sagtest: Ohne Beobachtung
keine Welt.
Der Meister sagte: Alles, was der Mensch
wahrnimmt, ist ein Traum-Bild aus seinem
eigenen gespaltenen Geist.
Gestern waren wir ja bereits so weit
gekommen zu erkennen: Wenn die Materie
reine Leere ist, dann ist das, was wir Welt
nennen, ein Traumgebilde, eine Fata
Morgana.
Wie entsteht dieses Traum-Gebilde?
Durch die Beobachtung, sagte der Physicus.
Aus seinem eigenen gespaltenen Geist,
sagte der Meister.
Durch Beobachtung erschafft somit dieser
gespaltene Geist - der wir glauben zu sein,

aber in Wahrheit nicht sind – das, was er wahrnimmt, was aber ein Traum ist.
Dazu ist noch zu sagen: dieser Traum ist ein kollektiver, das heißt, die Menschen träumen alle einen ähnlichen Traum, weil sie aus einer Ganzheit heraus eine gemeinsame Welt erschaffen. Diese Idee der Ganzheit ist, sowohl in der Wissenschaft, wie in der Weisheitslehre, ein ganz wesentliches Grundproblem.
Daher sehen dann auch alle – ungefähr - dasselbe, dieselbe Farbe und denselben Berg.
Ein Geist-Wesen erschafft also einen Traum. Ist das die Essenz dieser Aussagen, Meister?

Der Meister: So ist es. Nochmals kurz zusammengefasst:
Es gibt in Wahrheit nichts außerhalb von dir. Alles kommt aus deinem Geist und das Außen ist nur eine kollektiv-persönliche Projektion.
Du siehst das, wovon du glaubst, es sei da, obwohl es in Wahrheit nicht da ist, und du glaubst, es sei da, weil du es haben willst.
Das Wollen also ist es, was hier wesentlich ist.

Physicus: Da ich hier die Wissenschaft vertrete, kann ich einbringen, was die Wissenschaftler, welche die Theorie der Selbstorganisation, auf die ich ja bereits Bezug genommen habe, entwickelten, dazu sagen würden.

In deren Worten: *Wir erzeugen die Welt, in der wir leben, buchstäblich, indem wir sie leben.*

Damit ist das „Wollen" nicht direkt, aber doch indirekt angesprochen, denn indem wir leben, wollen wir auch das, was wir leben.

Ich möchte aber doch noch auf das angesprochene Problem der kollektiven Wahrnehmung zurückkommen.

Es ist ja die Frage: Warum sehen alle Menschen ungefähr ein- und dieselbe Welt? Warum ist also die Wahrnehmung der doch so verschiedenen Menschen die gleiche? Sie sehen denselben Berg, denselben Baum, dieselbe Blume, wie kommt das?

Wesentliche Basis zur Erklärung dieses Phänomens ist es zu wissen, wie die Wissenschaft beweist, dass es nur die Einheit des Seins, die Ganzheit gibt.

Das zentrale Thema der Quantenphysik
ist die Erkenntnis der ungebrochenen Ganzheit der Totalität des Seins als eine ungeteilte fließende Bewegung ohne Grenzen.
Das ist der Zustand des Seins vor einer Beobachtung. Erst durch eine Beobachtung entstehen dann im Mikro-Bereich die so genannten Teilchen, die Atome und so weiter und im Makrobereich die Bäume und die Berge.
Vor einer Beobachtung ist also alles eine Einheit, eine ungeteilte Ganzheit oder, wie wir sagten, da gibt es dann keine Welt.
Das also ist die Ausgangsposition, Welt und Mensch sind eine Einheit, sind eine unteilbare Ganzheit.
Wir haben es nun zu tun mit der Seelen-Masse, die sich von Gott getrennt hat und auch diese ist eine Bewusstseins-Ganzheit, eine Einheit.
Vielleicht darf ich hier zum besseren Verständnis des letzten Punktes einen Vergleich aus der Physik bringen.
Wasser besteht aus Wasser-Molekülen $H2O$. Diese einzelnen Moleküle aber agglomerieren zu so genannten Clusters, das sind Ansammlungen von mehreren

Dutzend oder mehr Molekülen. Jedes dieser Cluster ist Teil der Gesamt-Wassermenge und doch in gewisser Weise eine Individualität.
Ähnlich wie im Wasser gibt es nun in der Seelen-Masse unzählige Seelen, und Seelen-Clusters, die zwar mit der Ganzheit verbunden sind, die aber doch eine gewisse Individualität besitzen.
So gehen auch die Seelen in Familien-, Nationen- und Rassen-Clusters durch die Wiedergeburts-Zyklen.
Diese Seelen-Cluster evolvieren also zusammen über die Jahrtausende und haben so auch dieselben oder ähnliche Bewusstseins-Erfahrungen.

Aus diesem gemeinsamen Bewusstseins-Zustand bringen sie sich dann in die Welt ein, das heißt erschaffen sie diese Welt.
Die Folge davon ist: Das Außen ist der Spiegel ihrer gemeinsamen Bewusstseins-Innenwelt.
Das Außen, die Welt, ist dann eine Mischung aus kollektiver Projektion und Individual-Projektion.
Daher sehen dann diese Seelen-Cluster die Welt gleich oder ähnlich, oder auch

kulturell verschieden - und oft sogar sehr verschieden, wie man gerade derzeit feststellen kann.
Auf diese Weise glaube ich, kann man das Phänomen der kollektiven Gleich-Wahrnehmung dieser Welt durch die Menschen gut verstehen.

Simplicius: Physicus, du hast uns das ganz klar vermittelt, so habe ich das noch nie gehört. Aber es ist, scheint mir, eine sehr gute Erklärung für diese kollektive Wahrnehmung. Ich bin von dieser Erklärung sehr beeindruckt.

Sophia: Von den zwei Welten wurde ja bereits gesprochen. Ich möchte dazu aus meiner Sicht folgendes sagen:
Die Energie, die dabei verwendet wird, ist natürlich die schöpferische Kraft Gottes. Für die Erschaffung der Illusions-Welt wird sie also „missbraucht", oder, feiner ausgedrückt, geborgt.
Denn Gott erschafft nur Ewiges – er dehnt sich in seinen Schöpfungen aus, die nicht getrennt von ihm und daher ewig, heil und eins mit ihm sind. Die Welt der Trennung ist also eine Willkür des Geistes. Er glaubt

nur getrennt zu sein und die Macht, die in ihm wohnt, macht daraus eine eigene Welt, eine Welt, die wir hier auf Erden vorfinden und die auch im Jenseits da ist - eine Welt der Illusionen.
Und dieser getrennte Geist, der eigentlich ebenfalls eine Einheit, eine Ganzheit ist, macht aus dieser Einheit nun eine scheinbare Vielfalt –
viele Dimensionen des Bewusstseins, viele Ebenen und jede hat eine bestimmte Aufgabe.
und schließlich die Erde und das Leben hier auf Erden. Die Zeit bricht an - ein Trick des Geistes. Denn alles, was hier erlebt wird, ist bereits geschehen und wir leben, wir erleben es so in der Zeit, in dem wir sozusagen zurückgehend nach vorwärts schreiten. Denn, wenn es die Zeit nicht gibt, dann ist alles, was wir jemals erleben werden, schon geschehen. Wir erleben also diejenigen Bedingungen in unserem Leben, die wir selbst geschaffen haben.
Wir sind nicht nur der Träumer in unserem Traum, wir sind selbst der Traum.
Und so, glaube ich, kann man die Aussage des Meisters erklären, wenn er sagt, wir wollen genau das erleben, was wir erleben.

Wir erleben nämlich das, was in unserem Geist ist, was sich in den vielen Inkarnationen angereichert hat und wovon wir glauben, dass es wahr ist. Wir glauben es also nur, denn wir sind ja nur der Träumer unseres Traumes.

Simplicius: Wir sind in tiefes Gewässer gekommen, in sehr tiefes. Wir haben auch einiges vorweggenommen, was wir uns erst erarbeiten werden, etwa, dass es die Zeit nicht gibt. Daher sollten wir versuchen, den Grund unter den Füßen, die Basis für unser ganzes Gedankengebäude, das wir bisher entwickelt haben, zu finden. Aber wo ist diese?

Lasst mich festhalten, was wir bisher, sowohl aus der Sicht der Wissenschaft, wie auch der Weisheitslehre, erkannt haben:
Materie ist ein Illusions-, ein Traum-Gebilde
Der menschliche Körper ist das ebenso
Die Welt, die Natur, alles ist ebenso ein Illusions-ein Traumgebilde
Alles wird aus dem gespaltenen Geist des Menschen erschaffen
Alles - die Welt - entsteht also als eine Projektion der Gedanken, der Wünsche, der

Vorstellungen, des Wollens dieses Geist-Wesens.
Für mich klingt das ja alles sehr überzeugend. Die Frage ist nur: Wie soll der Mensch so ein widersinniges Weltbild verkraften?

Physicus: Nun, für den Wissenschaftler, den Physiker, ist das alles nicht so schwierig zu verstehen. Du, Simplicius, bist hier etwas überfahren worden. Aber, wenn du die Schriften meiner Physiker-Kollegen liest, dann wirst du finden, dass sie in ähnlicher Weise über diese Dinge denken. Wir haben es eben mit dem größten Paradigmenwandel der menschlichen Geschichte zu tun, bei dem alles Alte auf den Kopf gestellt wird. Und ein jeder dieser Paradigmenübergänge dauerte bisher Jahrhunderte oder noch länger.

Simplicius: Ich möchte aber doch noch einmal auf die Grundlagen dieses neuen Paradigmengebäudes zurückkommen, damit wir uns auch gedanklich besser fühlen. Kann man diese neue Sichtweise noch anders untermauern?

Physicus: Lass mich das von der Seite der Wissenschaft her nochmals versuchen zu ergänzen, damit wir mehr Boden unter den Füßen gewinnen.
Offensichtlich existieren wir in zwei Welten.
Einerseits in einer scheinbar wirklichen Welt, die wir die „**biologische Sinnen-Wirklichkeit**" nennen können, die mit unseren Sinnen wahrgenommen werden kann und die uns, wie die Materie, fest, hart und undurchdringlich erscheint.
Aber diese biologische Wirklichkeit, in der wir als Körperwesen erscheinen, ist nur eine scheinbare Wirklichkeit, sie ist – wie wir bereits feststellten - nur scheinbar fest und undurchdringlich, denn in Wahrheit ist sie ein Traumgebilde, eine Illusion.
Andererseits existieren wir zugleich in einer sogenannten „**Energie-Bewusstseins-Realität**", aus der heraus wir diese biologische Wirklichkeit in jedem Augenblick durch die Beobachtung neu erschaffen.
Das heißt, das Wesen des Menschen ist ein Geist-Gebilde, das man nicht sehen und nicht angreifen kann, das aber aus sich heraus, durch sein Denken und Wollen,

sowohl diesen Körper als auch diese Welt, so wie wir sie wahrnehmen, in jedem Augenblick neu erschafft.

Simplicius: Das sind, so scheint es mir, einige sehr wesentliche Erkenntnisse, die wir vorläufig festhalten sollten. Wir werden später darauf zurückkommen.
Lasst uns hier nun doch noch weitergehen und mehr über dieses so genannte „Geist-Wesen" Mensch erfahren. Lassen wir dazu den Meister sprechen.

Der Meister: Wir werden, wie ich höre, an einem der folgenden Tage noch über die Ganzheit sprechen. Ich will aber heute schon vorwegnehmen, wie diese Ganzheit in Bezug auf den Menschen zu verstehen ist.
Ganzheit bedeutet ja, wie das Wort schon sagt, Einheit, keine Absonderung, kein Getrennt-Sein, eben eine Gesamtheit.
Nun ist dieses Geistwesen „Mensch" in Wahrheit eine Ganzheit, eine Einheit.
Der Geist kann ja, ebenso wenig wie etwa die Luft oder die Energie, getrennt werden. Das ist nicht gut möglich, denn man kann

die Luft nicht auseinander schneiden und auch den Geist nicht.
Daher sind wir alle - die gesamte Menschheit – eine einzige Geist-Wesen-Einheit.
Die Schwierigkeit, die man nun hat, ist, das zu verstehen.
 Der Mensch fühlt sich - solange er sich mit dem Körper identifiziert - als getrennt, er ist das aber in Wahrheit und in seinem wahren Wesen als Geist nicht. Er ist nicht getrennt, von niemandem und von nichts und diese paradoxe Situation verwirrt.

Simplicius: Gut, aber was folgt daraus praktisch?

Der Meister: Es folgen daraus mehrere gesetzmäßige Erkenntnisse, die sich wie folgt angeben lassen:
Erstens – wenn jeder von uns Teil der Gesamtheit, Teil der Ganzheit ist, dann beeinflusst mein Denken, mein Tun, mein Geistes-Zustand die Ganzheit.
Daraus folgt etwa: Wenn du anderen etwas anbietest im geistigen Sinne, wie etwa Gedanken des Friedens, Gedanken der

selbstlosen Liebe, Gedanken der Ruhe und Sanftmut, dann gilt:
Geben ist Empfangen.
Du gibst dir selber alles, was du gibst, weil du Teil der Ganzheit bist.
Will ich andererseits etwas für die Ganzheit, die Menschheit, tun, was ja viele Menschen anstreben, dann ist es nicht so wichtig den anderen zu sagen, was sie tun und wie sie sein sollten, sondern, wenn ich meinen eigenen Geistes-Zustand ändere, dann tue ich wohl am meisten für die Ganzheit.
Vereinfacht formuliert:
Der Macher-Typ sagt: Ich bin in Ordnung und muss die Welt in Ordnung bringen.
Der Diener-Typ sagt: Wenn ich die Welt in Ordnung bringen will, dann muss ich zuerst mich selber in Ordnung bringen.

Zweitens - wenn ich jemanden angreife, beleidige, schädige oder was immer, greife ich in Wahrheit immer mich selber an, ich beleidige mich selber, weil ich Teil des Ganzen bin.
Es gibt dann kein „der da draußen", denn alles ist Innen - in meinem eigenen Geist - der Teil des gesamten Geistes ist und man

kann daher sagen: Du hast in Wahrheit keinen Feind, außer dir selber.
Trotzdem bestehen in dieser Ganzheit doch in gewisser Weise Individualitäten des Geistes, das heißt dein eigener Wesens-Zustand wird als Teil der Ganzheit in gewisser Weise über Raum und Zeit hinweg erhalten.

Physicus: Hier möchte ich auf den bereits früher von mir angesprochenen Begriff der Cluster, wie diese beim Wasser auftreten, zurückkommen. Wie schon gesagt, jeder dieser Seelen-Cluster ist eine Individualität und zugleich Teil der Gesamt-Seelen-Masse, wie eben die Wasser-Molekül-Cluster Teil der Gesamt-Wassermenge sind.

Der Meister: Dieser Vergleich ist gut. Jede Seele, um auch diesen Begriff einmal einzubringen für das, was das Geist-Wesen ist, behält also, wie schon gesagt, in gewisser Weise seine Individualität, obwohl sie Teil des Ganzen ist, wie das Wassermolekül in einem Wasser-Cluster. Hier aber kann man noch eine Besonderheit dieser Seelen-Struktur erwähnen.

Es gibt nämlich Zwillings-Seelen, das heißt ein solches Seelen-Cluster kann sich teilen, so dass dieselbe Seelen-Struktur oder eine sehr ähnliche, sich in zwei verschiedenen Körpern inkarnieren kann.

Simplicius: Das ist mir aber nun völlig neu. Davon habe ich noch nie gehört.
Oder doch? Freilich, jetzt erinnere ich mich an ein Buch, in welchem von solchen Zwillings-Seelen die Rede ist. Nur bisher konnte ich das überhaupt nicht glauben.

Der Meister: Ich möchte aber noch einmal auf das Problem des Angriffs zurückkommen. Denn daraus ergeben sich wohl einige der wichtigsten Gesetze des Geistes.
In Wahrheit führt der Mensch, der von diesen Prinzipien des Geistes, der All-Einheit des Geistes, noch nichts weiß, immer einen Krieg gegen sich selber. Dieser Krieg gegen sich selber ist aber nichts anderes als eine Schlacht zwischen zwei Illusionen - eben zwei Körpern - die darum kämpfen, sich voneinander zu unterscheiden, im Glauben, dass diejenige

Illusion wahr sein wird, welche die andere bezwingt.

In Wahrheit aber gibt es keinen Konflikt zwischen ihnen, außer sie sehen sich als das, was sie nicht sind, nämlich als Körper. Denn in Wahrheit sind sie als Geist-Wesen niemals voneinander verschieden. Beide sind eine Körper-Illusion, aber in der Ganzheit verbunden.

Eine Illusion, die du über dich hegst, kann eine andere bekämpfen, doch ist der Krieg zwischen zwei Illusionen ein Zustand, in dem nichts geschieht. Da gibt es keinen Sieger und keinen Sieg.

Und die Wahrheit steht abseits da, unberührt von dieser Verrücktheit.

Simplicius: Hast du nicht gesagt: der Mensch führt immer einen Krieg gegen sich selber?

Kann man daraus schließen, dass jeder Angriff, den ich erlebe, eigentlich von mir „ins Leben gerufen" wurde, weil ich irgendwann andere angegriffen habe und ich jetzt Angriff zurückbekomme?

Ist jeder körperliche oder verbale Angriff also von mir provoziert? Bin ich eigentlich die Ursache des Angriffs, wenn ich angegriffen werde?

Der Meister: Eigentlich schon. Du bittest um alles, was dir zu widerfahren scheint. Es gibt keinen Zufall in der Welt. Du wählst alles, bis ins letzte Detail, was dir in der Welt geschieht.

Simplicius: Entschuldige dann diese Frage, Meister: Hast du dann auch deinen Tod am Kreuz selbst gewählt - oder war das ein Angriff auf dich, ein Karma, das du zu erleiden hattest?

Der Meister: Es war kein Karma, da ich der erste Mensch auf Erden war, der sich vom Ego selbst erlösen konnte, und ich tat es aus eigener Kraft nur mit der Hilfe Gottes. So hatte ich keine karmische Schuld aufzulösen. Ich entschied mich jedoch für die Kreuzigung aus einem anderen Grund.

Ich habe die Kreuzigung als die „letzte nutzlose Reise" bezeichnet, die für jeden, der sie versteht, Befreiung von der Angst bedeutet. Wie ist das zu verstehen?

Ich wusste, dass ich mich erlöst hatte. Das aber bedeutete, dass mein Ego vollkommen aufgelöst war und ich daher keine Angst, keine Schmerzen von einer Kreuzigung zu erwarten hatte.

Um aber auch für mich ganz sicher zu sein, dass das auch der Fall war, trat ich diese letzte nutzlose Reise an.

Die Kreuzigung war daher für mich keine Aufarbeitung eines Karmas gewesen, sondern eine letzte Prüfung meiner selbst, über die Auflösung des Egos.

Um aber auf deine Frage bezüglich eines Angriffs auf dein Ego zurückzukommen, so musst du wissen, dass du alles in deinem Leben wählst, beziehungsweise schon gewählt hast, bevor du geboren wurdest.

Jeden Angriff, gleich welcher Art, auch körperlich, verbal oder geistig, kannst du also und sollst du lernen zu vergeben.

Simplicius: Heißt das jetzt, dass ich mir alles gefallen lassen muss?

Der Meister: Das heißt es nicht. Es ist die Frage, wie du mit einem Angriff umgehst und da gibt es drei Möglichkeiten:

Erstens - du lässt dir alles gefallen, und wehrst dich nicht, du lässt alles mit dir geschehen.
Zweitens - du lässt dir nichts gefallen, verteidigst dich und greifst selber an.
Drittens - du gehst in die Vergebung, in die wahre Vergebung und stehst zu dir. In dieser wahren Vergebung, auf die ich später noch zu sprechen kommen werde, vergibst du dir und dem Angreifer das Problem, denn du hast zusammen mit dem Angreifer ein Problem, als Opfer und Täter oder als Täter und Opfer und du kannst jedes dieser Probleme durch die wahre Vergebung auflösen.

Simplicius: Ist das Letztere, wenn ich zu mir stehe und sage, was ich von der ganzen Situation halte, nicht zumindest ein verbaler Angriff?
Widerspricht das nicht auch dem Prinzip: Es gibt keinen Zufall und ich sollte in die Wehrlosigkeit gehen?

Der Meister: Nein, das ist es nicht. Vergebung ist kein Angriff. In der Vergebung gehst du in die Wehrlosigkeit und die Wehrlosigkeit gibt dir Sicherheit

und Stärke im Gegensatz zu dem, was du im Angriff glaubst zu sein, denn Angriff ist eigentlich Schwäche.
Es stimmt also schon zu sagen: Bei jedem Angriff, welcher Art auch, körperlich, verbal oder sonst wie, kannst du das Problem, das Gesamtproblem, das sich zwischen dir und dem Angreifer entwickelt hat, erlösen.

Du kannst dir also folgendes sagen:
Immer werde ich aufgrund einer karmischen Ursache angegriffen, nämlich weil ich irgendwann und irgendwo Angriff ausgesandt habe.
Das ist das **Gesetz von Ursache und Wirkung**, das im geistigen Bereich ebenso wirkt, wie im physischen.

Dieses Karma trage ich in Form eines Energie-Komplexes in mir, der unter anderem auch vom Astrologen im Horoskop zu sehen ist.

Angriff auf mich kann dann aber erfolgen:
Von jemanden, mit <u>dem</u> ich eine karmische Vergangenheit hatte oder

Von jemanden, mit dem ich <u>keine</u> karmische Vergangenheit hatte, der aber aufgrund <u>meiner</u> karmischen Energiekonstellation zum Angreifer wird, weil ich diese Disposition - nämlich angegriffen zu werden - in mir trage.

Das heißt in jedem Falle, du bittest um diesen Angriff, entweder aus karmischer Ursache oder weil du das karmisch-energetisch in dir trägst.
So kannst du und sollst du jedes Problem, das dir im Leben unterkommt, sehen und mit Hilfe der wahren Vergebung auch auflösen.
Die wahre Vergebung wird somit zur wichtigsten Funktion in deinem Leben.

Simplicius: Wir sind aber jetzt an einem Punkt angelangt, wo es mir notwendig erscheint, diese Dichotomie zwischen dem, was du die Wahrheit nennst und zwischen der Verrücktheit unseres Denkens näher zu erklären.
Wie kommt es denn dazu, dass diese Illusionen sich bekämpfen und die Wahrheit unberührt dabei steht?

Der Meister: Dazu muss ich noch weiter ausholen.
Ich habe von der Wahrheit gesprochen und dass sich diese von der Illusion unterscheidet.
Unser Physicus hat in seiner Sprache unterschieden zwischen der biologischen Wirklichkeit, die eine Illusion ist und der Energie-Bewusstseins-Realität.
Der Physicus sprach also von zwei Welten.
Ich würde hier sogar **drei Welten** unterscheiden.
Es gibt einerseits den Himmels-Zustand, in dem du im Geiste eins mit Gott bist, und andererseits die Illusions-Welten.
Letztere bestehen einerseits aus der **biologischen Sinnen-Wirklichkeit**, in der die Menschen als Körperwesen zu leben glauben, und andererseits der **Energie-Bewusstseins-Realität** oder **Jenseits-Welt**, dem Bereich der Nach-Tod-Zustände, die aber beide ebenfalls Illusionen sind.
Im Himmel, der ein Geisteszustand ist, gibt es weder Raum noch Zeit, sondern nur die Einheit des Friedens und der Liebe.
In der biologischen Sinnen-Welt, die eine Illusion ist, erleben die Menschen scheinbar Raum und Zeit und den Kampf ums Dasein.

In der Energie-Bewusstseins-Realität oder Jenseits-Welt, die ebenfalls Illusion ist und oft fälschlicherweise als Himmel gesehen wird, gibt es dann ebenfalls weder Raum noch Zeit, aber sehr wohl noch immer in gewisser Weise den Kampf ums Dasein, weil auch diese Jenseits-Welt auf der Dualität, der Auseinandersetzung und dem Gegensatz beruht.

Simplicius: Meister, ich bin verwirrt. Kannst du uns sagen wo diese drei Welten zu finden sind? Das ist doch seltsam, wenn es drei Welten geben soll, wo sollten die denn alle sein?

Der Meister: Eine gute Frage. Meine Antwort ist: Wie wir noch sehen werden und schon gesehen haben sind alle diese Welten in dir.
Du bist alles was ist, du trägst sowohl den Himmel wie auch das Universum und das Jenseits in dir und alles, was ist, bist du.

Simplicius: Das soll möglich sein?

Physicus: Erinnert euch doch an das Katzenparadoxon. Die Wissenschaft sagt dasselbe. Alles entsteht aus dir durch die Projektion dessen, was in deinem Bewusstsein ist. So entsteht die Welt. Das habe ich euch doch schon erklärt.

Simplicius: Alles ist in mir? Wie soll das gehen? Da bin ich überfordert: Auch dieses Katzen-Paradoxon habe ich, glaube ich, nicht wirklich verstanden. Doch ich will gerne warten auf später, wo wir diese Frage ja noch einmal behandeln wollen. Aber die grundsätzliche Frage ist doch: Wie kommt es zu diesen Illusions-Welten?

Der Meister: Am Beginn der Zeit gab es nur die Wirklichkeit des Himmels, der ja ein Gewahrsein und kein Ort ist. Ein Teil der Geistwesen des Himmels entschied sich, aus welchen Gründen immer, von der Himmels-Einheit, also von Gott, zu trennen und eine eigene Existenz zu schaffen.

Diese Trennung ist bekannt als „**der Fall**", der „**Engels-Sturz**" oder die Vertreibung aus dem Paradies.
Die hohen Geistwesen der Trennung schufen das Universum, die Welt und den Menschen.

Der Unterschied zur Einheit des Himmels war und ist, dass dieses Universum und der Mensch in der Gegensätzlichkeit, in einer Dualität erschaffen wurden und immer noch erschaffen werden.
Es war der Wunsch und Wille dieser sich von Gott trennenden Wesen, eine Welt des Gegensatzes zu erschaffen, auch im Gegensatz zur Einheit des Himmels.
Diese von Gott getrennte Engel-Seelen-Masse nennt man auch das Ego. Und auch dieses Ego ist eine Einheit. Alle Menschen, alle Wesen, die im Universum existieren, alle Wesenheiten sind eine Ego-Einheit.
So entstanden diese Welten, der Himmel und die Illusions-Welt des Universums und des Jenseits, die Ganzheit und die Trennung.
Und jedes Wesen im Universum ist sowohl Teil der Himmels-Ganzheit und gleichzeitig auch Teil der Trennungs-Ego-Ganzheit, denn - und das ist ganz wichtig zu wissen - die Trennung ist eine Illusion und daher auch sind dieses ganze Universum und die darin existierenden Wesen eine Illusion.
Das Basis-Prinzip dieser Illusion ist der Gegensatz, die Auseinandersetzung, der Kampf ums Dasein und dieser vollzieht sich

von der Mikro-Ebene der Atome bis hinauf zu den Galaxien.
Friede, wahrer Friede ist in der Illusion also auf keiner Ebene und in keinem Bereich möglich.

Simplicius: Meister, ich glaube du wirst mit dieser Sicht viele Menschen enttäuschen, die doch glauben dieses Universum - von einem kosmischen Gott erschaffen - sei das Höchste, Schönste und Wunderbarste, was es gibt. Und jetzt soll es in diesem Universum nur die Dualität, die Auseinandersetzung, den Kampf ums Dasein geben und alles soll Illusion sein? Ich fürchte, du wirst nicht viele Menschen finden, die dir da zustimmen werden.

Der Meister: Das kann nicht mein Problem sein. Ich kann und werde immer nur das sagen, was die Wahrheit ist, auch, wenn sie die Menschen derzeit noch nicht begreifen können. Aber die Zeit ist da, und sie ist jetzt, um von dem Neuen, vom wahren Sein zu sprechen. Daher hört mich weiter: Welche Bedeutung hat also diese Welt, von der wir heute gesprochen haben. Ich meine

also die kosmische Welt, die in der Trennung geschaffen wurde?
Und ich kann euch dazu das Folgende sagen:
Die Welt, die du siehst, hat dir nichts anzubieten, was du brauchst, weder etwas, was du in irgendeiner Weise benutzen könntest, noch irgendetwas, was dir dazu diente, dir Freude zu bereiten.
Ein jedes Ding, das du hier schätzt, ist nichts als eine Kette, die dich bindet an diese Welt und sie dient keinem anderen Zweck als diesem. Der einzige Zweck also, den diese Welt enthält und der deines Geistes würdig ist, ist der, dass du an ihr vorbeigehst, ohne dich damit aufzuhalten, dort Hoffnung wahrzunehmen, wo es keine gibt.
Lass dich nicht länger täuschen. Die Welt, die du siehst, enthält nichts, was du willst. Du kannst den Ketten, die du dir selber auferlegst, entrinnen, wenn du die Vergebung, die wahre Vergebung, von der ich noch sprechen werde, dir zueigen machst.
Denn was du hier wertschätzt, machst du zu einem Teil von dir. Vor allem lasse nichts, was mit Körper-Gedanken in Verbindung

steht, deinen Fortschritt zur Erlösung verzögern. Hier gibt es nichts zu hegen, denn wertlose Dinge haben nichts zu bieten.

Simplicius: Ich höre das alles ja nicht zum ersten Mal und doch brummt mir der Schädel. Trotzdem finde ich: Ist das alles nicht sehr weltfremd, Welt verachtend und Welt verneinend?
Die Menschen lieben doch auch diese Welt, freuen sich und sind glücklich. Wer sagt schon, außer mir, das Ganze kotzt mich an? Aber ist das die Lösung?

Physicus: Nun, Simplicius, erkläre dich doch etwas genauer. Was ficht dich an in dieser Welt? Es geht dir doch gut? Worüber hast du dich zu beklagen?

Simplicius: Im Außen, lieber Freund, geht's mir derzeit scheinbar gut. Ich bin gesund, habe keine finanziellen Sorgen. Wo fehlt es mir dann?
Es sind zwei Bereiche, die mich verzweifeln lassen.
Einerseits im persönlichen und andererseits im gesellschaftlichen.
Persönlich ging es mir nicht immer gut.

Meine Partnerschaft war schwierig. Ich weiß ja, dass ich mir das alles selber wählte. Aber einfach war es nicht. Alle litten. Und es gab keine Lösung als schließlich die Trennung.
Die Familie war ebenfalls schwierig. Eigentlich fühlte ich mich immer fremd. Und wir erlebten Tragisches in vielfacher Weise.
In beiden Fällen gab und gibt es wenig Grund zum Lachen und zur Freude. Alle haben kein einfaches Schicksal gewählt, auch wenn es so sein soll.
Gut, ich war erfolgreich in meinem Beruf, aber was soll's. Das bringt in dieser Hinsicht wenig.
Zum anderen - wenn ich mich in meinem Inneren anschaue, das Unbewusste in mir hochkommen lasse, dann ist das überhaupt nicht lustig. Da kommen aus der Vergangenheit, aus dem Unbewussten, Dinge hoch, denen ich mich stellen muss und das ist gar nicht lustig. So also erlebe ich die persönliche Seite.

Und die gesellschaftliche?
Schaut euch doch um, wie die Menschen miteinander umgehen. Schaut doch in die

Familien hinein, in die Politik, in die Welt.
Sind es nicht Betrug, Lüge, Hass,
Unverstand, Täuschung die hinten und
vorne die Welt regieren?

Daher - es kotzt mich an – alles, wenn man
genauer hinsieht.
Freilich - die meisten Menschen decken
alles zu, wenn sie nicht gerade selber leiden.
Dann heißt es: Wie geht es dir? Und die
meisten sagen: Ja, mir geht's gut.
Das zu hören fällt mir schwer, denn dann
weiß ich: Der gute Mann, die gute Frau, sie
decken alles zu. Sie wollen gar nicht
wissen, wie es ihnen geht, wie es der Welt
geht.
Sicher – man wird nicht immer mit seinen
Sorgen, mit seinem Seelenzustand jeden
überfallen, wenn das nicht angebracht ist.
Doch irgendwann, zu jemandem, zu dem
man Vertrauen hat, sollte man sich öffnen.
Aber, wer tut das schon?

Sophia: Nun, ich höre das ja von dir nicht
zum ersten Mal, Simplicius. Doch mit
deinem Frust auf die Welt schadest du nur
dir selber. Das weißt du und doch tust du
nichts dagegen. Ist das klug?

Simplicius: Ich weiß, ich weiß, aber lassen wir den Meister sprechen.

Der Meister: Wir sprachen heute über die Welt.
Ist es nicht so, dass ihr alle bereit seid, diese Welt, die wir eine Traumwelt nannten, zu schätzen?
Ist es nicht so, dass ihr an sie mit Ketten gebunden seid? Ketten, die in den Verbindungen zu dem, was ihr schätzt, bestehen: zu Macht, Ansehen, Einfluss, Beziehungen, Freunde, Feinde, Familie und so weiter, ist es nicht so?
Was aber ist die Welt wirklich? Diese Welt des Traumes, der Illusion, in der Kampf, Krieg und Täuschung vorherrschen?
 Lasst mich zuletzt noch darauf eingehen, wie ihr eigentlich die Welt sehen solltet.
Ist die Welt, die du siehst, nicht fürwahr erbarmungslos, instabil, grausam, gleichgültig dir gegenüber, schnell bereit zur Rache und mitleidlos vor Hass? Sie gibt doch nur, um zu widerrufen, und sie nimmt alle Dinge weg, die dir eine Zeit lang lieb und teuer waren. Keine dauerhafte Liebe ist in ihr zu finden, denn es gibt hier keine.

Dies ist die Welt der Zeit, in der alle Dinge enden. Habt ihr euch das schon einmal bewusst gemacht?

Simplicius: Wenn ich hier auch für die anderen sprechen darf, ich glaube, so drastisch haben wir das bisher noch nicht gesehen. Ich habe es mehr gefühlt als bewusst so gesehen, auch wenn ich sagte, alles kotzt mich an.

Der Meister: Lass mich dann fortfahren. Ist es denn ein Verlust, stattdessen eine Welt zu finden, in der du nicht verlieren kannst, wo Liebe ewig währt, Hass nicht existieren kann und Rache ohne Bedeutung ist?
Ist es denn ein Verlust, alle Dinge zu finden, die du wirklich willst, in der Erkenntnis, dass sie kein Ende haben und die ganze Zeit hindurch genauso bleiben, wie du sie haben willst?
Doch auch diese werden am Ende ausgetauscht gegen etwas, worüber ich nicht sprechen kann, denn von da aus gehst du dorthin, wo Worte völlig versagen, in ein Schweigen, wo die Sprache

unausgesprochen bleibt, doch bestimmt verstanden wird.

Physicus: Ich glaube der Meister hat jetzt zuerst von dem gesprochen was man als das „Grenzland" bezeichnet und dann auf den Himmel, das Himmels-Gewahrsein verwiesen. Ist das so?

Der Meister: Ja, das ist so, Physicus, du hast das richtig erkannt.

Simplicius: Wenn ich es also recht verstehe, dann sagt der Meister: Bindet euch nicht mit Ketten an Vergängliches. Denn alles in dieser Welt, in diesem Universum ist vergänglich. Und weil es vergehen wird, musst du leiden, wenn du dich an Weltliches bindest. Suche daher das Unvergängliche, das Zeitlose, das gibt dir dann ewigen Halt.

Mit diesen Worten hat der Meister uns bereits auf das Thema des nächsten Tages hingewiesen, wo wir ja über Himmel, Hölle und das Jenseits sprechen wollen. Wenn das so ist, würde ich sagen: Schluss für heute.

Wir haben viel gehört und es gilt, das alles zu überdenken und zu reflektieren.

Sophia: Einen Augenblick noch!
Sophia möchte euch dazu noch etwas sagen.
Wenn diese Welten alle in uns sind und wir trotzdem immer eins mit Gott sind, dann sind wir es auch, wenn wir scheinbar, aus einer Laune des Geistes heraus, von Gott getrennt sind. Dann muss es doch eine Möglichkeit geben, sich wieder an ihn zu erinnern, ganz gleich in welcher Form ich existiere.
Ich bin also nur dann an die jeweilige Bewusstseinsform gebunden, wenn ich glaube, dass ich diese Form bin. So kommt es auch, dass ich glaube, ich bin der Körper, ich bin mein Ego.
Und wieder führen diese Gedanken zu dem hin, was ich schon zuvor sagte: Ich bin der Träumer des Traumes.
Wenn es mir gelingt zu erkennen, dass ich diesen Traum aufgeben kann, dann glaube ich, können wir uns aus dem Traum lösen und damit vom Erdendasein erlösen und in das gehen, was der Meister soeben angedeutet hat, den Himmel, das Gewahrsein des Himmels.

Wichtig zu erkennen ist jedoch, meines
Erachtens, zu wissen, dass wir dem Ego
nicht dadurch entrinnen können, dass wir es
demütigen, oder kontrollieren, oder
bestrafen oder darüber verzweifeln, wie der
gute Simplicius das tut.
Die einzige Möglichkeit, uns davon zu
befreien ist, sich das Ego zu vergeben.
Davon aber werden wir ja, wie ich höre, an
einem der nächsten Tage sprechen.

Du aber, Simplicius, höre mir also jetzt
einmal gut zu:

Du machst einen großen Fehler - wenn du
die Illusion für wirklich nimmst.
Du glaubst an die Realität deines Traumes.
Ich aber sage dir folgendes: Das Geheimnis
eines erfüllten Lebens in der Illusion ist:
Sich an der Welt zu erfreuen, so wie sie ist.
 Sage also nicht: Alles kotzt mich an. Das
hilft der Welt nicht und dir schadet es nur.
Versuche stattdessen froh und glücklich zu
sein und den Frieden in dir zu finden. Vom
Meister haben wir gehört: Unser Beitrag
zum Frieden in der Welt ist, den Frieden in
uns zu finden, denn wir sind alle Teile
dieser Welt.

Dann kannst du und sollst du alles tun, was dir sinnvoll erscheint. Das ist dann kein Mitleids-Tun, kein Sich-um-alles-kümmern, kein die Illusion-verändern-wollen, sondern ein aus der inneren Ruhe heraus, aus dem Frieden, in die Welt agieren oder auch nicht agieren.
Es heißt ja: Es gibt nichts zu tun, das heißt aber nicht, dass du nichts tun sollst, sondern nur, dass es nicht wichtig, nicht bedeutsam ist, irgend etwas zu tun in der Illusion, außer du tust es aus der Ruhe heraus, einfach so.
Schau also auf alles, was ist - das Gute und das Böse, verdränge nichts, kehre nichts unter den Teppich, beurteile nicht, und verurteile nicht, bemitleide nicht das scheinbare Opfer, dich eingeschlossen, das nur die Folgen seines Karmas erfährt, verachte auch nicht den Täter, denn der macht sich schon zum Opfer.
    Mitgefühl – ja. Mitleid – nein!
Lerne also allem und jedem – vor allem dir selber - zu vergeben in der Art, wie der Meister das lehrt.
Und zuletzt - höre, was der Meister sagt, hänge dich an nichts. Also - keine Ketten, nicht an Familie, Partner, Freunde, nicht an

Ruhm, Ehre, Erfolg - an absolut nichts. Das bedeutet nicht lieblos durch die Welt zu gehen, aber es bedeutet ohne Bindung zu gehen.
Und ich garantiere dir, wenn du das auch nur einigermaßen befolgst, hast du ein erfülltes Leben in dieser ansonsten schwierigen Welt.
Höre auf mich, höre auf Sophia!

Simplicius: Lass dich umarmen und dir danken, Sophia. So wie du sprichst, weist dein Name tatsächlich auf die Weisheit hin, die in dir weilt.
Du hast eine Gabe, die Dinge zu durchschauen und wirklich auf den Punkt zu bringen.
Ich danke dir daher für diese **Gardinen-Predigt** und verspreche dir, dass ich versuchen werde, die Illusion, die Albträume der Vergangenheit, nicht so wichtig zu nehmen.
Ich will versuchen sie hinter mir zu lassen, sie aufzugeben und sie zu übergeben.
Ich will es versuchen. Ich will versuchen mir zu vergeben, mir meine Sicht auf die Welt zu vergeben. Das ist keine geringe Aufgabe.

Doch nun glaube ich, können wir einen Schlusspunkt setzen.

Wir treffen uns am Morgen zu unserem nächsten Gespräch.

Der 3. Tag - Gespräch über Raum, Zeit und Ganzheit

Simplicius: Jeder von uns glaubt doch zu wissen, was Raum und Zeit sind. Aber schon die alten Griechen und der Kirchenvater **Augustinus** zweifelten daran, dass wir wirklich wissen, was Raum und Zeit bedeuten.
So ist es doch oft: Wir glauben etwas zu wissen, wir glauben an etwas und mit der Zeit zeigt sich, dass wir darüber eigentlich wenig oder nichts wissen. Lassen wir uns daher von unserem Freunde, dem Physicus, erklären, was man heute über Raum und Zeit wissen kann.

Physicus: Wie bei der Frage nach der Materie, wo es sich zeigte, dass die Menschen bis ins 20. Jahrhundert eine völlig falsche Vorstellung davon hatten, was Materie ist, hat erst die Quantenphysik einiges darüber klargestellt. So ist es auch bei den Fragen nach Raum und Zeit. Auch hier hat erst die Wissenschaft im 20. Jahrhundert eine völlig neue Situation geschaffen.

Wenn wir uns dem Problem von Raum und Zeit nähern wollen, dann geht es aber um mehr. Es geht eigentlich um die Frage: Wie wirklich ist die Wirklichkeit, das heißt, wie wirklich ist diese biologische Sinnen-Wirklichkeit in der wir existieren? Darüber haben wir ja schon gesprochen.
Anders formuliert: Gibt es eine Außen-Realität unabhängig vom menschlichen Bewusstsein, oder ist diese Außen-Realität nur als Resultat des menschlichen Bewusstseins existent?
Das ist eine Grundfrage nicht nur für die Physik, für die Wissenschaft oder für die Philosophie sondern überhaupt für unser ganzes Mensch-Sein, also auch für die Religionen und die Weisheitslehren, also für unser gesamtes Welt- und Menschenbild.
Falls die Außenwelt unabhängig vom menschlichen Bewusstsein existieren würde, dann müsste gelten:

- Objekte existieren unabhängig davon, ob sie beobachtet werden oder nicht.
- Es gibt eine Subjekt/Objekt-Trennung, beziehungsweise eine Beobachter-Objekt Trennung.
- Es gibt den Raum als Abstand zwischen zwei oder mehreren Punkten oder Orten.
- Es gibt die Zeit als den linearen Ablauf von Intervallen.

Diese Ansichten nennt man **erkenntnistheoretischen Realismus.** Man könnte auch sagen: Diese Annahmen entsprechen einem naiven **Phänomenalismus**, weil damit die Welt, die biologische Wirklichkeit, als real so genommen wird, wie sie sich dem Menschen mit seinen Sinnen zeigt. Der Mensch vertraut also auf seine Sinnes-Erfahrung, um dieses naive Weltbild zu schaffen.

Die Wissenschaft des 20. Jahrhunderts, insbesondere die Quantenphysik, beweist uns aber, dass dieses Weltbild völlig falsch und keines dieser Postulate haltbar ist. Sie entsprechen nicht den wissenschaftlichen Erkenntnissen.

Im Zentrum des Beweises der Unhaltbarkeit dieser Postulate des erkenntnistheoretischen Realismus steht das so genannte **Einstein-Podolsky-Rosen-Paradoxon**, das ich aber hier nur erwähnen und nicht im Detail erklären will, weil das zu weit führen würde und es heute auch eigentlich nur mehr um die Resultate geht und nicht mehr darum, wie diese Resultate zu Stande kamen und ob sie wissenschaftlich bewiesen sind. Das kann man ruhig den Physikern überlassen und ihnen vertrauen, dass sie bei ihren Versuchen richtig vorgegangen sind und daraus die richtigen Schlussfolgerungen gezogen haben.

Simplicius: Wie könnte man nun diese Ergebnisse der Quantenphysik einfach formulieren?

Physicus: Das wesentlichste Element der neuen Weltsicht ist wohl, dass die Totalität des Seins, die Welt, das Universum, als eine ungeteilte fließende Bewegung ohne Grenzen, also als eine Ganzheit, gesehen wird.
Einfach gesagt:
Es gibt eigentlich weder Raum noch Zeit.

Alles Sein ist eine ungeteilte Ganzheit, Mensch, Natur und alle Lebewesen.
Daraus folgt logisch, dass es
- keine Subjekt/Objekt-Trennung und auch
- keine Beobachter/Objekt-Trennung gibt.

Der Beobachter ist also immer Teil des beobachteten Objektes. Genauer formuliert: der Beobachter mit seinem Bewusstsein ist immer Teil des beobachteten Objekt-Bewußtseins, weil alles eine Ganzheit ist.

Simplicius: Und das alles glaubst du selber und glaubst, dass wir es annehmen können? Das geht aber über mein Fassungsvermögen hinaus. Sind denn die Physiker einfach verrückt geworden? Das glaubt euch doch kein normaler Mensch.

Physicus: Die Physiker sind nicht verrückt geworden.
Vielmehr ist es der normale Mensch mit seinem naiven Glauben an seinen Körper und an die Realität der Sinnes-Erfahrung. Er wird also lernen müssen in dieser scheinbar verrückten Welt zu leben und zu existieren.

111

Es ist nicht zum ersten Mal, dass man die Wissenschaft für verrückt hält, denn das hat auch schon der große **Luther** getan, als er von den Thesen des **Kopernikus** erfuhr. Aber später musste auch er und mussten die Menschen ganz allgemein den wissenschaftlichen Erkenntnissen des Kopernikus folgen und nicht der naiven Sinnes-Wahrnehmung, die Luther vertrat.

Simplicius: Lass mich also noch einmal – vorsichtig - formulieren, was du gesagt hast.
Also - wenn es keine Zeit geben sollte - wie soll das sein, wenn es nur das „Jetzt" gibt?
Wo bleiben dann Vergangenheit und Zukunft?
Weiters - wenn es keinen Raum geben sollte, wo bleiben die Entfernung, der Abstand, wo bleiben die Sterne, Mond und Sonne?
Wenn es keine Subjekt/Objekt-Trennung gibt, dann ist doch alles in mir und ich bin in allem anderen?
Wo bin ich denn dann wirklich?
Und zuletzt - wenn ich nicht beobachte, also nicht wahrnehme, dann gibt es einfach keine Welt?

Wer will das alles erklären?

Physicus: Wir haben ja bereits in unseren früheren Gesprächen festgestellt, dass sich Wissenschaft und Weisheitslehre hier treffen, wie immer „ver-rückt", d.h. aus dem Zusammenhang gerückt, das Ganze erscheint.
Ich kann aus meiner Sicht nur betonen, dass sich die Welt nur erklären lässt, wenn wir physikalische Ergebnisse der Quantenphysik mit dem Begriff des Bewusstseins - so wie wir diesen bereits definierten - verbinden.
Das menschliche Bewusstsein ist ein integraler Bestandteil einer physikalischen Welt-Erkenntnis, eines Welt-Verständnisses. Denn wir sagten doch: Alles Sein ist Bewusstsein. Es gibt überhaupt nur Energie und Bewusstsein. Das sich immer wieder ins Gedächtnis zu holen ist wichtig.
Dazu gehört weiter auch das Wissen vom Schrödingerschen-Katzen-Paradoxon, wo wir sagten, dass die Welt aus dem menschlichen Bewusstsein her geschaffen

wird. Sie wird erschaffen durch die Beobachtung.

Und, Simplicius, du hast schon früher einmal betont, dass du das alles, vor allem das Katzenparadoxon, nicht verstehen würdest.

Lass mich daher Folgendes noch einmal wiederholen und höre mir gut zu, denn das ist der wesentliche Punkt.

Normalerweise glaubt der Mensch, er schaue mit den physischen Augen und Sinnen in die Welt „da draußen".

In Wahrheit ist alles „da drinnen".

Es gibt kein Außen, selbst wenn es so aussieht. Die Welt da draußen ist eine Projektion deines Bewusstseins, aus seinem Inneren hinaus. Und so entsteht eine Phantom-Außen-Welt, in der dann durch Beobachtung, das heißt Energieaustausch zwischen Bewusstseins- Einheiten, die scheinbar materielle - in Wahrheit aber virtuelle -Welt entsteht.

Simplicius: Guter Physicus, ich glaube, jetzt habe ich das endlich kapiert. Wer aber beantwortet mir nun meine Fragen, kann der Meister dazu etwas sagen?

Der Meister: Ich stimme mit den Erkenntnissen der Quantenphysik, wie sie unser Physicus formuliert hat, weitgehend überein.
In Bezug auf das Problem der Zeit gilt aus meiner Sicht das folgende:
Zeit und Raum sind eine Illusion, die verschiedene Formen annehmen kann.
 Wenn die Illusion über deinen Geist hinaus projiziert wird, denkst du, sie sei Zeit. Auch gibt es eine Distanz, die du getrennt von deinem Bruder oder einem anderen Objekt behalten möchtest, und diesen Raum nimmst du als Zeit wahr, weil du noch immer glaubst, es gäbe etwas außerhalb von dir.
Nichts geht jemals verloren außer Zeit, und die ist am Ende bedeutungslos. Denn sie ist nur ein kleines Hemmnis für die Ewigkeit, völlig bedeutungslos für das, was du in Wahrheit bist, nämlich reiner Geist.
Zeit ist also ein Kunstgriff, ein Taschenspielertrick, eine Riesen- Illusion, in der Figuren wie durch Zauberei kommen und gehen. Doch hinter den Erscheinungen gibt es einen Plan, der sich nicht ändert.
Denn alles in deinem Leben ist vorherbestimmt. Das ist der Plan, denn du

gewählt hast. Die Zeit ist daher schon geschehen. Das Drehbuch ist geschrieben. Doch gibt es keinen Schritt auf diesem Weg, den irgendjemand nur aus Zufall tut. Er ist bereits von ihm gegangen worden, auch wenn er sich noch gar nicht auf den Weg gemacht hat. Denn die Zeit erstreckt sich nur scheinbar in eine Richtung. Wir unternehmen lediglich eine Reise, die schon vorbei ist. Und dennoch scheint sie eine Zukunft zu haben, die uns noch unbekannt ist.
Die Welt der Zeit ist die Welt der Illusion. Was vor langer Zeit geschah, scheint jetzt zu geschehen. Entscheidungen, die schon lange getroffen wurden, scheinen offen und noch zu treffen zu sein.

Simplicius: Ich kann zwar nicht alles ganz genau verstehen, was der Meister sagte und doch möchte ich nach diesen Erkenntnissen und allem, was schon zuvor gesagt wurde, versuchen, die Fragen, die ich selber stellte, auch selber zu beantworten. Vielleicht hilft das.
Die erste Frage war doch:

Wenn es keine Zeit geben sollte und es nur das „Jetzt" gibt, wo bleiben da Vergangenheit und Zukunft?
Logisch gefolgert ergibt sich daraus, dass die Zeit, wenn sie eine Illusion ist, nur in unseren Vorstellungen existiert. Das heißt, in unserem Bewusstsein erleben wir einen Lauf von Zeit, von der Vergangenheit in die Zukunft, obwohl es diesen in Wahrheit nicht gibt.
Man kann sich doch vorstellen, dass wie in einem Traum etwas geschieht und wir nehmen diesen Traum für wirklich und sagen dann, ja das war in der Vergangenheit und das ist jetzt, obwohl alles zugleich geschieht, obwohl alles zugleich im „Jetzt" stattfindet. Die Speicherung dieser Zeit-Läufe erfolgt in unserem Bewusstsein, das sich über Leben und Tod hinaus, auch in zukünftige Leben erstrecken kann.
Was sagt ihr zu dieser meiner Schlussfolgerung?

Physicus: Aus meiner Sicht stimme ich diesen Überlegungen zu.

Der Meister: Dasselbe gilt für mich.

Simplicius: Lasst mich dann also fortfahren.
Wenn es keinen Raum geben sollte, dann frage ich mich, wo bleiben dann die Entfernung, der Abstand, die Sterne, die Sonne und der Mond?
Der Physicus hat ja schon betont, dass das Bewusstsein ein wesentlicher Teil unseres Selbstverständnisses sein muss, um die physikalische Wirklichkeit beschreiben zu können.
Wenn das so ist und es den Raum nicht geben soll, dann muss ich logisch schlussfolgern, dass alles in mir, in meinem Inneren, das heißt in meinem Geist-Wesen-Zustand existiert und ich blicke dann – scheinbar - hinaus in die Welt auf den Mond und sehe ihn 300.000 Meilen von uns entfernt. Aber in Wahrheit ist dieser Mond nicht da oben, sondern er ist in meinem Bewusstsein.
 Und dasselbe gilt für einen weit entfernten Stern.
 Nehmen wir an, wir schauen auf einen Stern, der 20 Milliarden Lichtjahre entfernt ist. Durch meine Beobachtung auf dem subatomischen Niveau verändere ich sogar diesen Stern.

Wie soll das möglich sein?
Es ist möglich, weil dieser Stern nicht wirklich 20 Milliarden Lichtjahre entfernt, sondern in meinem Geist ist, oder genauer gesprochen, er ist eine Projektion meines Geistes.

Ich habe also den Stern und die ganze Welt erfunden und alles kommt aus mir, genauer gesagt, alles kommt aus der Ganzheit des Egos, das ich auch bin.
Und diese Ganzheit des Egos besteht aus den höheren Geistwesen, die aber nicht getrennt von mir sind und die laufend diese Welt erschaffen. So muss man das verstehen. Ich erschaffe gemeinsam mit diesen höheren Geistwesen, die Teil von mir sind und wovon ich Teil bin, dieses Universum.
Der Stern kommt also auch nicht auf mich zu, wie die meisten Menschen denken. Dieser Stern ist auch nicht materiell. Falls ich ihn berühren würde und glaubte, er sei fest, undurchdringlich, also Materie, dann erlebte ich eben eine Traum-Täuschung. Er ist in Wirklichkeit nichts anderes als ein Gedanke, er ist Energie, die ebenso wenig wie ein Gedanke vernichtet werden kann.

Da gilt auch der Erhaltungssatz der Energie, den die Studenten schon in der Schule lernen. Auch Gedanken sind nichts anderes als eine Form der Energie.
Wie findet ihr meine Überlegung?

Der Physicus: Das ist ja großartig, Simplicius. Ich bin sehr überrascht, wie klar du das formulierst. Woher hast du das jetzt auf einmal alles? Das ist schon umwerfend, was da alles zum Vorschein kommt. Wiederum kann ich sagen, dass ich mit allem sehr einverstanden bin.

Der Meister: Auch ich kann diesen Ausführungen zustimmen.

Simplicius: Gut so, dann will ich also zur dritten Frage übergehen, die eigentlich aber schon mit der zweiten Frage beantwortet ist, nämlich:
Wenn alles aus meinem Bewusstsein kommt, wie es ja das **Schrödinger´sche Katzen-Paradoxon** darlegt, dann erschaffe ich die Welt, das Universum und meinen Körper in jedem Augenblick neu und auch die Sterne und dann kann es natürlich auch keine Subjekt/Objekt-Trennung – kein

Außen - geben, denn alles ist in mir und ich bin in Allem.

Nun will ich aber auch gleich die letzte Frage behandeln: Wenn die Welt nicht beobachtet, und nicht wahrgenommen wird, gibt es dann eine Welt?

Und die Antwort kann nur sein, wie wir schon sagten: Keine Beobachtung – keine Welt. Erst durch die Beobachtung entsteht die Welt.

Physicus: Ich muss schon sagen Simplicius, da hast du in kurzer Zeit sehr viel gelernt. Denn du hast die Sache nach meinem Dafürhalten im Großen und Ganzen richtig beantwortet, wenn es auch noch einige offene Fragen gibt, die aber doch nicht so einfach zu beantworten sein werden.

Simplicius: Und welche Fragen wären das? Nun zum Beispiel frage ich mich jetzt, einerseits wie es sein kann, dass alle Menschen denselben Mond, dieselben Farben, dieselbe Umwelt sehen, wenn sie doch scheinbar getrennt sind im Körper. Ist es dann wirklich so, dass die Menschen als eine Geist-Wesens-Einheit alles aus diesem Gesamt-Menschheits-Zustand projizieren?

Und die zweite Frage betrifft die Zeit, wo es mir darum geht zu erklären, wie es möglich ist, dass wir alle glauben, es gebe die Zeit, wenn wir wissen, dass es die Zeit in Wahrheit nicht gibt.

Physikus: Die erste Frage haben wir ja teilweise schon am zweiten Tag behandelt, falls ihr euch daran erinnert. Es hat damit zu tun, dass die ganze Menschheit eben diese eine Ego-Seelen-Masse ist.

Zur zweiten Frage habe ich mir selber ein Gedankenexperiment überlegt, das ich euch vorstellen möchte.

Stellt euch folgendes vor:

Euer Bewusstsein speichert jeden „Jetzt – Zustand" in irgendeiner Form. Jedes Bild, das Gefühl, der Gedanke und der Eindruck, den ihr im Jetzt erfährt, wird so gespeichert. Nun stellt euch weiter vor, dass dieser Speicher einer Nähmaschine gleicht, die Stück um Stück der Information, die ihr so erhalten habt aneinander reiht. So reiht sich jeder Jetzt-Eindruck an einen neuen Jetzt-Eindruck in diesem Bewusstseins-Speicher als ein Informations-Impuls genau so, wie

sich Stich um Stich in einer Nähmaschine aneinanderreiht.
Dann sagst du: Na klar, vor einer Minute bist du zur Tür hereingekommen. Das weiß ich. Aber was geschieht - du nimmst es nur aus deinem Speicher. Und so geht es mit allem, du sagst: Ja, vor 10 Jahren war es so und vor 30 Jahren war es so, ich erinnere mich nicht ganz genau, aber immer nimmst du alles aus diesem Nähmaschinenspeicher. Wir haben also den Eindruck eines Zeitablaufes, weil es gespeichert ist, aber es gibt nur die Gegenwart, die Zeitlosigkeit. Könnt ihr das verstehen?

Simplicius: Ja, das kann ich gut verstehen und ihr sicher auch. Dieses Gedankenexperiment mit der Zeit-Nähmaschine finde ich sehr anschaulich und auch wichtig, um eine sonst paradoxe Situation zu erklären.
Aber lasst uns nun doch noch einmal zur ersten Frage zurückkommen, die mir offensichtlich nicht klar war, nämlich, wie es möglich ist, dass wir alle dasselbe sehen, wenn wir doch scheinbar im Körper, im Raum und in der Zeit, getrennt sind.

Der Meister: Hier will ich mich einschalten und noch einmal einiges zum Konzept der Ganzheit aus der Sicht der Weisheitslehre sagen.
Ich habe bereits am zweiten Tag kurz über die Ganzheit gesprochen. Dort wurde von mir schon der Vergleich zwischen dem Zustand des Geistes und der Luft gemacht und ich sagte: Ebenso wenig wie es möglich ist die Luft zu zerteilen, kann der Geist getrennt werden.
Nun sehen sich die Menschen als Körper-Wesen getrennt und es ist schwierig für sie zu glauben, dass sie nicht voneinander getrennt seien. Das aber hängt damit zusammen, dass sie sich mit dem Körper identifizieren, der sie in Wahrheit nicht sind.
Weiters könnte man zur Ganzheit folgendes sagen:
Du musst erkennen, dass deine Ganzheit keine Grenzen haben kann, weil das wahre Sein Unendlichkeit ist.
Die Ganzheit ist unteilbar, doch kannst du nicht lernen was deine Ganzheit ist, solange du sie nicht überall siehst. Weil die Menschheit als eins erschaffen ist, erinnerst du dich jedes Mal, wenn du einen Teil der

Schöpfung erkennst, an die gesamte
Schöpfung. Jeder Teil, an den du dich
erinnerst, trägt zu deiner Ganzheit bei, weil
jeder Teil des Ganzen ganz ist.
Ganzheit kannst du nicht wirklich verstehen,
solange du nicht ganz bist.
Kein Teil der Menschheit kann
ausgeschlossen werden, wenn er die
Ganzheit der Schöpfung erkennen möchte.
Das Ego analysiert, die Ganzheit akzeptiert.
Nur durch Akzeptanz kann die Ganzheit
gewürdigt werden, denn analysieren heißt
zerlegen oder heraustrennen. Der Versuch
aber, die Totalität durch zerlegen zu
verstehen, ist eindeutig der
widersprüchliche Ansatz der Wissenschaft
allem gegenüber.
Auf einen einfachen Nenner gebracht heißt
das alles:
Es gibt einerseits die Ganzheit des Himmels
und andererseits die Ganzheit des Egos. Die
Ganzheit des Himmels ist einfach zu
verstehen, weil man sich gut vorstellen
kann, dass der Geist, der unteilbar ist, nur
eine Einheit sein kann.
Schwieriger ist es, die Einheit der Ego-
Vielheit zu verstehen. In dieser Ego-Welt
scheint alles getrennt. Die Himmelskörper,

die Menschen- Körper, die Gestalt-Formen der Natur. Alles scheint getrennt.
In Wirklichkeit sind aber auch alle diese Ego-Formen eine Einheit. Sie scheinen nur getrennt zu sein. Erklären kann man das, wenn man die Erkenntnisse der Quantenphysik akzeptiert. Dort hat man erkannt, dass jede Form, jede Gestalt-Form aus der Ego-Ganzheit durch Projektion entsteht. Diese Ego-Ganzheit wurde auch als Ego-Seelenmasse bezeichnet. Die Vielheit der Ego-Formen entsteht also durch eine Projektion aus der Ego-Einheit, die jedes Ego für sich vornimmt. So ist also auch das Ego eine Einheit, man kann sagen, es ist als eine Ganzheit zu sehen.

Sophia: Die vielen Erklärungen, die hier angestellt wurden, sind zwar notwendig, den Geist einigermaßen auf das Neue vorzubereiten, sie sind jedoch, meiner Meinung zufolge, noch keine Lösung des eigentlichen Problems, nämlich eine Antwort auf die Frage zu geben: Wer bin ich?
Und so kommt mir der Ausspruch des Meisters sehr entgegen, der sagt: Das Ego analysiert, die Ganzheit akzeptiert.

Analyse setzt immer Urteil voraus.
Urteil aber verhindert, dass ich die Ganzheit in mir erlebe.
So lade ich euch ein, Simplicius und Physicus, euch mit mir in die Stille zu begeben, um gemeinsam zu versuchen, diese Ganzheit in einer Meditation zu erfahren. Auch den Meister würde ich bitten, mit zu tun.
Als Symbol für die Ganzheit setzen wir uns in einer kreisähnlichen Form in die Runde, schließen, um es leichter zu machen, die Augen und gehen in die Stille.
Ihr wisst ja, die Körper-Augen machen Bilder. Wir wenden unseren Blick nach Innen und das Innen, wohl gemerkt, ist nicht beschränkt auf und durch den Körper.
Nun lassen wir uns an den verschiedenen Bewusstseinsebenen vorbei in unsere Tiefe gleiten.
Noch ist das Bild des Raumes und unserer Körper stark da, aber schon verblasst es und Gedanken schwirren durch unsere Köpfe, Gedanken von unseren Gesprächen.
Dann kommen ganz andere Gedanken daher, völlig sinnlose, ohne Zusammenhang.

Es scheinen Gedanken zu sein, die wir oft im Alltag denken.
Irgendwie schwirrt und surrt es um uns herum. Wir haben das Gefühl, als ob unsere Nerven vibrierten.
Langsam wird es ruhig. Ein angenehmes Gefühl der Geborgenheit umfängt uns.
Etwas tut sich in mir auf, was mich eure Anwesenheit anders erleben lässt. Ihr seid mir sehr nahe. Einige andere Menschen sind nun auch da und das Gefühl der Nähe verstärkt sich.
Eigentlich ist es ein liebevolles Gefühl.
Jeder hat seinen Platz und doch sind wir uns nah.
Wenn wir nun bei diesem Erlebnis verweilen und von dem Wunsch loslassen, es fest zu halten, verschwimmt auf einmal dieses Bild.
Ich bin da, still, klar, wie ohne Grenzen und alle sind in mir, und alles ist mit mir eins.
Auch wenn wir nun diesen Zustand wieder verlassen, das Erlebnis, dass wir eins sind, bleibt in unserer Erinnerung und wir sollten nie mehr so denken und handeln können wie zuvor.

Simplicius: Das war ja eine ganz ausgezeichnete und tiefe Meditationsübung, in die du uns geführt hast, Sophia. Wir danken dir für diese Erfahrung. Ist es das, wovon man sagt, dass es die „Einswerdung" darstellt?

Das aber, wovon wir, vor der Einstimmung mit Sophia, sprachen, erinnert mich an den großen **Rene Descartes,** der doch als Basis der wissenschaftlichen Untersuchung forderte, jedes Problem in so viele Teilprobleme zu zerlegen, dass sie dann analysiert werden können.
Das aber hat die Wissenschaft dazu gebracht, immer mehr über immer weniger zu wissen, bis sie heute, in Beziehung auf unser Sein – pointiert formuliert - alles über nichts weiß.
Im Gegensatz dazu verstehe ich, dass es eine Ganzheit der Welt-Seele gibt, wenn man das so nennen kann, und dass es geistige Gesetze dieser Seelen-Ganzheit gibt, die wesentlich grundlegender sind, als die wissenschaftlichen Teil-Gesetzmäßigkeiten.

Was aber ist nun der Unterschied dieser kosmischen Einheit zur All-Einheit des Geistes?

Der Meister: Ich habe euch schon gesagt, dass es am Beginn der Zeit nur den Himmel gab, aus der sich ein Teil der Geistwesen, aus welchen Gründen immer, scheinbar trennte.
Seither bestehen nun sowohl die Ganzheit des Himmels, die man die All-Einheit nennen kann, wie auch die Ganzheit der scheinbar getrennten Geistwesen, die man die **Engel-Ego-Seelenmasse** nennen kann. Wichtig ist hier festzuhalten, dass diese Trennung eine scheinbare ist und nur weil sie eine scheinbare ist - also eine Illusion - ist auch eine Rückkehr der Engel-Geist-Wesen in den Himmel möglich. Wäre die Trennung keine Illusion, dann gäbe es auch keine Möglichkeit der Rückkehr in den Himmel.

Simplicius: Das höre ich gerne, denn wie sonst würden wir es anstellen, die Trennung aufzuheben?

Der Meister: Die Aufhebung der Trennung ist eine Sache des Willens und der Dis-Identifikation mit dem Ego. Ein Teil der Schwierigkeit dabei ist aber, dass jeder Mensch mit seinem Ego ein Teil des Gesamt-Ego ist, so dass er sich sozusagen von der Ganzheit der Ego-Engel-Seelen-Masse trennen muss, will er die Erlösung erreichen. Das ist auch der Grund, weshalb die Disidentifikation mit dem Ego nicht so einfach ist und einer starken Führung bedarf.

Simplicius: Ich schlage vor, darüber reden wir bei unserem nächsten Gespräch ausführlicher, aber ich habe noch eine letzte Frage an den Meister. Warum ist es so wichtig zu wissen, dass es die Zeit nicht gibt?

Der Meister: Zeit ist ein Teil der Illusions-Welt. Zeit ist eine Bürde, eine Last.
Die Zeit bedrängt euch. Du sagst: Ich habe keine Zeit. Was soll das heißen, wenn es die Zeit doch nicht gibt?
Zeit lässt dich glauben, du müsstest dich beeilen, um irgendwohin zu kommen - etwa auch in den Himmel.

Aber du bist ja schon immer dort. Du bist von dort niemals weggegangen. Du bist aus dem Himmel niemals weggegangen.
Alles ist also ein Traum. Der Traum von Raum und Zeit.
Zeit aber schafft Erinnerung. Und die Erinnerung an die Zeit schafft Schuldgefühle. Du sagst: Ja, damals habe ich das getan - ich fühle mich sehr schuldig. Das muss ich wieder gutmachen. Und dafür brauche ich Zeit.
So machst du deine Schuld und die Zeit wirklich, weil du alles erschaffen kannst, was du erschaffen willst. Du erschaffst damit also die Zeit und trägst deine Schuld in der Zeit ab. Das ist dann karmisches Schicksal.
In Wahrheit kannst du sagen: Es gibt keine Zeit. Gut, ich habe einen Fehler gemacht, doch dieser geschah in einem Traum, in einer Illusion. Ich werde ihn nicht wirklich machen. Ich werde mir diesen Fehler aber jetzt -selbst - vergeben. Und du bittest den Heiligen Geist dir dabei zu helfen.
Das also sind die zwei verschiedenen Weisen mit der Zeit umzugehen.

Im Ersteren Falle machst du die Schuld und die Zeit wirklich und du musst dein Schicksal über viele Jahrtausende erleiden. Im zweiten Falle lebst du zwar ein Leben in der biologischen Wirklichkeit, du vergibst dir aber deine Fehler und du erlöst dich auf diese Weise selber von der Schuld. Den ersten Schritt musst du selbst machen. Du löst dich von deinen Schuldgefühlen im Jetzt. Den zweiten Schritt tut der Heilige Geist. Er erkennt die Unwirklichkeit der Schuld und sie löst sich auf. Das heißt, der gesamte Prozess der Auflösung des Unbewussten und deiner Schuldgefühle dauert dann also wesentlich kürzer.
Das ist der Unterschied.

Simplicius: Meister, das ist eine klare Aussage über den Wert oder besser gesagt den Unwert der Zeit, die du uns hier deutlich gemacht hast.

Damit aber wollen wir heute schließen und uns auf den morgigen Tag freuen und vorbereiten.

Der 4. Tag – Gespräch über den freien Willen, das Bewusstsein und den Heiligen Geist

Simplicius: Heute wollen wir uns dem Thema freier Wille, Bewusstsein und Heiliger Geist widmen. Ich glaube dazu gibt es einiges zu sagen.
Ich beginne mit dem freien Willen und möchte unseren Physicus fragen, was der letzte Stand des Wissens dazu ist.

Physicus: Die Diskussion um den freien Willen ist ja uralt. Hat der Mensch einen freien Willen oder nicht – das ist die Frage? Normalerweise nimmt man an, der Mensch habe einen freien Willen. Er wird als die verfügende Macht über die eigenen Kräfte, als Selbstmacht der geistigen Person gesehen.
Darüber gab es bis vor kurzem keinen Zweifel. Heute ist das aber alles ganz anders.
Die erste Bresche in die Idee eines freien Willens schlug schon **Sigmund Freud**, der erkannte, dass ein Großteil unseres bewussten und gefühlsmäßigen Lebens

vom Unbewussten her maßgeblich beeinflusst wird.

Schon da erhebt sich die Frage: Was bleibt noch an persönlichem Handlungsspielraum, an Handlungsfreiheit, an freiem Willen, wenn das Unbewusste sozusagen Herr im Haus der Seele ist?

Aber es kommt noch schlimmer.

Vor kurzer Zeit, etwa in den Jahren seit 1946, haben die Gehirn- forscher Versuche durchgeführt, bei denen sie fanden, dass circa 200 Millisekunden vor einer Bewegung - etwa der Bewegung eines Fingers - die Gehirn-Aktivität der Versuchspersonen anzeigt, dass sie den Finger bewegen würde wollen.

Allein also durch die Beobachtung der Gehirnaktivität kann man vorhersagen, was eine Versuchspersonen tun wird bevor dieser tatsächlich bewusst wird, dass sie sich dafür entschieden hatte.

Wenn also die Entscheidung im Gehirn oder man kann sagen im Bewusstsein schon gefallen ist, bevor wir uns zum Handeln entscheiden, wo bleibt dann der freie Wille?

Simplicius: Das ist gut, sehr gut. Das macht uns ja alle zu Zombies. Wer trägt dann eigentlich die Verantwortung für das, was jemand tut?

Physicus: Eine wichtige Frage für die Philosophen und auch für den Meister.

Simplicius: Könnte man nicht einfach sagen: **Wir tun nicht das, was wir wollen, sondern wir wollen das, was wir tun?** Aber ich glaube, es ist jetzt Zeit, den Meister sprechen zu lassen.

Der Meister: Versteht mich recht. Eure Gedanken bestimmen eure Erfahrungen im Leben, aber nicht die Geschehnisse, die Ereignisse.
Was ist nun der Unterschied zwischen Erfahrung und Ereignis?
Wenn der Mensch ein Geistwesen ist, dann sind die Erfahrungen im Bewusstsein des Menschen wesentlich und nicht das, was sich ereignet.
Ein Beispiel: Jemand wird krank. Das ist ein Ereignis. Wie aber nun der Mensch mit dieser Krankheit umgeht, das ist seine Erfahrung, die sich aus dem Ereignis ergibt.

Er kann entweder darüber verzweifeln, sich ärgern, sich aufregen oder das Ereignis annehmen, um daraus eine Erfahrung zu schöpfen. Etwa - ich wurde krank, weil ich mich zu sehr geärgert habe. Es ist mein Groll, der mir meine Krankheit bescherte.
Das Ereignis ist also etwas körperhaftes, die Erfahrung Sache des Geistes.
Soviel zum Unterschied zwischen Ereignis und Erfahrung.
Nun aber weiter.
Was in eurem Leben auf der Ebene der Form geschieht - wie lange du lebst, ob du reich oder arm sein wirst, ob du krank wirst oder nicht, das wurde alles schon bestimmt, bevor du geboren wurdest.
Diese Entscheidungen fallen im so genannten Jenseits, wo der Mensch alle seine Leben überblicken kann und, da seine Seele nach Ganzheit strebt, wählt sie dann Lebensumstände, die einen Mangel der Seele aufheben sollen.
Die Seele fühlt sich schuldig im Ego. Sie wählt also etwas gutzumachen, indem sie sich zum Beispiel für andere opfern oder etwas erleben will, was sie anderen angetan hat.

Beispiel: Wer getötet hat, der wählt etwa die Erfahrung und das Ereignis zu machen auch selbst getötet zu werden um zu erleben, wie es ist, wenn man getötet wird. So lernt die Seele aus den Ereignissen.

Simplicius: Ist es wirklich so linear zu sehen. Mörder, Opfer, Täter-Opfer-Zyklus?

Der Meister: Der Ablauf einer Karma-Situation beruht auf vielen Umständen, denn „die Seele ist ein weites Land", sodass das hier gebrachte Beispiel vereinfacht nur das Prinzip dartun kann.
Primär geht es um das Denken.
Aus dem Denken folgt alles Tun und daher tötet das Denken bereits vor der Tat. Es ist also ganz wesentlich, sein Denken zu kontrollieren.
Um aber auf unsere Sache mit dem freien Willen zurück zu kommen, kann ich sagen : In dem Augenblick, wo ihr auf der metaphysischen Ebene, also im Jenseits, ein Ego-Leben gewählt habt, steht das ganze Leben bereits fest, sind alle Ereignisse vorprogrammiert. Man spricht hier auch schon seit langem, seit Jahrhunderten, von der **Prädestination**.

Ich wiederhole also: Du wählst deine Erfahrungen mit deinen Gedanken. Aus diesen Gedanken folgen dann die Ereignisse, so dass alles vorbestimmt ist und es daher – im Ego - keinen freien Willen geben kann.

Simplicius: Wiederum sehen wir also, dass in diesem Falle die Weisheitslehre und die wissenschaftlichen Erkenntnisse beginnen überein zu stimmen. Die Wissenschaften nähern sich den Erkenntnissen der Weisheitslehre.
Aber gibt es dann überhaupt keine Möglichkeit, selber eine Entscheidung zu treffen?

Sophia: Im Jenseits gibt es, wie man allgemein sagt, viele Helfer, die uns beistehen, uns dort zurechtzufinden und uns vorbereiten, erneut zu inkarnieren. Es ist, wohlgemerkt, ein Szenario der Ego-Welt. Aber solange wir in der Ego-Welt, also in der Illusionswelt leben, gibt es eben die verschiedenen Szenarien.
Im Jenseits wählen wir nun, zusammen mit der Einheit der Seelen-Masse, unsere nächste Reinkarnation.

Das Ego ist immer mit Schuld eng verknüpft und will gut machen, will etwas verbessern. Das Ego fühlt sich verantwortlich für alles, was wir tun und es möchte selbstverständlich berichtigen, es möchte Einsichten entwickeln, das Leben zu verbessern und es zu harmonisieren. Die gesamte Welt der Trennung - oder der gesamte Kosmos - bietet uns dazu viele Möglichkeiten.
Bietet er uns auch die Erlösung an, die Befreiung von der ewigen Wiederkehr in die Welt?
Bietet er uns auch an, wieder zurückzukehren in den Himmel?
Hier möchte ich gerne hören, was der Meister zu sagen hat.

Der Meister: Es ist außerordentlich wichtig, folgenden Unterschied zu begreifen:
- du Mensch, als Sohn Gottes, als Geistwesen, bist mit dem freien Willen deines Schöpfers ausgestattet. Du hast jederzeit die Wahl zwischen Gott und dem Ego.
- du Mensch, sobald du dich mit dem Ego identifizierst, hast keinen freien Willen.

Dein Leben und alles, was in diesem geschehen wird ist dann vollständig vorherbestimmt, das heißt prädestiniert.

Simplicius: Ich komme damit aber nicht zurecht. Wie kann ich einen freien Willen haben, wenn alles in meinem Leben vorbestimmt ist?

Der Meister: Ich sagte bereits: Die einzige wirkliche Macht deiner Entscheidung ist zwischen dem Ego und dem Heiligen Geist, der dein Führer zur Wahrheit ist.
Wählst du das Ego zu deinem Führer, dann hast du keinen freien Willen und auch keine Wahlmöglichkeit in deinem Leben, obwohl es zumeist so scheint, als habest du eine, etwa wenn du sagst: Heute geh ich nicht zur Arbeit, ich mache blau, oder was immer. Aber selbst alle diese scheinbaren Entscheidungen mit freiem Willen sind bereits vorbestimmt, zumindest die Art und Weise, wie du mit den Ereignissen, die du wählst, umgehst.

Wählst du aber den Heiligen Geist zu deinem Führer, ganz bewusst, indem du ihn bittest um die Führung, dann kann dieses gewählte fixe Szenario deines Lebens verändert werden, indem er - da er Herr über Raum und Zeit ist - die Zeit-Dimension zusammenfallen lassen kann. Beispiel: Er bewirkt, dass du eine Zeitspanne nicht zu leben brauchst oder überspringen kannst, indem er die Zeit-Differenz zusammenfallen lässt und du musst etwa eine Krankheit nicht erleben oder du erlebst sie in einer anderen Weise. Was aber mit dir geschieht, das bestimmt Er und nicht du.

Simplicius: Wir sprechen hier immer vom Heiligen Geist und es ist mir nicht klar, was wir eigentlich darunter verstehen?

Sophia: Lass mich diese Frage beantworten. Der Heilige Geist ist eine Schöpfung des einen Schöpfers, welcher mit ihm und nach seinem Ebenbild erschafft. Er ist ewig und hat sich nie verändert. Er wurde von Jesus auf die Erde herab gerufen, in dem Sinne, dass es nun möglich war, Gott anzunehmen und seine Stimme zu hören. Sein ist die Stimme für Gott und er hat daher Form angenommen. Diese Form ist aber nicht seine Wirklichkeit, die Gott allein kennt

gemeinsam mit Christus, seinem wirklichen Sohn, der Teil von ihm ist.
Jesus ist also die Manifestation des Heiligen Geistes, den er auf die Erde herab rief, nachdem er in den Himmel aufgefahren war oder vollständig mit Christus gleichgesetzt ward, dem Sohn Gottes, wie Gott ihn schuf.

Simplicius: Sprichst du jetzt von demselben Heiligen Geist, wie man das im normalen religiösen Sprachgebrauch versteht oder von etwas anderem?

Sophia: Wir sollten verstehen, dass, wenn wir hier vom Heiligen Geist sprechen, dieser nicht das ist, was man normalerweise darunter versteht und dieser daher auch nicht in dem Sinne heilig ist, wie es im üblichen Sprachgebrauch verstanden wird. Üblich ist doch unter „heilig" etwas zu verstehen, was etwas Besonderes ist, das anders ist als das normale, etwa besonders gut und besonders verehrungswürdig.
Heilig kommt aber im Zusammenhang mit dem Begriff Heiliger Geist, so wie er in unserem Zusammenhang verstanden wird, von „Heil-sein" das heißt von „Ganz-sein".
Man könnte also sagen, der Heilige Geist ist

der „ganze Geist", der „heile Geist" oder der „reine Geist".
Der Heilige Geist sagt von sich selber: **Ich bin nichts Besonderes.** Ich bin nicht besonders verehrungswürdig.
Ich bin so wie du, nicht im Ego, aber in dem, was du wirklich bist.
Daher erwartet der Heilige Geist von uns keine Verehrung, denn diese gebührt nur Gott. Verehrung ist unter Gleichgestellten nicht angebracht.
Wir aber sind mit dem Heiligen Geist gleichgestellt. Der Heilige Geist sagt aber von sich schon: Betrachte mich als deinen älteren Bruder, dem du Achtung schenkst, indem du auf ihn hörst und seine Vorschläge beachtest.
Das ist die hier gültige Sicht vom Heiligen Geist.

Physicus: Ich finde ja wirklich, dass man besser vom heilen Geist oder vom ganzen Geist sprechen sollte, aber ich verstehe auch, dass es zur Gewohnheit geworden ist, vom Heiligen Geist zu sprechen, so dass also diese Wortwahl gut beachtet werden muss, weil hier doch ein außerordentlich großer Unterschied zwischen dem normalen

Verständnis und dem hier aufgezeigten besteht.

Sophia: Verstehe ich das richtig, Meister, der Heilige Geist ist die Brücke zwischen dem Ego und meinem wahren Wesen, das eins mit Gott ist und ich selbst, identifiziert mit dem Ego, kann mich nicht selbst befreien? Ich brauche jemanden, der über das Ego hinausgehen kann und weiß, was der Himmel ist?
Der Heilige Geist als Brücke hat also die Fähigkeit, meine Wahrnehmung zu benutzen, um Wahres vom Falschen zu trennen, jedoch nur dann, wenn ich bereit bin, meine Überzeugungen loszulassen?
Er leuchtet sozusagen Illusionen hinweg, die in meinem Geist verankert waren. Er greift selbst nicht in Ereignisse ein, er wirkt auch nicht auf den Körper ein, sondern er berichtigt meinen Geisteszustand.
Und der Heilige Geist ist in mir - ist das nicht wundervoll?
Es bedarf nur meiner Entscheidung, wohin ich mich wende.

Der Meister: Das siehst du richtig, Sophia.

Simplicius: Das waren bisher außerordentlich wichtige Erkenntnisse von Seiten Sophias, die für mich und wahrscheinlich auch für andere neu sind und die wir uns gut merken sollten.
Wir wollten aber zum Thema Heiliger Geist nun auch den Meister hören.
Wer ist denn eigentlich dieser ominöse Heilige Geist?

Der Meister: Der Heilige Geist gibt die Antwort auf die Trennung von Gott. Er hat Jesus als den Führer eingesetzt, um seinen Erlösungsplan auszuführen, weil Jesus der erste war, der seinen eigenen Teil zur Einswerdung vollkommen erfüllte. Alle Gewalt im Himmel und auf Erden ist deshalb ihm gegeben und die wird er mit dir teilen, wenn du deinen Teil erfüllt hast.

Simplicius: Aber nun noch einmal zurück zu dieser einzigen Wahl, die wir haben. Wenn ich das zusammenfasse, frage ich mich: Stimmt dann das folgende?
Der Mensch hat keine Wahl über sein Schicksal, über die Geschehnisse, über die Ereignisse in seinem Leben, außer er entscheidet sich für den Heiligen Geist, der

dann unter Umständen das Lebens-Szenario ändert und die Erinnerung an die Ereignisse aufhebt. Die Erfahrungen in unserem Leben werden durch unsere Gedanken bestimmt, die für jedes Ereignis positiv oder negativ oder wie immer geartet sein können.
Man könnte also sagen: Ereignisse geschehen im Außen, in der Welt der Formen.
Erlebnisse dagegen geschehen im Inneren, im Bewusstsein, im Geist, in der Nicht-Form.
Ereignisse scheinen Erlebnisse auszulösen. Aber in Wahrheit lösen Erlebnisse - das sind prädestinierte Energie-Bewusstseins-Muster - Ereignisse aus, wie uns dies auch die Astrologie zeigt.

Der Meister: Im Großen und Ganzen stimmt das so.

Simplicius: Noch eine Frage liegt mir am Herzen. Diese einzige Wahl, wie ist das zu verstehen - Ego oder Heiliger Geist. Was ist mit den Menschen, die von einem Heiligen Geist noch nie gehört haben?
Ist es vielleicht so, dass das Ego für die äußere Sicherheit, für das Wohlbefinden,

vor allem im körperlichen Bereich, für
Zufriedenheit und Harmonie mit der Welt
und dem Universum steht, während die
Entscheidung für den Heiligen Geist zu
sehen wäre als eine für den inneren Frieden,
für die Harmonie und das Einssein mit
Gott? Im ersteren Falle steht die Welt des
Konfliktes im Mittelpunkt des Denkens und
im letzteren Fall die All-Einheit mit Gott?

Der Meister: Auch das stimmt so im
Großen und Ganzen. Doch ist die eindeutige
Entscheidung für den Gott der Einheit und
dessen Helfer, den Heiligen Geist,
notwendig.
Konkret wählst du also Jesus zu deinem
Führer oder das Ego oder irgendetwas
anderes. Das ist die Entscheidung.
Wesentlich zu wissen ist hier aber: Du
kannst nicht zwei Herren zugleich dienen.

Simplicius: Das scheint mir doch schwierig
zu sein. Wer schon kann sich zu 100% für
das eine oder das andere entscheiden?
Das eine wäre doch 100% Heiliger Geist -
das ist die Erlösung, und das andere wäre
100% Ego - das wäre ewiger Verbleib im
Kreislauf der Wiedergeburten.

Wie soll das gehen? Was ist dazwischen? Kann ich mich etwa zu 90% für das eine und 10% für das andere oder etwa zu 50/50 für das Ego und für den Heiligen Geist entscheiden, ist das möglich?

Der Meister: Nicht zwei Herren zu dienen heißt:
Du musst dich entscheiden, was du willst. Das heißt, das Ziel ist wichtig. Die Ausrichtung ist wichtig und dein Wille, das Ziel zu erreichen ist ausschlaggebend.
Ich habe bereits betont, dass dies die einzige Funktion eures freien Willens ist, nämlich die Entscheidung für das Ziel, das ihr wählt. Daher ist die Willens-Schulung, die Gedanken-Schulung und die Gedanken-Kontrolle von außerordentlicher Bedeutung. Ohne diese ist es nicht möglich das Ziel zu erreichen.

Simplicius: Lasst mich hier ein holländisches Sprichwort zitieren, wo es heißt: *„Het leven is fallen en opstaan"*, was ungefähr bedeutet: Das Leben besteht aus Fallen und Aufstehen.
Du machst Fehler, das heißt du fällst und nach dem du gefallen bist, gilt es, dich

aufzurichten und zu sagen: Ich verfolge ein Ziel, daher werde ich weitergehen, bis ich das Ziel erreiche.

Und es gilt dann 100 Mal oder tausend Mal oder viele tausende Male und immer und immer wieder, nachdem du gefallen bist, aufzustehen und das Ziel zu verfolgen.

Der Meister: Richtig Simplicius. Es gilt, das Ziel nicht aus den Augen zu verlieren, wie sehr du dich auch im Schlamm, im Chaos, in der Verwirrung des Ego befindest.

Blicke auf zum Ziel, zum Heiligen Geist und hebe die Hand auf zu ihm und lass dich führen.

Verzweifle nicht und glaube nicht, du seiest das Heim des Bösen, der Dunkelheit und Sünde.

Du denkst, wenn jemand die Wahrheit sehen könnte über dich, er wäre abgestoßen und würde wie vor einer giftigen Schlange von dir weichen.

Du meinst, wenn man die Wahrheit über dich dir offenbarte, dass dich ein solches Grauen überkäme, dass du durch deine eigene Hand gleich in den Tod dich

stürztest und weiterlebtest, nachdem du sehest, dass das unmöglich ist.
Das aber sind Überzeugungen, die derart fest verankert sind, dass es schwer ist, dir zur Sicht zu verhelfen, dass sie auf nichts - auf einer Illusion - beruhen.
Dass du Fehler begangen hast, ist offensichtlich.
Dass du Erlösung suchtest auf sonderbare Art und Weise, dass du getäuscht wurdest, täuschtest und Angst hattest vor törichten Hirngespinsten und brutalen Träumen und dich vor staub- gemachten Götzen beugtest - all dies ist demzufolge wahr, was du jetzt von dir glaubst.
Aber das ist es, was du in Frage stellen musst, denn du bist, was du immer warst: Sündenloser Sohn Gottes.
Und für deine Sündenlosigkeit bürgt Gott, so wie du in Wahrheit bist. Das muss unablässig wiederholt werden, bis es angenommen wird.

Physicus: Wenn ich das so höre, erscheint vor mir das Bild der tibetischen Pilger, die sich auf dem Weg nach Lhasa befinden.
Ist es nicht so, dass sie ihren Weg gehen, indem sie sich dauernd niederwerfen und

wieder aufstehen und wieder niederwerfen und wieder aufstehen? Und das tun sie tausende Male bis sie ihr Ziel erreicht haben. Ihr Ziel ist Lhasa und unser Ziel ist die Erlösung. Ist das nicht ein schönes Symbol?

Sophia: Ich höre hier heraus, dass die Entscheidung für Gott notwendig ist für die Erlösung. Denn dieselbe Entscheidung war ja auch Ursache für die Trennung von Gott. Die Entscheidung für die Trennung, für das Ego, hat mich vergessen lassen, wer ich wirklich bin.
Ein Mangel entstand in mir, der mir Angst machte, und dieser Mangelzustand ruft die verrücktesten Formen des Erlebens in der Trennung hervor, die man sich vorstellen kann.
Besonders in einer Krankheit kann man erfahren, wie sehr man sich mit diesem Mangelzustand identifiziert.

Simplicius: Nun aber noch zu etwas anderem. Was ist der Unterschied zwischen Geist und Bewusstsein?

Der Meister: Das Bewusstsein bezieht sich auf die Ebene der Wahrnehmung, das heißt der Sinnes-Wahrnehmung in dieser Welt. Das Bewusstsein war daher die erste Spaltung, die, nach der Trennung von Gott, in den Geist eingeführt wurde und was den Geist zu einem Wahrnehmenden anstatt zu einem Schöpfer machte.
Der Geist trat mit dieser ersten Spaltung in die Trennung ein und wird daher als „gespaltener oder getrennter Geist" bezeichnet, weil er sich mit dem Ego identifiziert. Das Bewusstsein wird also zutreffend als Domäne des Egos bezeichnet. Das Ego aber ist der falsch gesinnte Versuch, dich so wahrzunehmen, wie du sein möchtest, anstatt wie du bist, nämlich reiner Geist.
Und doch kannst du dich nur so erkennen, wie du bist, weil das das Einzige ist, dessen du gewiss sein kannst. Alles andere ist fraglich.

Simplicius: Und was ist dann der Geist?

Der Meister: Deine wahre Wirklichkeit ist nur reiner Geist.

Das Ego und der reine Geist erkennen einander nicht. Der getrennte Geist kann die Trennung nur durch Abspaltung, d.h. Separierung aufrechterhalten. Nachdem er das getan hat, verleugnet er alle wahrhaft natürlichen Impulse, nicht weil das Ego ein getrenntes Ding ist, sondern weil du glauben willst, dass du das Ego bist.
Und was du immer in deinem Geist annehmen wirst, wie verrückt es auch sei, ist für dich dann wirklich.
So erschaffst du diese Illusions-Welt, in der das Grauen überwiegt. Dein Annehmen macht es wirklich. Wenn du das Ego in deinem Geist auf den Thron hebst, machst du es dadurch, dass du ihm den Einlass gewährst, zu deiner Wirklichkeit.
Der Geist kann nämlich die Wirklichkeit, die Wahrheit erschaffen oder, wenn er sich getrennt sieht, Illusionen machen. Das ist dann das, was du täglich erlebst.

Simplicius: Meister, nun sage mir aber, wie komme ich zur Einheit mit dem Geist?

Der Meister: Den Geist zu erleben ist nicht einfach. Daher tun sich die Menschen damit auch so schwer. Wie soll ich etwas erleben,

was man nicht sehen, nicht angreifen und nicht mit den Sinnen wahrnehmen kann?
Das will gelernt sein und man muss es üben. Die Übung dazu aber geht wie folgt:
Suche die Ruhe, die Stille und stelle dir einen Augenblick vor, eine Zeit, wie kurz auch immer, wo du dich froh, frei und glücklich empfunden hast. Und dann lasse dieses Gewahrsein, das aber kein Gefühl ist, in dir wachsen. Versuche an nichts zu denken, lass´ alle Gedanken, die etwa kommen, vorüberziehen und lasse diesen Gewahrsein-Zustand – den man auch den heiligen Augenblick nennt - sich entfalten. Versuche ihn zu halten. Und je öfters du das übst, desto früher wirst du erfahren was und wie der reine Geist ist.
Hilfreich ist es, den Heiligen Geist zu bitten dich dabei zu führen.

Simplicius: Damit, glaube ich, haben wir unsere Themen für heute einigermaßen behandelt.
Wir haben aber auch den ersten Teil unserer Gespräche abgeschlossen, in denen es darum ging die Grundlagen und die Basisbegriffe, die wir für unsere weitere Diskussion benötigen, zu beschreiben. Man

kann über Gott und die Welt nur reden, wenn man einige Grundbegriffe außer Frage stellt, wie etwa, was Materie ist und was Raum und Zeit sind. Und schon bei diesen Gesprächen haben wir gesehen, dass wir eine weitgehende Übereinstimmung zwischen Glauben und Wissen feststellen konnten.
Es geht nun darum, auf dieser Grundlage in den kommenden Gesprächen die wesentlichen Erkenntnisse, die wesentlichen Lebens- und Seins-Bedingungen des Menschen zu besprechen. Das aber wollen wir das nächste Mal beginnen.

Der Gespräche II. Teil über Gott und die Welt

Der 5.Tag - Gespräch über Leben und Tod

Simplicius: Heute, am fünften Tage unserer Gespräche und am Beginn des zweiten Teiles, in dem wir uns den Fragen nach Gott und Welt zuwenden, möchte ich eingangs Einiges feststellen.

Als Erstes. Man könnte meinen über Gott und Welt zu sprechen habe doch nichts mehr mit der Synthese von Glauben und Wissen zu tun. Was kann die Wissenschaft zum Thema beitragen?

Die Erfahrung aber zeigt uns, dass die Wissenschaft sehr wohl auch zum Thema Gott und Welt ihren Teil beizutragen hat. Franziskanische Mönche um 1280 waren es, welche die Trennung von Wissen und Glauben einleiteten, indem sie die These von der doppelten Wahrheit aufstellten. Sie wollten die göttliche Wahrheit des Glaubens vor der weltlichen Wahrheit des Wissens schützen, weil sie fürchteten - und zu Recht -, dass es für ihre Zeit und danach, unüberbrückbare Differenzen zwischen Wissen und Glauben geben werde. Und so war es dann auch.

Im 20. Jahrhundert aber waren es vor allem die Wissenschaftler –und hier, wie schon öfters betont, vor allem die Physiker - welche sich den Fragen nach den Zusammenhängen von Gott und Welt stellten. Man kann mit Sicherheit sagen, dass sie es waren, die die Brücke zur

Synthese von Wissen und Glauben bauten, eine Brücke, die auch in Zukunft halten wird. Vom Ufer des Glaubens, von den Theologen her, wird auch derzeit kaum an dieser Brücke gebaut.

Jeder Mensch, der sich den tieferen Fragen des Seins widmet, etwa:
- Welcher Art ist dieses Sein?
- Welche Gesetze kennzeichnen dieses Sein?
- Welches Wesen ist der Mensch?
- Woher, wohin, wozu ist er da?

der wird unweigerlich in den Strudel der philosophischen Überlegungen hineingezogen, in dem existenzielle Antworten gefordert werden.

Fragen, welche die Existenz des Menschen in der Welt, sein ganzes Sein, im Leben und Tod betreffen.

Alles hat mit allem zu tun. Eine Trennung etwa: Das ist Sache der Wissenschaft und das andere ist Angelegenheit des Glaubens - wie es heute noch teilweise vertreten wird - ist nicht sinnvoll, denn befriedigenden Antworten für unsere Existenz müssen von beiden Seiten kommen. Eine Trennung, etwa:

Die Wissenschaftler kümmern sich um die physische Welt und wir Theologen kümmern uns um die metaphysische Welt und ihr habt uns dabei nicht dreinzureden, wie man es noch erleben kann zu hören, ist wohl aus der Zeit. Im 20. Jahrhundert waren es vor allem die Physiker, die sich den metaphysischen Fragen, der Frage nach Gott und der Synthese von Glauben und Wissen, widmeten.

Zum zweiten aber dachte ich mir, eure Zustimmung vorausgesetzt, dass wir noch eine Person zu unserem Diskurs beiziehen sollten. Ich glaube, dass es gut wäre im zweiten Teil der Gespräche, auch die Position des Nicht-Befürworters dieser postulierten Synthese von Wissen und Glauben zu Wort kommen zu lassen. Daher habe ich unseren lieben Freund Skepticus eingeladen, hier diese Position zu vertreten. Ich hoffe ihr seid damit einverstanden.

Beginnen wollten wir ja mit dem Thema Leben und Tod und so will ich gleich unseren Freund Skepticus bitten, seinen Standpunkt zu diesem Thema darzulegen.

Skepticus: Zuvor möchte ich mich für die Einladung, an diesen Gesprächen teilnehmen zu können, bedanken. Hier dabei sein zu können, ist für mich eine große Ehre, auch wenn mir bewusst ist, dass ich die Rolle eines Außenseiters einnehmen werde. Doch das bin ich bereits von anderen Gesprächen her gewohnt.

Bevor ich auf das Thema Leben und Tod eingehe, gibt es aus meiner Sicht etwas Prinzipielles zu sagen. Ich vertrete hier eine materialistische Weltanschauung, die sehr im Gegensatz dazu steht, was bisher in diesen Gesprächen besprochen wurde. Freund Simplicius hat mir ja berichtet, was im ersten Teil der Gespräche gesprochen wurde. Dazu muss ich sagen, dass ich keineswegs mit den dort geäußerten Anschauungen, etwa über Materie, dass sie Illusion sei und dass es Raum und Zeit ebenfalls nicht geben würde, übereinstimme.
Das mag nun überraschen, aber es zeigt einfach, dass innerhalb der scientific community, der Gemeinschaft der Wissenschaftler, zwei grundsätzlich verschiedene Ansichten bestehen.

Die eine, das ist die neue Paradigma-Sicht, wie sie etwa vom Physicus im ersten Teil der Gespräche gebracht wurde, ist, aus meiner Sicht, die Meinung nur einer Minderheit der Wissenschaftler.
Die andere Gruppe, die Mehrheit, vertritt noch immer- so wie ich auch - eine deterministisch- materialistische Deutung, auch der Quantenmechanik.

Physicus: Wenn ich hier etwas einwerfen darf, gilt es zu sagen, dass dies der normale und oder klassische Fall eines Paradigmenbruches, eines Paradigmenwandels ist, die unser Skepticus eben beschrieben hat.
Es ist ja in der Wissenschaftsentwicklung nicht so, dass etwa durch eine neue Theorie und neue Experimente alle Wissenschaftler sofort von der neuen Interpretation dieser Theorie, der Quantenmechanik in unserem Fall, spontan überzeugt werden.
Im Gegenteil, es gibt Für und Wider.
Ich glaube aber sagen zu können, dass sich die meisten der „großen alten Herrn" in der Physik des 20. Jahrhunderts auch mit metaphysischen Fragen nach dem Sinn des Daseins und der Frage nach Gott

beschäftigten und sich in dem Sinne aussprachen, wie ich es dargetan habe. Dass andere Wissenschaftler noch am alten Denken festhalten, ist verständlich und normal. Denn das Neue ist ja so „ver-rückt", dass es großen Mutes bedarf, es offen auszusprechen. Diesen Mut haben eben nicht alle.

Daher hat auch einer der Physiker gesagt:
Diejenigen, die nicht schockiert sind, wenn sie zum ersten Mal mit der Quantenmechanik zu tun haben, haben sie nicht verstanden.
Und ein anderer sagte:
Ein neues Paradigma setzt sich nicht durch Argumente und Diskussionen durch, sondern von ganz alleine, dann, wenn die Vertreter des alten Paradigmas ausgestorben sind.

Ich nehme also an, dass dieser Prozess des Paradigmen-Wandels sicher noch einige Jahrzehnte andauern wird.

Simplicius: Diese Ausführungen zum Paradigmen-Wandel waren, so meine ich, für unser Gespräch sehr wichtig, weil sie

eben deutlich machen, dass die neue Deutung der Quanten-Mechanik weder in der Wissenschaftsgemeinde und noch weniger in der Gesellschaft sich bis heute durchgesetzt hat.
Was wir hier besprechen ist also das, was in Zukunft sein wird. Dabei ist es eben doch auch wichtig, aus den Worten unseres Freundes Skepticus zu hören, was in der Vergangenheit und noch heute von der Mehrheit gedacht wird. Mein Freund Skepticus, lass` also hören, was du zu Leben und Tod zu sagen hast.

Skepticus: Um es einfach und direkt anzusprechen und auszusprechen: Leben ist das Ergebnis komplexer chemischer Prozesse.
Das ist meine Sicht und, wie ich schon sagte, eine materialistisch-mechanistische wissenschaftlich begründbare Entstehungsgeschichte für alle Organismen.
Alle Lebewesen sind chemische Maschinen.
Wie sind sie entstanden?
Es sind zwei Grundprinzipien, nach denen sie entstehen:
Zufall und Notwendigkeit.

Der Zufall wirkt in der Natur in der Form von Mutationen, das sind Veränderungen von Lebewesen etwa durch radioaktive Höhen-Strahlung.
Das Prinzip der Notwendigkeit findet seinen Ausdruck in dem Darwin´schen Auslese-Prinzip des Überlebens der Tüchtigsten, dem sogenannten Kampf ums Dasein.
Mit Hilfe dieser zwei Prinzipien lässt sich die gesamte Evolution des Lebens, beginnend mit den Aminosäuren, den ersten Bausteinen allen Lebens, bis hin zum Menschen logisch erklären. Das ist die Sicht der materialistischen Wissenschaft.

Physicus: Hier muss ich doch Einhalt gebieten. So einfach ist die Geschichte der Evolution des Lebens doch nicht.

Skepticus: Sicher, ich habe vorerst einmal nur das Prinzip dargelegt, das aber, nicht nur für mich, außer Streit steht. Aber sag´ du uns doch einmal, wie du die Dinge siehst.

Physicus: Ich sehe bei dieser Theorie zumindest eine große Hürde, oder vielleicht doch mehrere.

Ich gebe aber auch zu, dass die gesamte Evolutionstheorie sehr plausibel und einleuchtend klingt.

Alles begann mit der Ursuppe, bestehend aus Wasser, CO2 und Stickstoff, die von Anfang an auf der Erde vorhanden waren.

Dann, vor etwa 3,5 bis 3, 9 Milliarden Jahren, begann das auf den Nukleinsäuren RNA und DNA beruhende Leben.

Man konnte durch Experimente beweisen, dass Aminosäuren, die Grundbausteine der RNA und DNA, aus dieser vorhandenen Ursuppe durch Einwirkung elektrischer Entladungen, etwa von Blitzen, entstehen können und das wäre als eine logische Möglichkeit der Entstehung der ersten Bausteine des Lebens zu sehen.

Dann aber beginnen die Schwierigkeiten der Erklärung. Wie entstand aus diesen chemischen Verbindungen die Urzelle, der Grundbaustein allen Lebens?

Kein Wissenschaftler hat bisher auch nur im Entferntesten zu sagen gewagt, wie die Urzelle entstanden sein könnte, oder wie sie einfach durch den Zufall entstanden sei. Das System einer Zelle ist so komplex, dass es nicht vorstellbar ist, wie eine Urzelle durch

Zufall, also durch Mutation aus Einzelbausteinen, entstehen sollte.

Es ist ja so, als ob du sagen würdest: Das ist doch ganz einfach. Der Kölner Dom besteht aus Steinen und Mörtel. Hier hast du Steine und Mörtel. Mach mir daraus den Kölner Dom.
Würdest du dann nicht fragen: Ja, sag mir, wo ist der Bauplan? Deine Antwort wäre: Gib mir einige Millionen Jahre und durch Zufall werde ich dann den **Kölner Dom** erbaut haben. Ich brauche keinen Plan, ich brauche keinen „Designer", der einen Plan macht. Alles ergibt sich von selbst. Einfach durch den Zufall, durch Mutation, wenn ich nur oft genug Mörtel und Steine zusammenmische.

Glaubst du wirklich, dass der Zufall in dieser Weise wirken könnte?
Und das Universum oder der menschliche Körper sind wesentlich komplexer als der Kölner Dom.
Doch - alle Wissenschaftler deiner Denkweise glauben genau das!
Sind es eigentlich nicht sehr engstirnige Menschen, die einer extremen

Wissenschafts-Gläubigkeit huldigen, wenn sie solchen irrationalen Vorstellungen folgen?
Findest du das nicht auch, Skepticus?

Denn – weiter gedacht - eine Mutation kann nur etwas bereits Bestehendes verändern. Aber die Urzelle ist nicht etwas schon Bestehendes. Es würde einer Ur-Ur-Zelle bedürfen, aus der heraus die Ur-Zelle durch Mutation entstehen könnte.
An dieser Stelle erreicht die materialistische Wissenschaft die wirkliche Schallmauer, denn wir haben keine Vorstellung, wie die Struktur einer Urzelle aussehen könnte.

Skepticus: Dem muss ich zustimmen. Mein Einwurf hier ist aber, dass wir vielleicht in 100 oder mehr Jahren uns schon vorstellen können, wie diese Urzelle entstanden sein könnte. Derzeit aber ist das tatsächlich nicht der Fall.

Physicus: Mein weiterer Einwand geht in die Richtung der biologischen Evolution, ist aber dem vorhergehenden ähnlich.
Die Darwinsche materialistische Denkweise postuliert Evolution als die Entstehung von

Bakterien, Einzellern, Mehrzellern, Pflanzen, Pilzen, Flechten, Lurchen, Schlangen, Fischen, Kriechtieren, höheren Tieren, Affen und schließlich dem Menschen, mit seinem außerordentlich komplexen Körper, als eine über Jahrmillionen durch Zufall und Notwendigkeit entstehende Artenvielfalt. Alles, alle Variationen, alle Schönheiten, der Blumen und Tiere, alles, alles ist nur durch Zufall und Notwendigkeit – ohne irgendeinen zugrunde liegenden Plan – entstanden?
Das zu glauben bedarf es wohl eines großen Glaubens an die Macht des Zufalls. Mir scheinen die Wissenschaftler hier wesentlich gläubiger als die Gläubigsten der Gläubigen zu sein.

Daraus folgt: Aus meiner Sicht, die ebenfalls wissenschaftlich vertretbar ist, sind die komplexe Struktur der Lebewesen sowie die großen Evolutionssprünge, etwa zwischen den verschiedenen Arten, zum Beispiel von den Fischen zu den Landtieren, zu den Säugetieren und so weiter, durch den Zufall nicht erklärt.

Simplicius: Wenn das für dich nicht erklärbar sein sollte, wie erklärt dann die theistische Wissenschaft, die du Physicus ja vertrittst, die Evolution?

Physicus: Die Wissenschaftler reden ja nicht gerne von Gott oder von Geistwesen. Daher halten sich manche, die eine theistische Evolution befürworten, einfach bedeckt und sprechen nur von einem „Designer", das heißt jemanden, der den Plan der Evolution entwirft und gestaltet. Sie sagen nicht, wer das sein sollte.
Ich aber will offener sein und vertrete, wie bereits im ersten Teil der Gespräche angedeutet, die Ansicht, dass das ganze Universum, die Erde, die Evolution eine Schöpfung der luziferischen Geistwesen sei, die sich von Gott getrennt haben.

Diese hohen Geistwesen, man könnte sie hohe Intelligentien, Engel und Erzengel nennen, gestalten mit göttlicher Kraft das Universum, die Erde, und alle in ihr existierenden Formen. In jeder Facette des Seins, Mineral, Pflanze, Tier und Mensch ist diese göttliche Kraft, als Seele wirksam.

Sie beherrschen mit Vollkommenheit alle
Elemente, die dafür nötig sind. So
erschaffen sie die Wunderwelt des
Universums in allen seinen Facetten.

Sophia: Lasst mich zu diesem hoch
wissenschaftlichen Gespräch das folgende
fragen:
Wer also wirkt hier und spielt mit den
geometrischen Formen in dieser perfekten
Weise?
Denn, wenn wir die Pflanzen, Blumen oder
auch den menschlichen Körper betrachten,
ist er aufgebaut aus rein geometrischen
Formen. Erfasste nicht schon Leonardo da
Vinci einiges, was dieser Weisheit zugrunde
liegt? Und wenn die hohen Intelligentien
diese Welt, beziehungsweise Welten
erschaffen haben, sind wir doch auch Teile
davon. Als Seelen- und Körper- Wesen sind
wir Teil des ganzen Universums, und
erschaffen so bewusst oder unbewusst mit
an dieser Schöpfung. Wir haben ja gehört,
dass die schöpferische Kraft Gottes sowohl
Illusion als auch Wirkliches, also Ewiges
erschaffen kann. Das ist die Macht des
Geistes.

Simplicius: Na ja, da haben wir jetzt also die zwei extremen Standpunkte zur Evolution vom Leben in dieser Welt: Einerseits - alles ist Zufall und Notwendigkeit und
andererseits - alles kommt aus dem Wirken einer kosmischen Wesenheit, die sich von ihrer Quelle getrennt hat, die göttliche Kraft aber verwendet, um das Universum zu erschaffen.

Skepticus: So ist es.

Physicus: So ist es.

Simplicius: Gut, aber was folgt daraus? Kann man etwa sagen, dass weder der Skepticus noch der Physicus den Himmel oder Gott erkannt haben?
Beide beschäftigen sich nur mit dem Kosmos, das heißt mit dem Universum und der Erde, den Lebewesen auf der Erde. In diesem Kosmos gibt es die wunderbaren Schöpfungen der heiligen Geometrie, wie sie die hohen Geistwesen praktizieren. Der Skepticus sieht dann den Zufall als Schöpfer und das nennt man Atheismus.

Der Physicus sieht den kosmischen Gott der Trennung als den Schöpfer des Universums und das ist Theismus.
Für den Skepticus gibt es weder Geist noch Seele und auch kein Leben nach dem Tod.
Für den Physicus gibt es sowohl Geist als auch Seele und ein Leben nach dem Tod im Jenseits.
Das wäre doch in einfacher Sprache das Wesentliche zu diesen zwei verschiedenen Standpunkten, die aber an sich unvereinbar nebeneinander stehen.

Sophia: Für mich gibt es aber noch eine dritte Möglichkeit, nämlich: Gott, als reiner Geist, erschafft nur ewigen reinen Geist in vollkommener Abstraktion, das heißt raum- zeit- und formlos.

Simplicius: Es steht ja jedem frei zu glauben, was er will. Aber von einem rein pragmatischen Standpunkt her kann man doch fragen: Wo ist mehr Freude, mehr Sinn, mehr Inhalt im Leben?
Wie vergleichen sich der atheistische, der theistische und der spirituelle Standpunkt? Welche Vor- und Nachteile gibt es da?

Physicus: Nun, hier kommen wir in tiefes Gewässer. Denn hier geht es um das Wesentliche, nämlich welche Konsequenzen sich aus diesen Ansichten für unser praktisches Leben ergeben. Man sagt doch, die philosophischen Konsequenzen sind wesentlich wichtiger als die wissenschaftlich-physikalischen Theorien, denn mit den Konsequenzen müssen wir leben, während die Theorie in den Büchern steht.

Simplicius: Lassen wir einmal den Skepticus sagen, welche Konsequenzen er aus seiner Theorie der Evolution und der Entstehung des Lebens für die Moral und Ethik zieht.

Skepticus: Um meinen Standpunkt noch einmal klar zu umreißen: Alles Leben entstand durch den Zufall, auch der Mensch. Jedes Lebewesen funktioniert wie eine Maschine, auch der Mensch. Der Mensch ist identisch mit seinem Körper, er hat Gefühle, die durch Hormone gesteuert werden, er kann denken. Es gibt weder Gott noch irgendwelche Geistwesen, all das sind Illusionen, selbst gemacht.

Daher - man wird geboren, lebt, pflanzt sich fort oder nicht und stirbt. Das ist alles. Der Sinn des Lebens ist dann einfach - zu leben. Nicht weniger und nicht mehr. Die optimale Begehrensbefriedigung ist das oberste Ziel des Daseins und der Moral. Der alte Glaube an Gott ist endlich zerbrochen. Der Mensch weiß nun, dass er in der teilnahmslosen Unendlichkeit des Universums, aus dem er zufällig hervortrat, allein ist. Nicht nur sein Los, sein Schicksal, auch seine Pflicht steht nirgendwo geschrieben. Es ist an ihm, zwischen dem Licht in ihm, seinen guten Bestrebungen, für andere etwas zu tun, zu helfen, zu gestalten, kreativ zu sein und der Finsternis in ihm, seinem destruktiven Begehren nach Macht und Einfluss, Gewalt und Beherrschung, zu wählen. Keines dieser Ziele aber ist besser als das andere. Alles ist ohne jeden Sinn und ohne jeden Zweck. Das ist die materialistische Ethik, wie sie sich aus dem Glauben an den Atheismus ergibt.

Simplicius: Das finde ich mutig und stark. Das ist klar und eindeutig gesagt. Was sagt unser Physicus dazu?

Physicus: Ich schätze die Offenheit und Ehrlichkeit des Skepticus. Aber ich teile erwartungsgemäß keine seiner Ansichten. Eigentlich frage ich mich, wie ein Mensch, der das glaubt, was unser Freund Skepticus eben vorgetragen hat, auch leben kann. Ich sehe da nur zwei Möglichkeiten.
Die erste ist: Man denkt einfach nicht darüber nach, man verdrängt diese und lebt einfach so dahin.
Die zweite Möglichkeit ist, wenn man darüber nachdenkt, was ja die wenigsten tun, dann ist nur eine tiefe Depression oder der dauernde optimale Lustgewinn, solange es geht, die einzig mögliche Antwort.
In dem Wissen von der absoluten Sinnlosigkeit des Daseins zu leben, wie die Atheisten das vorschlagen, ist mutig und furchtbar zugleich, so wie ich das empfinde.

Skepticus: Ich würde es ja jedem selber überlassen herauszufinden, wie er zu diesen Dingen steht, wenn er diese meine Sicht teilt. Ich für mich bin mit dieser rücksichtslosen Ehrlichkeit, der absoluten Sinnlosigkeit des Lebens, bisher gut zurechtgekommen.

Sie bewahrt mich vor allem von den widerwärtigen Auswüchsen einer krankhaften Religiosität, die den Menschen unterdrückt mit Angst und Schuld, mit Furcht vor Strafe und vor dem Höllenfeuer belastet. Meine Sicht befreit vollständig, daher ist die Wahl: Hier Angst- und Furcht-Religion oder dort – wissenschaftliche Freiheit mit klarem Blick auf die Sinnlosigkeit des Daseins.

Simplicius: Da gibt es aber doch noch eine dritte Möglichkeit. Sollte nun nicht auch einmal der Meister zu uns sprechen?

Der Meister: Nun gut, so aufgefordert, will ich gerne sprechen.
Zuerst einmal stimme ich unserem Freund, dem Skepticus, zu, dass alle Lebewesen, so wie auch der menschliche Körper, eigentlich einer Maschine gleichen. Lebewesen, sagte er, seien chemische Maschinen.
Auch aus meiner Sicht ist der Körper nur ein Werkzeug. Der Unterschied ist, dass für den Skepticus der Körper aus sich heraus funktioniert, das heißt ein selbst-organisierendes Wesen ist, während der

Körper für mich ein Instrument des Geistwesens ist, entweder des gespaltenen Geistes, also der Seele, oder des reinen Geistes.

Der Körper ist dann Selbstzweck für den Skepticus, für mich eine Lerneinrichtung für den Geist. Soweit zum Körper.

Zum anderen ist meine Sicht der Dinge natürlich sehr verschieden von der unseres Freundes Skepticus. Aber gerade das finde ich außerordentlich wichtig in einem Gespräch, wo es um Seins-Fragen geht, da ja viele Menschen sich gerade diese Fragen stellen und Antworten nicht so einfach zu finden sind.

Daher sind Offenheit und Klarheit wichtig, um besser die menschliche Situation zu verstehen, in der sich der Mensch befindet. Ich sehe in allen Menschen als das Wichtigste das Ringen um die Wahrheit an, die Auseinandersetzung mit der Welt und mit dem Dasein. Und in dieser Hinsicht ist mir unser Freund Skepticus so nahe wie jeder andere auch, auch wenn er nicht meine Ansichten teilt.

Im ersten Teil der Gespräche stellten wir schon fest, dass aus unserer Sicht der

Körper eine Illusion ist und nur der Geist Wirklichkeit hat. Wenn das so ist, dann ist auch die Welt eine Illusion und Leben nur im Geiste gegeben. Man kann also dann sagen: Geist ist Leben und Leben ist Geist.

Simplicius: Ich muss schon sagen, so deutlich wie in diesen Gesprächen wurden mir die Unterschiede der verschiedenen Weltsichtweisen bisher noch niemals bewusst gemacht.

Der Meister: Lasst mich nun noch einiges zu dem Thema Leben sagen.
Für mich ist Leben die Kommunikation mit Gott.
Der Heilige Geist führt dich zum ewigen Leben, aber du musst den Glauben an den Tod aufgeben, sonst siehst du das Leben nicht. Gott ist Leben und Er hat dein Leben erschaffen, nicht im Körper sondern im Geiste.
Es gibt kein Leben außerhalb des Himmels. Wo Gott das Leben schuf, da muss das Leben sein. In jedem Zustand, der getrennt vom Himmel ist, ist Leben eine Illusion.
Im besten Fall sieht es so aus wie Leben, im schlimmsten Fall wie Tod. Doch beides sind

Urteile über etwas, was nicht Leben ist, und gleich in ihrer Unrichtigkeit und ihrer fehlenden Bedeutung. Leben, das nicht im Himmel ist, ist unmöglich, und was nicht im Himmel ist, ist nirgendwo. Außerhalb des Himmels besteht nur der Konflikt von Illusionen, sinnlos, unmöglich und jenseits jeder Vernunft und dennoch wahrgenommen als eine ewige Schranke vor dem Himmel. Illusionen sind nur Formen. Ihr Inhalt ist nie wahr.

Jeden Tag - jede Minute eines Tages und jeden Augenblick, den jegliche Minute birgt - durchlebst du nur erneut den einen Augenblick, in dem die Zeit des Schreckens dieser Welt den Platz der Liebe einnahm. So stirbst du jeden Tag, um neu zu leben, bis du den Graben zwischen der Vergangenheit und Gegenwart überquerst, der überhaupt kein Graben ist.
Aus solcher Art ist jedes Leben: Ein scheinbares Intervall von Geburt und Tod und wieder hin zum Leben, die Wiederholung eines lange schon vergangenen Augenblicks, der nicht wieder erlebt werden kann. Und alle „Zeit" ist nur

der verrückte Glaube, dass das, was vorbei ist, noch immer hier und jetzt ist.

Und so sage ich euch: Ich bin deine Auferstehung und dein Leben und du lebst in mir, weil du in Gott lebst. Und jeder lebt in dir, wie du in jedem anderen lebst.

Sophia: Danke, geliebter Meister, nach deinen Worten fühle ich nur die Kraft der Gegenwart, die Kraft des Augenblicks. Ich kann es nicht beschreiben, aber es könnte die Erfahrung des Lebens in mir sein, unabhängig von Vergangenheit und Zukunft, unabhängig davon, was ich war, was ich bin oder in Zukunft sein werde. Die Welt, so kommt es mir nun vor, ist wie ein Spiel, in das ich mich hineinbegebe, um etwas anderes zu erfahren, als das, was ich wirklich bin. Ich tausche sozusagen für einige Zeit etwas gegen das wirkliche LEBEN aus.
Solange ich noch weiß von diesem Spiel, geht es mir gut, wenn ich aber die wahre Quelle vergesse, durchzieht mich ein Sog, der mich wieder dorthin bringt, was ich den Alltag nenne.

Und doch - die Erinnerung an dieses „LEBEN" bleibt und das weiß ich, sie führt mich zurück, an allem vorbei, das mich noch scheinbar in der Attraktion dieser Welt hält.

Simplicius: Das sind starke und schöne Worte, die aber so fern vom normalen Denken stehen, dass wir darüber eigentlich einige Zeit nachdenken sollten, bevor wir in unserem Gespräche weiter fortfahren. Ich schlage daher vor, dass wir unser Gespräch für einige Zeit unterbrechen.

Die Pause

Simplicius: Lasst uns nun fortfahren mit der praktischen Frage: Wie kann ich denn dieses Leben, wenn es ein Traum ist, leben?
Was ist denn wirklich ein Traum?
Wir haben das ja zum Teil schon behandelt, aber man kann das nicht oft genug und genau genug behandeln. Man sagt, er ist nicht wirklich, er ist von dir gemacht. Bist du dann der Meister dieses Traumes? Geschieht dann das, was du willst? Was soll das alles heißen?

Der Meister: Zugegeben - es ist schwierig dieses Traumleben zu leben. Den ganzen Tag, das ganze Leben dreht sich alles um etwas, was eigentlich keine Bedeutung hat und die ganze Zeit widmest du dich deinem Körper und dem Körper anderer. Und in Wirklichkeit bist du das alles nicht und sind es auch die andern nicht.
Essen, Trinken, Waschen, Arbeiten, Turnen, Sex, Gefühle, Denken, alles ist im Körper und ist vom Körper. Und das bist du nicht.
Du ärgerst dich über den Körper, ärgerst dich über Krankheit, Schwäche und Schmerz.
Du erfreust dich am Körper, an Essen und Trinken und am Sex. Aber auch das bist du nicht. Alles dreht sich um den Körper, der du nicht bist.
Wer kümmert sich dann um das, was er in Wirklichkeit ist?
Das ist alles schwierig, sehr schwierig, wenn man darüber nicht informiert ist und wenn man darüber nichts weiß.

Und was ist die Folge? Du lebst in Wahrheit nicht, sondern du wirst gelebt, von deinem Körper. Er bestimmt was geschieht: Ich

habe Hunger, er sagt, ich brauche Sex. Er befindet was dir behagt?
Der Körper ist also ein Tyrann? Sicher, wenn du ihn lässt.

Simplicius: Und wenn man den Körper nicht tun lässt was er will, wie soll das gehen?
Essen muss ich doch, Schlafen auch und auch den Sex brauche ich. Was soll da falsch sein?

Der Meister: Nichts ist falsch, man muss nur den scheinbaren Widerspruch durchschauen.
Es gibt eben auch das Andere, das, was wir wirklich sind und was ist das?
Wann sehe ich es, fühle ich es, wie greife ich es an?
Ich habe schon gesagt, dass man den Geist nicht sehen, nicht fühlen und nicht angreifen und auch mit den Sinnen nicht erfassen kann und was folgt daraus?

Wenn du wunschlos glücklich sein kannst, dann bist du der Sache, die du bist, nahe gekommen. Auch das habe ich dir schon gesagt, habe ich euch schon gesagt.

Was ist dann? Dann bist du in dir, dann wirst du ruhig, du kommst in die Ruhe, das ist wichtig.

Du denkst an nichts. Du willst nichts, du brauchst nichts. Es geht darum, nichts zu wollen und dann kannst du warten auf das, was kommt und was kann kommen?

Es kommt vielleicht ein Glücksgefühl der Ruhe, des Friedens und der Stille, das schöner ist, als alles was du bisher erlebt hast, und das stellt keine Anforderungen. Man braucht keine Umstände, keine Zustände und Vorbedingungen und alles ist viel einfacher. Du bestimmst den Zeitpunkt, die Dauer und die Tiefe des Erlebens dessen, was du bist.

Wir sind - ein Geistwesen des Friedens, der Ruhe, und der Liebe der wahren Liebe, die ohne Bedingungen ist, nicht mehr und nicht weniger.

Skepticus: Hier möchte ich mich doch wieder einmal einschalten. Ihr redet ja immer davon, dass es den Körper nicht gebe. Wie aber könnt ihr mir beweisen, dass ich nicht der Körper bin? Dass der Körper nicht existiert?

Physicus: Du warst ja beim ersten Teil unserer Gespräche nicht anwesend. Dort aber stellten wir bereits fest, dass es die Materie nicht gibt. Wir stellten fest, dass Materie reine Leere ist und damit auch der Körper reine Leere sein muss.
Skepticus, du glaubst also den Ergebnissen der Wissenschaften nicht, die du vertrittst. Du verdrängst, was du nicht wahrhaben willst. Das tun ja viele. Dass das aber auch intelligente Menschen tun ist schon überraschend, doch auch verständlich.
Es ist nämlich die Angst vor dem Neuen, vor dem Unbekannten, das sie so reagieren lässt. Es ist die Angst etwas aufgeben zu müssen, woran man gewöhnt ist.
Also nimm es an, Skepticus: Die Wissenschaft beweist dir, dass es die Materie nicht gibt, weil sie reine Leere ist und dass es daher auch den Körper nicht geben kann.

Simplicius: Skepticus, bist du nun überzeugt? Du schüttelst den Kopf und das war zu erwarten.
Aber lasst uns nun fortfahren, dort, wo der Meister sagte: Wir sind ein Geistwesen des Friedens, der Ruhe und der Liebe.

Und das ist alles, sagst du, das ist alles?

Der Meister: Ja, das ist alles. Denn alles andere ist Täuschung und geht vorbei und ist nicht zu halten. Es hat Bedingungen, bringt Umstände, Ärger, Sorgen und Missverständnisse.
Die Alternativen sind also, auf der einen Seite ein ewiges Auf und Ab, ein Hin und Her von Freude und Angst, Glück und Leid, Leben und Tod, Gebundenheit an die Welt, an Raum und Zeit. Und auf der anderen Seite das reine Sein, das Gewahrsein von Freude, Frieden und Freiheit von allem.

Stelle dir also ganz fest vor: Wenn alles ein Traum ist, wie würdest du dann handeln?
- Nimmst du es ernst, wenn jemand dich beschimpft?
- Bist du traurig, wenn dir etwas genommen wird?
- Bist du betroffen, wenn dein Mann, deine Frau dich betrügen?
- Bist du erschüttert, wenn deine Kinder dich ablehnen?

Wie würdest du reagieren, wenn alles ein Traum ist?

Würdest du dich schuldig fühlen?
Wenn du weißt, dass alles ein Traum ist - und es ist ein Traum - und wenn du weißt, dass du Aufwachen kannst, dann kannst du über alles hinwegsehen und über alles lächeln und allem vergeben.

Simplicius: Das klingt ja alles wunderschön, Meister, aber nun sage mir auch, wie kann man mit einer Illusion umgehen, wenn man Grausamkeit, Ungerechtigkeit, Folter, Krieg und Leid sieht oder erfährt?

Der Meister: Für den Anfang, für den, der dies zum ersten Mal hört, was ich jetzt gesagt habe und was ich jetzt sagen werde, mag das sehr hart sein und es mag auch mitleidslos klingen.
Aber frage dich einmal selber: Welche Bedeutung hat ein Traum? Welche Bedeutung hat eine Illusion? Die Antwort ist: Sie haben keinerlei Bedeutung.
Also, haben auch die Grausamkeiten der Illusion letztlich keine Bedeutung.
Das heißt aber nicht, dass du kein Mitgefühl haben sollst, dass du nicht hilfreich sein sollst. Im Gegenteil, es ist deine Aufgabe,

es ist dies deine Pflicht zu helfen, wo du kannst.

Aber du sollst - wenn du kannst und darum kannst du dich bemühen - alles mit den Augen der Vergebung sehen. Vergib uns, Vater, unsere Illusionen heißt es, vergib alle Illusionen, die guten und die schrecklichen.

Das heißt, du vergibst allen ihre Illusionen, den Peinigern ebenso wie den Gepeinigten. Du hasst keinen. Du verurteilst keinen, weil du weißt, dass jedes Schicksal selbst geschaffen, selbst gewählt ist. Und du weißt auch, dass alles bereits vorbestimmt ist. Dann kannst du auch dir selber – nach einiger Zeit der Übung - deine Sicht der Grausamkeiten dieser Welt, vergeben.

Simplicius: Und werden die Peiniger bestraft?

Der Meister: Sie werden nicht bestraft. Sie bestrafen sich aber selber, indem sie selber wählen in einem anderen Leben das erleben zu müssen, was sie ausgesandt haben. Das ist das Gesetz von Ursache und Wirkung, das Karma-Gesetz, wie es in der Zeit wirkt.

Simplicius: Das ist eine Sichtweise, die bisher noch wenig geäußert wurde und von der man nicht erwarten kann, dass sie so schnell von den Menschen akzeptiert werden wird.
Ich glaube jedoch, dass es eine Sichtweise ist, die in die Zukunft weist und die viel dazu beitragen würde, einen Zustand in der Welt herbeizuführen, der einem gewissen Friedens-Zustand nahe kommt. Wir wissen ja, dass der wahre Friede in dieser Welt des Gegensatzes nicht zu erreichen ist. Jedoch wir können uns mit dieser Sicht, die vom Meister soeben geäußert wurde, einem Friedens-nahen-Zustand annähern.

Sophia: Als jemand, der voll im Leben steht, noch nicht ganz frei ist und doch schon über lange Zeit den Frieden in sich trägt, lasst mich Folgendes aussprechen.
Ich möchte an deine Frage, Simplicius, anschließen:
Wie kann ich dieses Leben, das ein Traum ist, leben?
Wie *kann* ich leben, würde voraussetzen, dass du einen Plan aufstellen möchtest, an den du dich hältst.

Dieser Plan würde mit der Zeit das Bewusstsein, das in dir ist, total beherrschen, dein eigentliches Wesen verdrängen und abspalten.

Es ist doch ganz offensichtlich, dass du, falls du einen Plan entwickelt hast, wie du dein Leben gestalten willst, dich nicht von einem anderen führen lassen kannst. Und wenn du deinen Plan leben willst, dann kannst du nicht den Plan des Heiligen Geistes leben, so wie er das sieht. Du musst dich also entscheiden.

Falls du deinen Plan leben willst, dann lebst du etwas, was du gar nicht bist und glaubst zu dem zu kommen, was du wirklich bist - nämlich zum LEBENDIGEN in dir. Aber das funktioniert nicht.

Du kannst nämlich das, was du glaubst, das du bist, nicht auflösen, indem du es verdrängst oder verleugnest.

Dasselbe gilt ja auch für die Welt, für die Menschen, für die Umwelt, in der du lebst. Du kannst sie weder gut reden, noch verdrängen. Viel weiser ist es, dich und die Welt so zu sehen, wie sie dir im Moment erscheint und nicht gegen sie anzukämpfen. Denn was geschieht, wenn wir dagegen ankämpfen?

Wir machen das, was nicht wirklich ist, wirklich und dann gehen wir den üblichen Weg von Kampf und Verteidigung und Krankheit und Leiden.
Eine Hektik des Handelns im Außen beginnt, um „die Welt zu retten". Du vergisst dabei, dass du die Welt bist.
Und so würde ich dir raten, lieber Simplicius, halte inne, schau in Ruhe auf die Dinge im Außen, schaue in Ruhe auf dich, lass alles so, wie es ist - dann schaffst du einen Raum für den nächsten Schritt.
Und der nächste Schritt ist: die Vergebung.
Warum aber kann der Plan des Egos nicht zur Erlösung führen, zu deinem wahren Wesen?
Weil seine Sicht verzerrt ist, sie ist abgespalten von der Ganzheit und kann die Dinge gar nicht sehen, wie sie wirklich sind. Und aus diesem Mangel heraus, lieber Simplicius, schaffst du einen Plan für deine Erlösung, der aus der Angst kommt, aus deinen Bedürfnissen. Und diese Bedürfnisse werden nun ganz konkret, wie essen, schlafen, einen Beruf ergreifen zu wollen, gut sein zu wollen, erfolgreich sein zu wollen. Du vergisst mit einem Wort, wer du wirklich bist.

Und diese Person, wir nennen sie das Ego,
mit dem du dich nun identifiziert, jagt
diesen Wünschen nach. Aber sie werden
nicht weniger, ihre Erfüllung macht dich
nicht glücklicher.
Das Ego oder dein Denken erschafft
Situationen, für die du dich verantwortlich
fühlst. Nun bist du wie ein Gefangener, du
glaubst an das, was du bist, nämlich dein
Ego, dein Körper.
Der einzige Weg heraus ist, wie der
Meister uns sagte, die Vergebung.
In der Vergebung verschwindet der Glaube
an die Illusionen, die du geschaffen hast
und damit auch ihre Wirkungen. Der
konkrete Zustand löst sich auf und kommt
dem abstrakten Zustand sehr nahe. Und das
fühlst du als Liebe, Befreiung und Glück.
Unser natürlicher Zustand ist nämlich die
Abstraktion.

Der Meister: Das war wunderschön und
weise von dir gesprochen, Sophia, und ich
sage dazu: Vergebt euch eure Illusionen, die
ihr in die Welt hinaus gesandt und womit
ihr andere gebunden habt.

Wenn du dir vergibst, befreist du auch andere von Schuld und Angst. Und du weißt ja, was du gibst, wird dir gegeben.
Du beschließt mit dieser Vergebung, dich zu sehen, wie du wirklich bist. Wenn du jedoch an deine Illusionen glaubst, wird sich dir jemand zeigen, der gebunden ist an die Welt, gebunden ans Ego und den Körper.

Simplicius: Zuerst möchte ich - wieder ein Mal - unserer Sophia für die weisen Worte, die sie zu mir und für uns alle gesprochen hat, danken und ihr sagen, dass ich mich bemühen werde, sie zu beherzigen.
Nun aber möchte ich, dass wir auf den Tod zu sprechen kommen. Und so frage ich euch alle: Wie denkt ihr über den Tod?
Skepticus, sprich du zuerst.

Skepticus: Für mich ist der Tod eines Lebewesens das absolute Ende seines Seins. Jedes Wesen wird geboren, das ist der Anfang seines Daseins in der Welt. Wenn aber dann die Lebenskraft des Körpers erschöpft ist, die Organe nicht mehr funktionieren, dann stirbt der Körper und das ist der Tod. Es ist das absolute Ende des Lebewesens.

Physicus: Nun, das ist die atheistische Sicht des Materialisten. Ich kann mich dieser Sicht, auch als Wissenschaftler nicht anschließen.
Meinem Verständnis zufolge ist das Leben auch Bewusstsein. Wie wir bereits sagten, dass alles Sein auch Bewusstsein ist, also auch das Leben.
Alles ist beseelt, jeder Stein, jede Pflanze, jedes Tier und jeder Mensch. Das ist die ganzheitlich-holistische Sicht des Daseins.

Der Mensch kommt also mit einer Bewusstseins-Seele in einen Körper, lebt einige Zeit und dann, wenn der Körper verbraucht ist, löst sich die Seele vom Körper. Das nennt man den Tod und die Seele geht dann ins Jenseits. Wir inkarnieren also aus meiner Sicht unzählige Male in einen menschlichen Körper, wir leben und wir sterben. So sehe ich das.

Simplicius: Und wie sieht der Meister den Tod?

194

Der Meister: Es gibt keinen Tod. Wenn der Mensch Geist ist, dann, so sage ich, ist der Geist das Leben. Da aber der Geist nie vergehen kann, ist der Geist ewig.

Gerätst du also in Versuchung, der Sehnsucht nach dem Tode nachzugeben, so denk daran, dass ich nicht starb, wie allgemein angenommen wird. Du wirst begreifen, dass das wahr ist, wenn du nach innen schaust und mich siehst, denn ich bin in dir als das, was du den Heiligen Geist nennen kannst. Jeder Mensch trägt den Heiligen Geist in sich, jeder. Er muss ihn nur zu finden wissen.

Hätte ich den Tod für mich alleine überwunden und wäre mir vom Vater das ewige Leben gegeben worden, wenn er es nicht auch dir gegeben hätte? Wenn du lernst, mich in dir manifest zu machen, wirst du den so genannten „Tod" nicht schmecken. Denn dann hast du das Todlose, den Geist, in dir geschaut, und du wirst auf eine Welt hinaus schauen, die ewig ist. Du wirst den Tod nicht schmecken, wenn du begreifst, dass du kein Körper, sondern Geist bist. Nur die Identifikation mit dem Körper, der im Tod abgelegt wird, lässt die

Menschen so große Angst vor diesem an sich wenig bedeutsamen Vorgang haben. Irgendwann, wenn sie lernen werden, dass sie kein Körper sind, wird ihnen auch das Sterben leichter fallen.

Ist es nicht so, dass diese Welt das Symbol der Strafe ist und alle Gesetze, die sie zu regieren scheinen, sind die Gesetze des Todes? Kinder werden unter Schmerzen und durch Schmerzen in sie hineingeboren. Von Leiden begleitet wachsen sie auf und lernen, Erwachsene geworden, was Kummer, Trennung und Tod sind.

Euer Geist scheint in eurem Gehirn gefangen zu sein, und die Kräfte des Geistes scheinen abzunehmen, wenn euer Körper verletzt wird.

Doch die wahnsinnigste eurer Überzeugungen ist, dass euer Körper dahin welkt, in die Erde gelegt wird und ihr seid nicht mehr. Und keinen gibt es unter euch, der nicht gedacht hat, dass Gott grausam ist. Ist das nicht das Bild der Welt und des Todes, das ihr gemacht habt?

Solange du glaubst, dass du schuldig bist – und ihr alle fühlt euch in der einen oder anderen Weise so - wirst du in dieser Welt leben und deinen Lebens-Teppich entlang gehen und glauben, dass der Weg zum Tode führt. Und diese eure Reise wird dir lang, grausam und sinnlos erscheinen, denn das ist sie auch.

Daher sage ich dir: Gelobe nicht, zu sterben, du heiliger Sohn Gottes. Du gehst einen Handel ein, den du nicht einhalten kannst. Der Sohn des Lebens kann nicht getötet werden. Er ist unsterblich, wie sein Vater. Das, was er ist, reiner Geist, kann nicht verändert werden. Er ist das einzige im ganzen Universum, das eins sein muss.
All das, was ewig scheint, das wird ein Ende haben. Die Sterne werden schwinden, und Tag und Nacht, sie werden nicht mehr sein. Alles was kommt und geht: Gezeiten, Jahreszeiten und die Menschenleben, alle Dinge, die sich mit der Zeit verändern, blühen und dann welken, werden nicht wiederkehren.
Dort aber, wo die Zeit ein Ende setzt, dort ist nicht das Ewige.
Du aber kannst niemals durch das, was die Menschen und das Ego aus dir machten, verändert werden. Du wirst sein wie du warst, denn die Zeit bestimmte nicht dein

Schicksal, noch legte sie deine Geburts- und
Todesstunde fest.
Du wurdest nicht geboren, um zu sterben –
glaube das nicht!
Du kannst dich nicht ändern, weil deine
Funktion bereits von Gott festgelegt ist.
Diese Welt wird nur dann dich binden,
wenn du glaubst sie sei gemacht, um dich
zu kreuzigen. Wenngleich sie auch ein
Traum des Todes ist, brauchst du das nicht
auch wahr zu machen.

Simplicius: Die Worte des Meisters
berühren mich sehr. Ich weiß nicht, wie das
geschieht, aber hier wird in mir eine tiefe
Ebene berührt, die ich sonst kaum verspüre.

Sophia: Lass mich dazu das folgende
sagen: Das Leben hier auf Erden ist also
eine Entscheidung, die wir alle getroffen
haben. Es ist eine Entscheidung für die
Trennung von Gott, denn, wie wir hörten,
ist Gott eins, ewig und unveränderbar. Und
wenn Gott uns geschaffen hat, dann sind
auch wir eins mit ihm, ewig und
unveränderbar.
Das ist es, was unser Meister erfahren
durfte und in diesem Augenblick hatte sein

Körper keine Bedeutung mehr, was auch immer mit ihm gemacht wurde.
Aus früheren Gesprächen mit dem Meister erfuhr ich von ihm, dass er niemals Schmerzen erlitten hatte und dass er mit dem „Kreuzestod", so wie die Menschen dies sahen, nur ein Beispiel geben wollte.

Und das Beispiel hieß: der Körper und die Welt der Formen sind eine Illusion.
Die Auferstehung ist es, die allein Bedeutung hat, denn sie zeigt die wahre Natur des Sohnes Gottes.

Und wir alle sind „Sohn Gottes", eins mit ihm.
Wenn wir uns vor Augen führen, dass alles, alle Wesen und auch Jesus Christus in uns EINS sind, was ist dann?
Dann verurteilen wir uns selbst, wenn wir den anderen verurteilen, dann verletzen wir uns selbst, wenn wir den anderen verletzen, dann sagen wir eigentlich zu uns: Wir sind nicht „Sohn Gottes", sondern wir sind getrennt von ihm.
Und wenn wir getrennt von ihm sind, dann müssen wir uns verteidigen, dann müssen wir etwas „Besonderes" sein?

Hört ihr, etwas „Be-sonderes"!
Wir sondern uns ab.

Simplicius: Wenn ich das also richtig verstehe, dann sagt der Skepticus es gibt nur ein Leben und einen Tod des Lebewesens. Der Physicus sagt, es gibt viele Leben und viele Tode, und der Meister sagt, es gibt nur die Illusion eines Lebens und die Illusion eines Todes, weil das wahre Leben ein ewiges Leben des Geistes ist, der nicht geboren wird und nicht sterben kann.

Wenn ihr mich also fragt, dann weiß ich schon, für welche Version dieser Sichtweisen ich mich entscheide. Diejenige, die mir am meisten Freude geben wird. Das ist meine Wahl.
Kann man sich also auf den Tod auch freuen?

Der Meister: Das ist vielleicht eine etwas zu überzogene Vorstellung, sich auf den Tod zu freuen. Man muss sich ja nicht gerade auf den Tod freuen, aber es gibt auch keinen Grund den Tod zu fürchten. Doch kann man besser mit dem Sterben und mit dem Tod zu Recht kommen, wenn man versteht, was der Tod ist.

Simplicius: Was also ist der Tod?

Der Meister: Man sollte wissen, was der Tod ist und was Sterben ist, was dabei geschieht und was danach geschieht.

Tod und Leben sind eins für das, was du bist, für den Geist. Daher gibt es in Wahrheit den Tod nicht. Es gibt aber das Sterben, das aber nicht der Tod ist. Das Sterben ist oft nicht einfach, vor allem dann nicht, wenn du dich vor dem Tod fürchtest, das heißt wenn du glaubst, mit dem Tod sei alles aus, dann hältst du dich - im Geist - krampfhaft am „Leben", das heißt am Körper fest. Du willst nicht loslassen und das ist dann der Todeskampf.
Wenn du aber weißt, dass es den Tod nicht gibt, wenn du dich locker auf das Sterben vorbereitest und dir sagst: Jetzt, bin ich bereit los-zu-lassen. Ich habe keine Angst. Ich werde frei sein. Ich will gehen, ich bin bereit, dann hast du eine gute Chance, leicht hinüberzugehen, das heißt die Trennung der

Seele vom Körper sich problemlos vollziehen zu lassen.

Physicus: In dem Tibetischen Totenbuch werden doch Ratschläge gegeben, wie das Sterben zu erleichtern sei. Sind diese Ratschläge sinnvoll?

Der Meister: Sie sind sicher sinnvoll, doch auch kulturell bedingt. Die Tibeter kennen das tibetische Totenbuch und leben damit. In anderen Kulturen ist das aber nicht der Fall und dort ist es auch wenig sinnvoll sich diesen nicht bekannten Techniken zuzuwenden.

Simplicius: Und wie geht es weiter nach dem Sterben und dem Tod?

Der Meister: Nach dem Sterben beginnt das Leben im so genannten Jenseits. Dieses Jenseits ist ebenfalls eine Illusionswelt, ähnlich der Welt hier im Körper. Das Leben dort ist aber körperlos, doch nicht formlos. Es gibt verschiedene Bereiche, die dem Bewusstseins-Zustand des Menschen, den er auf der Erde erreicht hat, entsprechen.

So gibt es etwa die Astral-Sphäre, die den
Emotions-Zuständen des Ego entsprechen,
das heißt es zeigen sich Gefühle und diese
werden von der Seele stark empfunden.
Freude, Liebe, Lust und Leid, alle Gefühls-
Formen treten hier auf.
Da es aber sehr unterschiedliche Gefühls-
Empfindungen gibt, sind auch die
Erlebnisse der Seele in dieser Sphäre sehr
verschieden, so dass es wenig sinnvoll ist zu
versuchen, eine genauere Beschreibung
davon zu geben.
Eine andere Sphäre ist die Mental-Sphäre
der Gedanken-Formen. In dieser zeigen sich
Gedanken zumeist als abstrakte Formen,
wie sie etwa in der abstrakten Kunst zum
Ausdruck kommen.
Wichtig zu wissen ist aber schon, dass du
im Jenseits eine Erlösung vom Erden-
Dasein nicht finden wirst.
Die Erlösung durch den Heiligen Geist ist
nur in einem Körper während eines Erden-
Lebens möglich.
Nun wirst du fragen: Warum ist das so?

Entgegen der herkömmlichen Meinung hat
das Jenseits nichts mit dem Himmel zu tun.

Das Jenseits ist ebenso wie das Universum vom kosmischen Gott der Trennung geschaffen, sozusagen als ein „Ort des Ausruhens" zwischen den verschiedenen Inkarnationen. Das Jenseits ist also ebenso wie die Welt ein Illusions-Zustand, eben nur anderer Art, körperlos, raum- und zeitlos, aber nicht formlos, wie der Himmel. Entscheidungen für den Himmel können nur in einem Erden-Dasein getroffen werden, weil nur hier die freie Willensentscheidung zwischen dem Ego oder dem Heiligen Geist, zwischen der Welt des kosmischen Gottes oder der Welt des himmlischen Gottes, möglich ist. Da das Jenseits ein Zustand der Zeitlosigkeit ist, gibt es dort keinen freien Willen.

Simplicius: Ist das alles? Keine Hölle, kein Fegefeuer, keine Strafen?

Der Meister: Nein, diese Vorstellungen entsprechen nicht den Nach-Tod-Zuständen, ausgenommen dann, wenn sich jemand ganz auf diese bereits in seinem Leben eingestellt hat, das heißt, sie für sich entwickelt hat. Denn - alles, was die Seele erlebt, ist selbst geschaffen. Es gibt niemanden, der der Seele etwas verordnen kann, sie bestrafen oder ihr etwas antun kann, außer sie entscheidet sich selber, das zu tun.

Sophia: Ich erinnere mich dabei an folgendes:
Wie wir hörten, gibt es in der Jenseits-Welt verschiedene Möglichkeiten, sich zu erfahren. Es heißt ja, dass es viele Dimensionen gibt, die wir als 4-dimsioale Wesen hier auf Erden gar nicht erleben können und doch ist vieles in uns gespeichert.
In diesen Dimensionen gibt es viele Lichtwesen, die helfen, uns dort zurechtzufinden.
Ich möchte bei dieser Gelegenheit von einem Komponisten und Musiker erzählen, dessen Frau ich gut kannte, und die mit den Engeln des Kosmos sprechen konnte und auf diese Weise auch Kontakt mit ihrem verstorbenen Mann hatte.
Kurze Zeit nach seinem Tod meldete er sich und berichtete von Licht-Erlebnissen, von Musik und Tönen und sein Eins-Sein damit.
Er erzählte aber auch, dass ihm nur kurze Zeit dieses Hoch-Erlebnis gegönnt war,

denn schon bald zog es ihn auf die Bewusstseins-Ebene, die ihm vertraut war, ähnlich jener hier auf Erden.

Simplicius: Wovor also haben dann die Menschen Angst, wenn sie vom Tod und Sterben sprechen?

Der Meister: Eigentlich nur vor ihren eigenen Vorstellungen. Einerseits vor der falschen Vorstellung: Ich bin der Körper und andererseits vor irgendwelchen Bewusstseins-Mustern, die ihnen, von wem auch, eingeprägt wurden.
Wer an die Hölle glaubt und sie erwartet, der könnte seiner Seele auch ein Höllen-Szenario vorgaukeln.

Sophia: Wenn ich das so höre, fühle ich, wie heilsam die Vergebung ist, in der ich alle diese Gedanken- und Glaubens- Muster loslassen kann, bereits hier auf Erden.
Es scheint mir, dass der Tod viel mit dem Loslassen zu tun hat -loslassen besonders von den Gefühlen, die uns so stark binden und uns glauben machen, dass gewisse Situationen so sind, wie wir sie gerade erleben.

Nicht die Ereignisse sind es, die uns Probleme machen, sondern unsere Gedanken und Gefühle davon. Der Tod beginnt also schon mit dem Loslassen dieser Gefühle, die nicht wirklich sind, wenn wir sie nicht wirklich machen.

Simplicius: Könnte man da nicht sagen: Wenn alles Illusion ist, dann ist es doch so, als ob wir von einem Kino in ein anderes Kino gehen würden, wenn wir sterben?

Der Meister: So könnte man das sagen.

Simplicius: Und wie geht es dann weiter?

Der Meister: Nach einer gewissen Dauer, die aber ebenfalls Illusion ist, beschließt dann die Seele, eine neue Inkarnation einzugehen. Die Seele hat das Bestreben ganz zu werden, das heißt heil zu werden. Daher schaut sie im Nach-Tod-Zustand auf die Bereiche, wo sie noch Lern-Bedarf hat, um die Ganzheit zu erreichen. Sie wählt dann Bedingungen und Umstände, die ihr im neuen Leben einen optimalen Lern-Zustand ermöglichen. Mit dieser Wahl aber ist alles in ihrem nächsten Leben vorbestimmt.

Das ist die Sichtweise, wenn man an die Reinkarnation glaubt. Wir kommen später darauf noch zu sprechen.

Simplicius: Alles ist vorherbestimmt? Die Seele kann nicht wählen? Es gibt keinen freien Willen?

Der Meister: Nein, wie wir bereits besprochen haben, es gibt keinen freien Willen, ausgenommen ….

Simplicius: Was heißt hier ausgenommen?

Der Meister: Ausgenommen, die Seele lässt sich vom Heiligen Geist führen und entscheidet sich gegen das Ego. Das ist die einzige Wahl, die der Mensch in diesem Leben hat. Das ist der freie Wille, den er hat. Er hat aber keinen freien Willen in Bezug auf seine Lebensumstände, wie wir das ja auch schon besprochen haben.

Sophia: Ich frage mich: Trägt der Mensch nicht die Macht der Entscheidung, wie er seine Lebensumstände erfährt, in sich?

Für mich war es eine gewaltige Erfahrung, den Heiligen Geist zu wählen und das beflügelte mich. Zum ersten Mal erlebte ich, welche Kraft, welche Stärke in mir wohnt, die Qualität des Lebens wählen zu dürfen.

Die Entscheidung für das Ego, und damit für meine eigenen Wünsche, für meine Bedürfnisse, bringt eine Welt hervor, die geprägt ist von Leid und Schmerz und manchmal von Freude, manchmal mehr, manchmal weniger. Aber immer stand diese Welt auf wackeligen Beinen.

Die Entscheidung für das Selbst, für den Heiligen Geist, schafft eine andere Welt, eine Welt, die mit den Augen der Liebe gesehen wird und ohne Urteil ist. Und diese Welt ist zwar noch immer hier auf Erden geprägt von der Wahrnehmung, es ist jedoch eine Wahrnehmung der Liebe.

Und in diesem Bewusstseinzustand löst sich der Mensch von der Identifikation mit dem Körper und der Heilige Geist übernimmt die Führung. Nun kann Heilung des Geistes entstehen, Heilung auf allen Ebenen. Aus dieser Sicht heraus hat der Tod des Körpers nur mehr geringe Bedeutung

Simplicius: Also, wovor sollten wir Angst haben? Man sollte sich freuen, es geschieht einem ja kein Leid, man bekommt ein neues Kleid, einen neuen Körper, man bekommt neue Lebensumstände, neue Möglichkeiten. Also kann man sich freuen auf das, was kommt.
Und wie ist es dann mit der Reinkarnation? Für den Skeptiker, das haben wir alle schon gehört, gibt es keine Reinkarnation, für den Physicus schon, aber was sagt der Meister?

Der Meister: Im eigentlichen Sinne ist Reinkarnation unmöglich. Es gibt keine Vergangenheit oder Zukunft, und die Idee der Geburt in einen Körper - ob einmal oder mehrere Male - hat keine Bedeutung. Reinkarnation kann also nicht in irgendeinem wirklichen Sinn wahr sein. Und unsere einzige Frage sollte sein: Ist das Konzept hilfreich?
Und das hängt natürlich davon ab, wofür es verwendet wird. Wenn es verwendet wird, um die Einsicht in das ewige Wesen des Lebens zu stärken, ist es in der Tat hilfreich. Ist irgendeine andere Frage dazu wirklich nützlich, um den Weg zu erhellen?

Wie viele andere Überzeugungen kann es aber auch bitter missbraucht werden. Geringstenfalls bietet ein solcher Missbrauch Beschäftigung mit der Vergangenheit und vielleicht auch Stolz darauf an, was man einmal gewesen zu sein scheint. Schlimmstenfalls ruft dieser Glaube an die Reinkarnation Trägheit in der Gegenwart hervor. Dazwischen sind viele Arten von Torheit möglich.

Für einige mag das Konzept also tröstlich sein, und wenn es sie ermutigt, ist sein Wert offenkundig. Es ist jedoch gewiss, dass der Weg zur Erlösung von denjenigen gefunden werden kann, die an Reinkarnation glauben, wie auch von denjenigen, die es nicht tun. Die Idee kann deshalb nicht als wesentlich betrachtet werden. Es liegt aber immer ein gewisses Risiko darin, die Gegenwart in den Begriffen der Vergangenheit zu sehen. Es liegt immer etwas Gutes in jedem Gedanken, der die Idee stärkt, dass das Leben und der Körper nicht dasselbe sind.

Im Grunde ist es also nicht wesentlich, ob nun jemand an die Reinkarnation glaubt oder nicht. Doch wer sich mit diesen Fragen beschäftigt und in sich hineinhört, wird oft verspüren, dass seine Vergangenheit sozusagen in seine Gegenwart herein reicht und das ist dann eigentlich die wesentliche Erkenntnis, die man erleben kann, nämlich, dass alles Leben zugleich erfolgt.

Sophia: Diese Erfahrung habe ich selbst gemacht.
Meine ägyptische Vergangenheit reicht sehr stark in mein derzeitiges Leben herein. Durch Träume, plötzliche Einblicke in frühere Leben und Visionen kam nach und nach die Erinnerung. Viele Menschen von damals sind auch heute hier um mich und mit vielen konnte ich karmische Bindungen erkennen und lösen.
Faszinierend für mich war zu sehen, dass die Szenarien dieser Leben zwar verschieden waren, die Gedankenmuster jedoch, an die ich gebunden war, dieselben waren wie damals. So erlebte ich einige Jahre, in denen ich die Möglichkeit hatte, mir alles zu vergeben, was ich ausgesandt und womit ich auch andere Menschen gebunden hatte. In diesen Jahren erkannte ich die Kraft des Heiligen Geistes und die heilende Macht der Vergebung.

Sehr geholfen hat mir immer wieder zu wissen, dass all diese Bilder selbst geschaffen und in Wahrheit nicht wirklich sind - demnach Illusion.
Was bindet mich also, fragte ich mich? Es ist nur der Glaube an die Wirklichkeit meiner vergangenen Erlebnisse und das ist alles.

Physicus: Trotz dieser interessanten Erfahrung, die Sophia uns soeben erzählte, kann ich gut verstehen, dass der Meister die Reinkarnation infrage stellt. Denn wenn die Quantenphysik uns beweist, dass es die Zeit nicht gibt, dann kann es auch die Reinkarnation nicht geben.
Das Problem ist natürlich, dass es sehr schwer vorstellbar ist, dass alle unsere Leben jetzt, also zugleich, in diesem Augenblick, sich vollziehen sollten. Das überfordert unseren normalen Menschenverstand, sodass es für die meisten einfacher sein wird an die Reinkarnation zu glauben, auch wenn es sie eigentlich nicht gibt. Jemand aber, der sich in seine Leben einfühlen kann, der erfährt, dass alle, oder zumindest einige seiner

Leben „da" sind, sowie Sophia das eben beschrieb.
Er gewinnt Freunde, die ihm bekannt sind, er hat etwa Eltern, die ihm bekannt vorkommen. Er spürt in sich Eigenschaften, Ängste, Beziehungen, die einfach Bedeutung haben. Von den Rückführungen, die auch möglich sind, will ich gar nicht sprechen. Auf diese Weise erlebt man dann, dass alle Leben eigentlich zugleich vor sich gehen, auch wenn einem das nur dunkel bewusst wird.

Simplicius: Wenn ich das so höre, Meister, wäre es dann nicht sinnvoll zu sagen: Eigentlich erstreckt sich unser „Leben" über viele Inkarnationen und viele Tode.
Ist es dann überhaupt sinnvoll sich nur auf ein Leben zu konzentrieren? Wie man selber aus Erfahrung weiß, geht ja ein Leben all zu schnell vorbei.
Zuerst musst du erwachsen werden, um überhaupt zu begreifen, wozu du da bist, dann machst du deine Fehler, die ja schon vorbestimmt sind, und am Ende schaust du zurück und erkennst, wie wenig du gelernt hast und wie kurz ein Leben ist.

Du lebst also besser nicht nur für dieses eine Leben, sondern denkst auch schon an deine Zukunft.

Du lebst ja jetzt schon das, was du in Zukunft erleben wirst oder anders gesagt, du lebst jetzt das, was du dir in der Vergangenheit vorgenommen hast und bereitest dich jetzt auf das vor, was du in Zukunft erleben willst.

So würde man ein Leben als ein Glied in einer langen Kette von Leben sehen, die sich aneinander reihen, die von irgendwoher kommen, was wir Vergangenheit nennen, und die irgendwohin gehen, was wir Zukunft nennen, die aber in Wahrheit alle immer gegenwärtig sind.

Der Meister: Das hast du sehr schön gesagt. Ich stimme dir zu. So könnte man das sehen.

Simplicius: Das war heute ein langer Tag. Und wir haben einige Themen zu dem Problem Leben und Tod angesprochen. Ich danke allen für die lebendige Teilnahme an diesem Gespräch, dem Skepticus, dir Physicus, unserer weisen und lieben Sophia und auch dem Meister.

Wir sehen uns also morgen zu unserem nächsten Gespräch wieder.

Der 6. Tag - Gespräch über Himmel, Hölle, Jenseits und Erlösung

Simplicius: Heute geht es um Dinge, die vielen Menschen sehr zu schaffen machen. Es ist die Angst vor Gott, es ist die Angst vor der Hölle und dem Jenseits und ich bin mir nicht sicher, ob nicht selbst der Himmels-Zustand, den keiner von uns kennt, nicht zu- mindestens Unbehagen in uns hervorruft.
Also, lasst uns darangehen, diese Vorstellungen zu hinterfragen.
Ich bitte dich, Freund Skepticus, den Anfang zu machen, denn du hast mit diesen Vorstellungen doch wohl die meisten Probleme.

Skepticus: So ist es, Simplicius, du sprichst mir aus der Seele. Als militanter Atheist, der ich bin, habe ich mit den Vorstellungen vom Himmel, von der Hölle und dem Jenseits persönlich keine Probleme, weil ich an diesen Schwachsinn nicht glaube.

216

Es ist aber mein moralisches Gefühl, meine Anteilnahme an dem Bewusstseins-Zustand der Menschen, die mich so ärgerlich werden lässt, wenn ich diese Begriffe - Himmel, Hölle, Jenseits -auch nur höre. Und warum ist das wohl so?

Ich will es euch erklären.
Seit Jahrtausenden stöhnen und leiden die Menschen unter den von allen Religionen gelehrten Vorstellungen von Himmel, Hölle und Jenseits.

Abgesehen davon, dass man keine dieser Vorstellungen je wird beweisen können, ist der Schaden für den Geisteszustand der Menschen, die diesen religiösen Unsinn glauben, furchtbar.

Er ist so furchtbar, weil er in den Menschen Angst erzeugt, und Angst ist beinahe wie eine Krankheit. Sie behindert den Menschen zu leben, sie behindert den Menschen glücklich zu sein und sich zu freuen.
Bei allem, was er tut - wenn er das alles glaubt - fragt er sich immer: Ja darf denn das sein? Habe ich damit Gott gekränkt, wird er mich bestrafen?

Ganz gleich, was er tut, ob er liebt, oder
nicht liebt, ob er fleißig ist, oder faul, ob er
Erfolg hat im Leben oder nicht - immer
fühlt er sich schuldig.

Schuldig - weil ich meine Eltern nicht
genug liebte
Schuldig -weil ich meine Kinder nicht gut
genug versorgte
Schuldig - weil ich meinen Partner betrogen
habe
Schuldig - weil ich gestohlen und gelogen
habe
Schuldig - weil ich schlechte und unreine
Gedanken hatte usw.

Der Schuldenberg, den sich die Menschen
aufhäufen ist unendlich groß und niemand
sagt ihnen, dass das alles nicht stimmt.
Im Gegenteil - man bestärkt ihr
Schuldgefühl von Seiten der Religionen her,
um noch mehr Macht über sie zu
bekommen. Das ist so in allen Religionen.
Daher sage ich: Religion ist Opium für das
Volk. Religion ist aber auch ein Fluch für
die Menschen.

Simplicius: Gut gebrüllt, Skepticus. Das nenne ich mir eine Anklage, die sich sehen lassen kann. Ich bin beeindruckt. Aber was finde ich selber, was findet unser Physicus von diesen Sprüchen? Sprich!

Physicus: Eigentlich kann ich den Skepticus gut verstehen, auch ich teile seine Meinung im Großen und Ganzen. Er selbst hat doch aber schon gesagt, Religion ist Opium für das Volk.
Das kann man aber auch positiv sehen. Was immer die Religionen sind, sie geben dem Menschen einen Halt im Leben. Sie geben ihnen auch Hoffnung, sie halten sie an, sich um Ordnung und Liebe - was immer sie darunter verstehen -zu bemühen. Es ist also meiner Meinung nach die Religion die einzige Instanz in der Welt, die den Menschen Halt und Führung geben kann. Die Wissenschaft tut das nicht, weil das nicht ihre Aufgabe ist. Die Philosophie tut das auch nicht und der Atheismus schon gar nicht.
Wenn die Religionen auch negative Auswirkungen hatten und haben, dann frage ich mich und dich Skeptikus: Was soll an

deren Stelle treten, wenn wir sie abschaffen, wie du Skepticus das ja vorschlagen würdest?
Ist der absolute Nihilismus, die absolute Sinnlosigkeit des Lebens, wie das der Atheismus lehrt und was wir doch schon besprochen haben, die Lösung des Problems? Ich glaube das nicht. Meine Meinung ist: Es ist besser einen schlechten Halt im Leben zu haben als gar keinen.

Sophia: Die Frage ist also: Können wir Menschen ohne an etwas zu glauben, ohne einen Halt im Leben zu haben, existieren? Ich möchte dazu folgendes sagen: Es gibt im Leben eines Menschen mehrere Abschnitte, in denen er immer nach Sinn und Halt suchen wird und diese sind etwa die folgenden:

- Am Beginn ist es die eigene Familie, die ihm Halt gibt. Die Wurzeln zur eigenen Familie werden gebildet und diese Wurzeln sind manchmal stark, gesund und geben Kraft und Energie, um sich entfalten zu können.
- Manchmal jedoch sind diese Wurzeln verkümmert, verknotet oder sogar

abgestorben. Oft ist es dann so, dass dies Blockaden im Energiefluss auslöst. All dies ist selbst gewählt und trifft niemandes Schuld. Alles hat Sinn und dient der Bewusstseins-Entwicklung des Menschen.
- Dann werden die Wurzeln zu Himmel und Erde entdeckt. Man fühlt sich zugehörig zum ganzen Kosmos, man ist eins mit ihm. Der Mensch entdeckt, dass die Welt wie ein Spiegel für ihn ist, er entdeckt, dass er nicht getrennt ist vom anderen, ob er nun gut oder schlecht ist. Und vor allem erfährt er, dass alles aus seinem Geist kommt, der eins mit dem Kosmos ist. Der Geist des Menschen wählt, was er sehen möchte und das erlebt er auch. Wie ich schon sagte, er ist der Träumer seines eigenen Traumes, ja er ist sogar der Traum selbst.
- Dann kommt eine Zeit, wo er Frieden schließen möchte, nicht auf eine sentimentale Art, die auf einer falschen Vergebung beruht, sondern ehrlich und aufrichtig. Der Mensch erkennt, dass er es ist, der alles in

seinem Leben aussandte und dass er es ist, der diese Sicht verwandeln lassen kann.
- Schließlich entdeckt er seine Wurzeln zu Gott, die _eine_ große Wurzel zu Gott. Etwas lang Vergessenes wird in ihm wach: Ich bin der Sohn Gottes, geliebt und in Liebe.

Simplicius: Obwohl wir eigentlich über Himmel, Hölle und Jenseits sprechen wollten sind wir nun doch, abgesehen von dem, was Sophia soeben zu unserm Gespräch beitrug, in eine Religions-Debatte geraten. Aber ich finde das gut, denn auch diese Dinge müssen einmal angesprochen werden.

Für meinen Teil ist es so, dass ich - seltsam mag das klingen - die Atheisten für die besseren Christen, oder welche Religion man immer meinen mag, halte. Sie sind eigentlich zumeist tief religiöse Menschen, die aber an den Fehlern, welche die Religionen an sich haben, verzweifeln.

In ihrer Verzweiflung gehen sie dann soweit - und ich meine zu weit - auch Gott selbst abzulehnen, beziehungsweise überhaupt das Konzept Gott, das über Religion hinausgeht, abzulehnen. Damit aber schütten sie das Kind mit dem Bade aus, wie man so sagt. Meister, was sagst du dazu?

Der Meister: Ich höre eigentlich die Verzweiflung, die aus den Worten, die von euch geäußert wurden, spricht.
Nun ist es nicht meine Art irgendetwas, also auch keine der Religionen, zu verurteilen. Es ist mir bewusst, dass Menschen Fehler machen. Aber für mich sind Fehler berichtigbar, es sind keine unaufhebbaren Sünden. Die gibt es überhaupt nicht. Ich werde daher nicht über die Fehler der Religionen sprechen, sondern eher über das, was ich zum Thema zu sagen habe.

Simplicius: Will nicht jemand noch etwas zum Thema Religion sagen?

Skepticus: Lass mich noch folgendes dazu sagen.
Religion ist eigentlich ein sehr gefährliches Unternehmen. Warum? Religiöse Menschen können nämlich sehr fanatisch werden,

wenn sie glauben, die Wahrheit gefunden zu haben. Sie stellen diese dann absolut und das macht sie gefährlich.

Sie verurteilen dann die anderen, die nicht das glauben, was sie glauben und mit bestem Wissen und Gewissen und dem Vertrauen auf Gott befürworten sie dann Folter und Tod. Sie sagen dann: Wir werden dich jetzt verbrennen, aber das geschieht nur zu deinem Besten, denn wir wissen, was gut für dich ist.

Das war im Mittelalter so. Aber diese Einstellung herrscht zum Teil auch noch heute vor, und treibt derzeit auch ungeahnte Blüten in den so genannten freiesten Staaten der Welt, wenn auch natürlich in anderer Weise.

Damit möchte ich nur warnen, jede Art von Glauben, ob nun alt oder neu, zu fanatisieren.

Physicus: Dazu von meiner Seite folgendes: Auch die Wissenschaft beruht auf Glauben. Es gibt auch eine fanatische Wissenschafts-Gläubigkeit, die ebenso schlimm ist wie eine fanatische Religions-Gläubigkeit. Wir haben es also mit einem allgemeinen menschlichen Problem zu tun, das auf allen Gebieten - nämlich auch etwa in Politik und Gesellschaft - auftreten kann. Man kann sagen: Hütet euch vor dem Fanatismus, hütet euch vor engstirniger ausschließlicher Wahrheits-Gläubigkeit.

Simplicius: Nun, wir haben zunächst über die Religionen gesprochen und ich glaube, wir sollten uns nun dem heutigen Thema widmen. Lasst uns mit dem Thema Himmel beginnen.

Skepticus: Da sage ich gar nichts, weil der Himmel für mich nur das Firmament, die Stratosphäre ist. Nichts dahinter als Sterne und Galaxien.

Physicus: Himmel: Was ist für mich wohl der Himmel?
Die Kinder glauben an das Christkind und die Menschen glauben an den Himmel als eine Möglichkeit für den Aufenthalt im Nach-Tod-Zustand. Eigentlich weiß ich darüber wenig oder nichts. Im Himmel ist alles - ja, wie? Schön, heilig oder so ähnlich. Ich glaube aber, wir haben eigentlich eine völlig falsche Vorstellung

vom Himmel, wie auch von der Hölle und dem Jenseits.
Simplicius: Und was sagt unser Meister dazu?

Der Meister: Bevor ich über den Himmel spreche, muss ich wohl zurückgehen auf den ersten Teil unserer Gespräche und in Erinnerung rufen, was wir über Materie, Raum und Zeit sagten. Es ist ja grundsätzlich so, dass meine Ausführungen über Himmel, Hölle und alles was dazugehört, eigentlich nur angenommen werden können, wenn man auch die Ergebnisse der Quantenphysik zu diesen allgemeinen Fragen, wie es Materie, Raum und Zeit sind, hereinnimmt. Ich kann diesen Zusammenhang nur immer wieder betonen, damit wir ihn nicht vergessen, weil er für ein Verständnis der neuen Weisheitslehre von grundlegender Bedeutung ist.

Es wurde uns in diesen Gesprächen deutlich, dass die Menschen früher und zum größten Teil auch noch heute völlig falsche Vorstellungen über Raum und Zeit und über Materie hatten und noch haben. Daher unterscheiden sie zwischen hier und dort, oben und unten und so weiter.

Nach den neuen Vorstellungen, wie sie die Quantenphysik aufzeigt, gibt es aber weder Raum und Zeit, noch Materie, sondern nur Bewusstsein und den Geist. Was also ist der Mensch dann? Er ist kein Körper, sondern nur Geist. Wenn das so ist, wo soll dann der Himmel sein?

Wenn alles Sein nur Geist ist und wenn der Mensch Geist ist, dann ist der Himmel weder ein Ort noch ein Zustand. Er ist nur ein Gewahrsein. Ein Gewahrsein vollkommenen Einsseins und die Erkenntnis, dass es sonst nichts gibt, nichts außerhalb dieses einen Seins und nichts anderes darin.
Das Himmelreich ist die Wohnung des Gottes-Sohnes, der seinen Vater nicht verlassen hat und nicht getrennt von ihm ist. Das ist der Himmel.

Simplicius:, Das muss ich erst einmal verdauen. Das stellt ja alles auf den Kopf was ich bisher gehört habe. Ich erinnere mich doch, dass wir am dritten Tag bei

unserem Gespräch über Raum und Zeit
schon festgestellt haben, dass der ganze
Kosmos, das ganze Universum, alle Sterne
und so weiter eine Projektion aus unserem
Bewusstsein sind. Und jetzt sollen auch
Himmel und Hölle aus uns kommen? Wie
soll das gehen?
Der Himmel ist eben hier? Vielleicht die
Hölle auch? Denn bisher dachten wir doch
alle der Himmel sei irgendwo und man
könnte ihn irgendwann erreichen. Nun aber
höre ich, dass er nirgendwo ist sondern nur
in mir? Wie kann ich den Himmel dann
erreichen?

Der Meister: Bevor ich auf deine Frage,
Simplicius, eingehe lasst mich noch
erklären was damit gemeint ist, dass der
Himmel weder ein Ort noch ein Zustand,
sondern reines Gewahrsein sei.

Dass der Himmel kein Ort sein kann wird
deutlich aus dem Wissen, dass es auch
Raum und Zeit in Wahrheit nicht gibt.
Raum und Zeit sind eine Illusion in der
biologischen Realität. Der Himmel ist also
weder oben, noch unten noch irgendwo, er
ist, wie schon betont, in dir.

Und wieso kann man sagen, der Himmel ist auch kein Zustand? Was soll das heißen? Es gibt Zustände des Glücks, der Trance, der Verzückung und so weiter. All das sind Gefühls-Zustände des Ego, die mit dem Gewahrsein nichts zu tun haben.

Und was ist dann Gewahrsein? Ich habe bereits mehrmals von diesem Zustand der Ruhe, der Stille gesprochen, in dem schon ein Glücks-Erleben vorhanden ist, das aber keine Glücks-Gefühle beinhaltet, sondern – und das ist schwer in Worte zu fassen - gewissermaßen einen Heiligen Augenblick. Wer ihn erlebt hat, weiß, was gemeint ist. Zu beschreiben ist das beinahe nicht. Ich habe auch schon von der Ganzheit gesprochen, die in dem Gewahrsein der Einheit mit allem Sein empfunden wird, wobei man unterscheiden muss zwischen dem Gefühl der kosmischen Einheit, das ebenfalls stark erlebt werden kann und diesem Gewahrsein des heiligen Augenblicks, von dem ich spreche und der dem des Himmels gleichzusetzen ist.
Nun zu deiner zweiten Frage, wie der Himmel zu erreichen sei.

Du kannst den Himmel nur auf Grund deiner eigenen Entscheidung erreichen. Es ist eine Wahl.
Du wählst entweder den Heiligen Geist zum Begleiter und entscheidest dich für den Himmel und dann kommst du - früher oder später - in den Himmel, genauer gesagt in das Himmels-Gewahrsein, das zuerst nur in einem Körper und nicht im Nach-Tod-Zustand, im so genannten Jenseits erreicht, werden kann.

Oder du wählst das Ego zum Begleiter und entscheidest dich für die Hölle – die natürlich nicht existiert - und dann bist du in der Hölle, d.h. im Ego-Zustand der kosmischen Welt, die, wie wir ja schon sagten, auch nicht existiert, weil sie eine Illusion ist, ausgenommen du glaubst an sie. Dann machst du sie für dich wirklich, wie das eben die meisten Menschen tun. Wir sagten ja schon, auch ein Traum, an den du glaubst, ist für dich wirklich.

Simplicius: Nun, ich muss sagen, diese so genannte „Hölle" ist aber oft sehr angenehm. Und sie ist auch das, was ich kenne. Ich weiß, was ich habe und ich weiß nicht, was ich kriege - im Himmel. Daher glaube ich, vorläufig bleibe ich lieber in der Hölle, wenn sie nicht furchtbarer für mich wird, als sie es jetzt ist.

Der Meister: Das ist die Versuchung, die dir das Ego in jeder Sekunde anbietet. Das eine oder das andere. Du kannst aber nicht beides zugleich haben. Lasst mich aber noch einiges zum Himmel sagen.
Es wird also schon deutlich geworden sein, dass der Himmel formlos, raum- und zeitlos ist. Zeit ohne Veränderung ist aber nicht vorstellbar. Die Ganzheit, die der Himmel ist, aber ändert sich nicht.
So kann ich also nur wiederholen: Inwendig in dir ist der ganze Himmel. Jedem Blatt, das zu Boden fällt, wird *in dir* Leben gegeben. Jeder Vogel, der je gesungen hat, wird wieder *in dir* singen. Und jede Blume die jemals blühte, hat ihren Duft und ihre Lieblichkeit für dich bewahrt.
Der Himmel ist also nach alledem nicht mehr und nicht weniger als das Innere Gewahrsein der Einheit mit allem Sein, das man Gott nennt, in der Stille, in der Ruhe und im Frieden. Es ist ein inneres Glücks-Gewahrsein von Freude, ohne Angst, ohne

Veränderung, ohne Zweifel, ohne Schuldgefühle.
Die Wahrheit ist das Gesetz des Himmels.
Und das alles ist in dir, in deinem eigenen Geist, der der Geist Gottes ist.

Sophia: Es scheint aber doch so zu sein, dass wir hier in der Einheit des Kosmos Ähnliches erleben können, wie in der Einheit des Himmels.
In uns allen ist die Sehnsucht nach dem Einssein, nach Geborgenheit, Glück und Liebe eingepflanzt und jeder sucht sie auf seine Weise, zumeist im Außen.
Wenn wir jedoch erkennen, dass wir alle miteinander verbunden sind in einer großen Woge des Lebens, die wir zusammen selbst gestalten, kommt in uns der Wunsch auf, dies auch erleben zu wollen, diese Einheit des Geistes zu erleben.
Und viele Menschen haben sie bereits erlebt und sind aufgestiegen in höhere Dimensionen - und doch ist es ein Weg, der immer wieder zurückführt in den „ewigen" Kreislauf des Lebens, denn wie hoch wir auch immer in unserem Bewusstsein steigen - es ist immer noch getrennt von Gott.

Ich hatte einmal das folgende Erlebnis an einem See. Ich fuhr mit dem Rad am See entlang - die Sonne schien warm, ein leiser Wind wehte und bewegte die Gräser, das Wasser glänzte und strahlte – da dehnte ich mich aus und fühlte mich plötzlich Eins mit allem, ein berauschendes Glücksgefühl durchzog mich und ich dachte zu fliegen. Da stieg ich vom Rad, setzte mich in die Wiese und war ganz still. Ich lauschte hin zu meinem Inneren, ich lauschte hin zum Heiligen Geist.
Endlos erschien mir der Augenblick, da hörte ich eine Stimme: *„Hier bin ich nicht"*. Ich fragte, was es war, das ich hier erlebte? Die Stimme antwortete: *„Du hast die Einheit des Kosmos erlebt, die Einheit des Himmels erlebst du nur mit Hilfe des Heiligen Geistes."*
Von nun an kannte ich den Unterschied, aber ihr könnt mir glauben, die kosmische Einheit ist ebenfalls von unglaublicher Schönheit - jedoch nicht wirklich und demnach nicht wahr.

Simplicius: Schön, sehr schön sage ich, das alles zu hören und ich kann nur für mich hoffen, dass ich das auch alles mitnehmen kann in mein Bewusstsein, dass ich davon profitiere, wenn wir unsere Gespräche beendet haben.

Nun aber sollten wir uns anderen Dingen zuwenden, nämlich der Frage etwa, wie es zur Trennung der Geistwesen aus dem Himmel kam. Waren die Kerle dort unzufrieden? Warum wollten sie weg, wenn es dort im Himmel so toll ist?

Und jetzt wollen sie alle wieder einen ganz mühsamen Weg zurückgehen? Ist das nicht verrückt?

Skepticus: Freunde, ich frage mich schon die ganze Zeit, ob ich mir das alles anhören muss, denn eigentlich kann ich mit allem nichts anfangen. Ich möchte mich daher empfehlen. Ich gehe wieder. Seid ihr damit einverstanden?

Simplicius: Nun, Skepticus, eigentlich wäre es ja auch gut für dich, wenn du von all dem, was wir hier so reden, etwas mitbekommen würdest. Aber ich kann verstehen, dass du dich empfehlen willst und wir freuen uns, dass du dabei warst. Ich danke dir auch für deine lebhaften Beiträge, lebe wohl.

Aber nun zur Frage, wie es zu dieser Trennung, dem Sündenfall kam.

Der Meister: Aus meiner Sicht war es nicht mehr als eine kleine verrückte Idee, die uns dazu brachte, den Himmel zu verlassen. Im Himmel gibt es keine Veränderung. Alles ist immer in Ruhe und im Frieden.
Diese Engel-Geist-Wesen aber, zu denen auch ich zählte, wollten unter der Führung von Luzifer eine Veränderung. Sie wollten erfahren, wie es sei, wenn es den Gegensatz, die Auseinandersetzung, die Disharmonie und Spannung gäbe.
Im Himmel ist alles Einheit. Daher schufen sie die Nicht-Einheit, die Dualität, neben dem Licht auch das Dunkel. Und aus dieser Dualität heraus geht alles hervor, das ganze Universum, die Welt und der Mensch.

Simplicius: Ich habe aber hier zwei Fragen dazu.
Erstens, welche Rolle spielte Luzifer in diesem Geschehen und zweitens finde ich persönlich diese Trennung eine „kleine verrückte Idee" zu bezeichnen eine starke Untertreibung, wenn man bedenkt, welche

göttlichen Kräfte im Universum, das aus Milliarden von Galaxien besteht, wirken. Die Frustration, die aus dieser Schaffenskraft spricht, die bei den sich vom Himmel trennenden Engelwesen vorhanden gewesen sein muss und ist, spricht doch eine andere Sprache, als die, eine „kleine verrückten Idee" gewesen zu sein - oder?

Der Meister: Simplicius, das ist deine Meinung, die ich nicht bestreite aber auch nicht teile. Aus meiner eigenen Erfahrung jedoch bleibe ich bei meiner Meinung, dass es eine kleine verrückte Idee war.

Simplicius: Und wie war das mit Luzifer?

Der Meister: Luzifer, der Lichtbringer, ist der oberste Engel, der die Trennung angeführt hat. Er und alle, die ihm folgten, projizierten sich buchstäblich aus dem Himmel heraus.
Projizieren hat etwas von der Bedeutung des Schleuderns. So kann man sagen, die Engel-Seelen-Masse schleuderte sich aus dem Himmel heraus. Das ist die Projektion, aus der danach das Universum entstand. Das heißt aber nicht, dass diese Projektion

Wirklichkeit hatte. Sie ist eben nach wie vor ein Traum.

Simplicius: Und wie lange wird diese Projektion dauern, hat sie ein Ende oder dauert sie ewig, beziehungsweise wann erfolgte die Trennung?

Der Meister: Da es die Zeit nicht gibt, geschieht alles jetzt und ist auch schon vorbei. Darum nenne ich das auch die kleine verrückte Idee.
Wenn man aber, wie das auch die getrennten Geistwesen tun, in Zeitabschnitten rechnet, dann erfolgte die Trennung über einen Zeitraum von Millionen Jahren und die Aufhebung der Trennung - das ist das, was man das Jüngste Gericht nennt - wird ebenfalls erst in einigen Millionen Jahren erfolgen.

Simplicius: Nun bin ich doch verwirrt und Zweifel erfassen mich, wenn ich mich folgendes frage:
Ein großer Anteil der Engel - man spricht doch von etwa einem Drittel - entschloss sich zur Trennung. Der Grund dazu, aus meiner Sicht, war eine starke Frustration

über die Sinnlosigkeit des Daseins im Himmel.
Sinnlosigkeit in dem Sinne, dass ein immer währendes inneres Strahlen in Ruhe und Stille offensichtlich diesem Teil der Engel unerträglich wurde. Es gab nichts zu tun, es gab keine Veränderung, daher wurden sie unruhig und ruhelos. Das war der Grund für die Trennung.
Nun sitzen wir in der Trennung und dein Bemühen, werter Meister, ist es, uns zu motivieren, wieder den Weg zurück in die Sinnlosigkeit, in die Zwecklosigkeit des Himmels zu suchen? Wie soll das gehen?

Es ist ja auch so: Wir erkannten in unserem Gespräch bereits früher, dass der Glaube an den Atheismus zu einem absoluten Nihilismus und der Annahme einer absoluten Sinnlosigkeit des Daseins führt. Jetzt stehe ich da, und ich kann nicht anders als zu sagen: Ist die Sinnlosigkeit eines ewigen Daseins in der Stille des Himmels nicht dieselbe wie jene des Atheismus?
Was bewirkt der Himmel? Macht er irgendetwas besser?
Hilft er irgendjemandem in irgendeiner Weise?

Nein, der Himmel IST einfach, er ruht und ruht und ruht in der Stille. Und ob er ist oder nicht ist, ist absolut bedeutungslos.

Der Meister: Du sprichst eine harte Sprache, Simplicius.
Aber ich kann dich gut verstehen. Es sind deine Zweifel, die aus dir sprechen. Es ist eine Unsicherheit, die du verspürst, weil du zwischen den beiden Polen stehst, die da sind, einerseits das Ego, von dem du noch nicht loslassen kannst und andererseits das Himmels-Gewahrsein, das du fürchtest nicht erreichen zu können.. Ich kann dir dazu nur folgendes sagen.
Der Sinn eines Daseins im Himmel scheint den Menschen verschlossen zu sein, solange sie vom Verstand her überlegen. Wie ich schon sagte: der Himmel ist weder ein Ort, noch ein Zustand, sondern reines Gewahrsein, hat also mit dem Verstand und mit dem Denken nichts zu tun.

Du kannst nun einen Hauch dieses Himmels-Gewahrseins
jederzeit im Hier und Jetzt erleben, wenn du dich darum bemühst, wenn du es willst.
Probier es doch aus!

239

Du setzt dich einfach in Ruhe und Stille hin und lässt dich vom Heiligen Geist führen, indem du sagst: Ich möchte jetzt dieses Himmels-Gewahrsein von Frieden, Freude und Freiheit erleben. Ich bitte darum, es erleben zu dürfen. Und dann wartest du ab, was geschieht.

Wenn es gelingt, dann erlebst du, wie ich bereits sagte, einen Hauch dieses Himmels-Gewahrseins, das dann irgendwann später unendlich viel stärker und schöner sein kann.

Das Wesentliche aber ist: Du kannst bereits jetzt schon ausprobieren, ob du das willst und vergleichen. Du vergleichst deinen Alltag in der Welt mit diesem Gewahrsein.

Damit will ich nicht sagen, dass du bereits den Himmel erreicht hast. Aber du kannst den Hauch eines Unterschieds zwischen dem Himmel und der Ego-Welt auf diese Weise erleben.

Und das ist es, worauf es ankommt. Du selber entscheidest. Solange du die Welt nicht infrage stellst, wirst du überhaupt nicht auf die Idee kommen, so einen Vergleich anzustellen. Sobald du aber einen Bewusstseins-Zustand erreicht hast, wo du findest: „Eigentlich kann ich nicht mehr anders, eigentlich will ich etwas anderes", dann wird es dir leicht fallen, auf diesem Weg weiterzugehen.

Wichtig dabei ist, dass du die Welt nicht verdammst, wie das etwa die Gnostiker am Beginn der Zeit, wo das Christentum sich in der Welt etablierte, getan haben. Das wäre falsch, denn dann bindest du dich genau an etwas, was du ablehnst, was du als böse und als verwerflich siehst.

Nein, wenn du die Welt als Illusion zu sehen gelernt hast, brauchst du sie auch nicht abzulehnen, du kannst dir deine Sicht einer Illusion vergeben und sagen: Ich lasse los von etwas, was für mich keine Bedeutung mehr hat.

Das ist die richtige Motivation zur Erreichung des Himmels- Gewahrseins - das Erkennen der Illusion, die Vergebung und das Loslassen mithilfe der Führung des Heiligen Geistes.

So ist das, lieber Simplicius, und lass dir das durch den Kopf gehen.

Sophia: Ich kenne ja meinen Simplicius sehr gut und weiß um sein Ringen um die Wahrheit.
Ich weiß aber auch, dass er schon oft den "Heiligen Augenblick" erlebt hat und dann frei war von seinen Zweifeln und Ängsten. Und das ist es, was sich die Wenigsten vorstellen können, wenn sie tief in die Ego-Dramen des Lebens verstrickt sind und sie für wirklich nehmen.
Diese Freiheit des Geistes kann nicht gelehrt werden, sie kann nur erlebt werden und damit verändert sich dann unsere Sicht auf die Dinge und da alle Wesen eins in unserem Geist sind, tragen wir dann auch zu einer Sichtveränderung der ganzen Welt bei. Die lineare Sicht des Egos führt immer nur noch mehr in die Verstrickung. Die ganzheitlich-holistische Sicht, die durch den Heiligen Geist inspiriert ist, leuchtet die Schleier des Ego hinweg und aufatmend erkennen wir, vorerst nur ein wenig, aber mit der Zeit immer stärker, was sich hinter unseren Zweifeln, Ängsten und Sorgen verbirgt.

Es ist ein Hauch unseres wahren Wesens und dieser Hauch bereits macht uns glücklich und froh und lässt uns die Führung durch den Heiligen Geist erkennen.

Simplicius: Das ist eine gute Antwort, die mir viel zum Nachdenken aufgibt und die ich eigentlich ganz gut annehmen kann. Zumindest so weit ich das jetzt beurteilen kann.

Physicus: Simplicius, du musst doch die Sache nicht immer so auf die Spitze treiben. Wenn die Aufhebung der Trennung doch noch einige Millionen von Jahren dauern wird, dann hast du noch eine lange Zeit vor dir, entweder in dieser Welt oder, falls du den Erlösungszustand erreichen solltest, von dort aus zu wirken, um den Menschen zu helfen, das zu erreichen, was auch der Meister anstrebt.
In gewissem Sinne kannst du also dem Meister beistehen, wenn du willst, ihm zu helfen das zu tun, was er sich vorgenommen hat. Das könntest du dir doch einmal überlegen - oder?

Simplicius: Das ist ein guter Vorschlag, Physicus, auch deinen Rat werde ich beherzigen. Ich danke dir.
Aber, was ist nun dein eigentliches Bemühen, Meister, wenn du sagst: Ich will den Menschen Trost bringen. Kannst du den Aufenthalt in der Trennung aufheben?

Der Meister: Ich will den Aufenthalt in der Trennung nicht aufheben, auch wenn ich das könnte. Ich kann dich aber lehren, wie du, mit meiner Hilfe, den Aufenthalt in der Trennung wesentlich verkürzen kannst.

Simplicius: Wie soll das gehen?

Der Meister: Ich sagte schon, die Aufhebung der Trennung wird für die Mehrheit der Menschen einige Millionen von Jahren dauern.
Der Kernpunkt meiner Lehre ist die Selbst-Vergebung. Mit Hilfe dieser Vergebung kannst du die Anzahl der Inkarnationen um das Tausendfache reduzieren, wenn du das willst. In diesem Falle würden dann also nur einige Dutzend Inkarnationen an Stelle von einigen 10.000 notwendig sein bis zur Erlösung. Das bedarf aber grosser

Achtsamkeit und der Geduld, wenn du dir selber die Illusion, in der du dich befindest, vergibst.

Simplicius: Das lässt sich hören. Aber ich bin immer noch nicht überzeugt, ob mir das Nichts-Tun im Himmel so gefällt. Ich werde sehen, wie es mir in den nächsten Inkarnationen geht. Dann sehen wir weiter. Aber erlaube mir nun noch die folgende Frage: Wie ist das dann aber mit der Aufhebung der Trennung, der Erlösung, die da so lange dauern soll? Gibt es da nur einen oder mehrere oder vielleicht sogar viele Wege, die zur Erlösung führen?

Der Meister: Es gibt viele tausende Wege und alle führen zum selben Ergebnis - zur Erlösung.
Um aber zu verstehen, was Erlösung ist und wie sie erreicht wird, ist es notwendig, das Konzept der Zeit zu begreifen.
Im Prinzip gibt es zwei grundsätzlich verschiedene Wege – einerseits den Weg zur Erlösung über die Tilgung der Schuld, das ist der Weg des Karma - und andererseits den Weg der Selbst-Vergebung, wie ihn der Heilige Geist lehrt.

Sie unterscheiden sich im Zeitaufwand, der zum Ziel führt.

Simplicius: Ich glaube, der Physicus kann uns den Karma-Weg erklären, denn er hat, wie ich weiß, auch den Buddhismus eifrig studiert.

Physicus: Einverstanden. Man könnte sagen, der „normale Weg" zur Erlösung, der von der Mehrheit der Menschen gegangen wird, ist der Karma-Weg.

Die Menschen, die ihm folgen, glauben an die Wirklichkeit der Illusion, das heißt sie nehmen die Illusion nicht als Illusion wahr, sondern sie nehmen sie als wirklich an. Sie glauben an die Wirklichkeit dieser Welt, so wie die Sinne uns das zeigen. Das ist das phänomenologisch-mechanistisch-materialistische Welt- und Menschenbild.

In diesem Weltbild wird die Materie als fest, hart und undurchdringlich gesehen und es gibt Raum und Zeit und Ursache/Wirkungs-Beziehungen. Man lebt, man stirbt und man wird wieder geboren.

Nach jedem Leben überschaut der Mensch, überschaut die Seele des Menschen im Jenseits alle ihre bisherigen Leben. Und da das Ziel jeder Seele die Ganzheit ist, sieht sie auch jeweils den Bereich in ihrer Ganzheit, der noch dunkel geblieben ist, wo sie Fehler gemacht hat und diese möchte sie heilen, das heißt ganz machen. Sie fühlt sich also schuldig, weil sie Fehler gemacht hat und beschließt eine Inkarnation zur Tilgung dieser speziellen Schuld. Das ist dann das gewählte Lebens-Karma, das der Astrologe in einem Horoskop ziemlich genau sehen kann, denn da der Mensch Teil des Kosmos ist, wählt er sich eine Geburts-Zeit, die in Übereinstimmung mit dem Zustand des Universums, der Planeten und so weiter ist, so dass er dieses Karma leben kann.

Die Seele wählt also im Jenseits ihr Karma zur Aufhebung einer Schuld. Sie wählt damit alles, was im Leben sein wird. Sie wählt Eltern, Partner, Beruf, Krankheiten, Schicksal, Geburt und Tod - einfach alles bis ins letzte Detail. Sie hat also dann - wie wir schon erklärten - keinen freien Willen in Bezug auf ihr Schicksal. Unwissend wie der Mensch aber ist, glaubt er, doch einen freien Willen zu haben, was aber nicht der Fall ist. Das ganze Leben ist vorherbestimmt, also prädestiniert.

So träumt sich der Mensch durch seine zahllosen Inkarnationen. Er liebt, leidet, arbeitet, ist glücklich und unglücklich, er erduldet alles, er hinterfragt wenig oder nichts. Er nimmt alles, wie es kommt. So durchläuft er viele Leben und arbeitet sein Karma auf, wobei er in jedem Leben teilweise Karma aufarbeitet und teilweise neues Karma schafft, weil er ja auch wieder Fehler macht. So entsteht ein schier endloser Kreislauf von Geburt und Tod.

Simplicius: Und wie lange wird so etwas dauern?

Physicus: Wir wollen eine Milchmädchen-Rechnung anstellen. Wir nehmen annähernd, die Zeit bis zur Erlösung sei – nun, sagen wir einige Millionen Jahre. Falls die Seele alle 100 Jahre inkarniert dann würde das also einige 10.000 Inkarnationen, beziehungsweise Wiedergeburten, bedeuten. Aber wie gesagt, das ist eine Milchmädchenrechnung, aber so ungefähr sehe ich die Dauer des Karma-Weges bis zur Erlösung.

Simplicius: Na ja, einige zehntausend Inkarnationen? Das kann ich mir nicht vorstellen. Das ist schon „furchtbar" lang – oder? Aber das Leben auf der Erde soll ja auch schon lange existieren. Die Wissenschaftler sagen, dass das Leben auf der Erde vor etwa 3,5 Millionen Jahren „in Gang kam". Da kann es ja ebenso lange dauern oder länger bis es wieder „aus dem Gang kommt" - oder?
Also, Physicus, du sagst uns, das sei der „normale" Gang der Dinge, wie sieht nun der Buddha-Weg aus?

Physicus: Im Unterschied zu diesem „normalen Karma-Weg" versucht der Buddhismus die Menschen zu lehren, sich vom „Durst", das heißt von der „Anhaftung" an die Welt, also von den Begierden und Zwängen, selber zu befreien. Die vier Stufen dazu sind: Rechtes Denken, Meditation, rechtes Erkennen und schließlich die Erlösung, also die Befreiung von der Wiedergeburt.

Dieser buddhistische Weg kann also die Zahl der Inkarnationen wesentlich verkürzen, weil die „Anhaftung an die Welt" aufgegeben wird.
Die Befreiung aber, die Erlösung bringt den Menschen des Buddha-Weges nur in die kosmische Einheit und nicht in den Himmel. Außerdem ist es im Wesentlichen eigentlich ein Selbst-Erlösungs-Weg, weil er ohne die Hilfe einer geistigen Macht - wie etwa des Heiligen Geistes - gegangen wird.

Simplicius: Danke dir, Physicus, für diese kurze Darstellung des Buddha-Weges im Vergleich zu dem normalen Karma-Weg. Nun aber ist die Frage: Wie sieht der Meister die Sache?

Der Meister: Es ist eine Grundthese unserer Gespräche, dass man in dieser Zeit eine Synthese von Wissen und Glauben zu sehen beginnt. Wenn das so ist, dann basiert meine Sicht von der Erlösung des Menschen auf den quantenmechanischen Erkenntnissen und dem daraus folgenden Welt- und Menschen- Bild, wie wir es im ersten Teil der Gespräche entwickelt haben.

250

Das zu wiederholen und uns ins Gedächtnis zu rufen ist mir immer wieder wichtig.
Denn - der Erlösungsweg, den ich anbiete, kann nur - und ich betone nur - gegangen werden, wenn man nicht an die Wirklichkeit der Welt glaubt. Denn - was der Mensch glaubt, macht er wirklich. Das ist seine Schöpfer-Kraft, die er mit Gott teilt.

Wie also soll ich ein Karma, eine Schuld auflösen können, wenn ich an deren Wirklichkeit glaube?

Beim Karma-Weg wird Schuld getilgt - durch Opfer und Leiden. Das ist möglich. Aber wie der Physicus uns erklärte, ist das ein langer Weg.

Die Auflösung der Schuld, auf dem Weg, den ich vorschlage, beruht auf dem Glauben, dass sie eine Illusion ist.
Das zentrale Thema hier ist: Gottes Sohn ist schuldlos und in seiner Unschuld liegt seine Erlösung.

Es geht also hier bei diesem Erlösungsweg darum, Zeit einzusparen, wenn man das will. Es ist alles eine Frage der Zeit. Am

Ende wird jeder befreit, aber das Ende kann noch sehr, sehr weit entfernt sein.

Sophia: Lasst mich hier etwas hinzufügen, was mich bewegt:
Die Seele, die hier auf dieser Erde etwas gutmachen möchte, kann man sich vorstellen, ist auch bereit, zu leiden und vor allem zu dienen und zu helfen. Besonders in unserer Zeit ist das soziale Engagement sehr gewachsen, Hilfe für Menschen in Not auf der ganzen Welt wird angeboten. Die Menschen wollen helfen, entweder durch Spenden oder auch aktiv. Dies ist sicher eine edle Handlung und dient auch dem Menschen selber, der dies tut. Sie löst Karma auf, wenn sie ohne Selbstzweck vollbracht wird.

Mir fällt hier das Tagebuch der Mutter Teresa ein, das vor kurzem in Buchform herausgebracht wurde und die Welt in Staunen versetzt hat, als man hörte, dass Mutter Teresa in den einsamen Nächten starke Zweifel erlebte und dann inbrünstig bat, Gott endlich erfahren zu dürfen. Sie erkannte, dass es nicht die Aufopferung für die Ärmsten der Armen ist, die sie Gott

erfahren lässt, sondern die Beschäftigung mit ihrem Inneren, die schonungslose Sicht auf ihre eigenen Zweifel hin.
Wie ich vom Meister erfahren konnte, ist Mutter Teresa erlöst, im Himmel. Die Gnade Gottes wurde ihr zuteil.
Nun muss ich an des Gebet denken: „Die Gnade Gottes ruhet sanft auf Augen, die vergeben und alles, was sie sehen, kündet nur von IHM…"

Der Meister: Ich danke dir Sophia, für diese Erklärungen. Aber kommen wir zurück zu unserer Grundfrage.
Also noch mal: Es gilt als Basis für den Erlösungsweg des Heiligen Geistes zu wissen, dass es die Materie nicht gibt, dass sie ein Traum-Gebilde ist, dass es Raum und Zeit nicht gibt, dass diese Grundkonstanten der Welt Illusion sind, dass die Welt als Ganzes eine Illusion ist, ein Traum und dass alles Sein eine Einheit in der Ganzheit ist.
Auf dieser Basis gilt dann auch:
Karma ist eine Illusion und Schuld ist eine Illusion.

253

Schuld ist eine selbst geschaffene Blockade in deiner Seele, im gespaltenen, verwirrten Geist.

Daraus folgt weiters: Das, was eine Illusion ist, kann ich mir vergeben, ich kann das aus meinem gespaltenen Geist, aus meinem Bewusstsein tilgen, auflösen, weil es Illusion ist.

Eine Hürde gibt es:
Allein kannst du dich nicht von dieser Illusion befreien und sie auflösen. Die Frage ist, warum nicht?
Hier muss ich etwas ausholen und den Begriff eines geschlossenen Systems einbringen.
Dein Denksystem im Ego ist so ein geschlossenes System. Du bist sozusagen mit deinem ganzen Wesen, vor allem deinem Denken und Fühlen, in diesem System gefangen. Du kannst es nicht von innen her beurteilen, nicht erkennen und nicht bewerten. Du musst irgendwie darüber hinausgehen und es von einem anderen Ort im Kontrast sehen. Wie aber soll das gehen?

Physicus: Meister, was du da soeben sagst, das erinnert mich an das **Gödel-Theorem** in der Mathematik.
Es ist ja wieder sehr überraschend für mich, dass hier etwas angesprochen wird, das auch in der Wissenschaft eine große Rolle spielt.
Vereinfacht sagt dieses Gödel-Theorem, das ein Grund-Theorem der Mathematik ist: Kein System kann mit den Mitteln des Systems vollkommen erfasst werden.
Das heißt, die Mathematik ist ein geschlossenes System, ebenso wie die Denk-Struktur des Ego.
Auf das Ego bezogen würde dann das Gödel-Theorem nach meiner Meinung das folgende sagen: Die Ego-Denk-Struktur kann mit den Mitteln der Ego-Denk-Struktur nicht erfasst und daher auch nicht überwunden werden. Es bedarf einer Kraft von außen, um aus dieser Ego-Denk-Struktur ausbrechen und sie überwinden zu können.

Simplicius: Das ist ja alles sehr aufregend. Lasst mich auch versuchen das zu verstehen, denn das scheint mir außerordentlich wichtig.

255

Wiederum vereinfacht gesagt: Man kann sich nicht von einem System befreien, an das man glaubt, in dem man verhaftet ist. Nun aber glauben alle Menschen an das System des Ego, der dualen Welt und leben es auch mit großer Intensität. Sie glauben an die Gegensätze des Guten und Bösen, sie trennen in richtig und falsch, mein und dein und den Kampf ums Dasein. Solange ich aber an all das glaube, ist mir der Weg aus diesem System, das einer endlosen Schleife gleicht, in der wir im Kreise gehen - Geburt, Leben, Tod und Wiedergeburt - verwehrt. Auch Menschen, die an diese Schleife nicht glauben, entgehen ihr nicht. Denn Unwissenheit schützt nicht vor den Folgen eines geistigen Gesetzes.

Erst wenn ich mich entscheide, aus diesem System aussteigen zu wollen, und dazu bedarf es einer Willensentscheidung, ist die Möglichkeit gegeben, von außen her das System aufzubrechen. Das geschieht, indem man von der Dualität in die Nicht-Dualität, das heißt in die Zeitlosigkeit geht. Das ist vielleicht nicht so schwer wie es scheinen mag. Man kann es lernen. In der Zeitlosigkeit und nur in dieser lösen sich dann die Probleme, die Ängste, Spannungen

und Blockaden des dualistischen Ego-Systems durch die Einswerdung mit dem Selbst auf.
Habe ich das nicht gut gesagt? Was sagst du dazu, Meister?

Der Meister: Ich finde es großartig, wie ihr beide das entwickeln könnt. Das hätte ich selber nicht besser formulieren können.
In Bezug auf die Willensentscheidung, Simplicius, möchte ich dir noch sagen, dass dies der einzige freie Wille ist, den die Menschen haben. Diese Macht der Entscheidung ist euch von Gott mitgegeben worden und findet in jedem Augenblick statt.

Simplicius: Aber wie geht das nun mit der Erlösung praktisch weiter? Kannst du uns das erklären, Meister?

Der Meister: Praktisch gesprochen: Um aus dem Ego-System-Denken aussteigen zu können, bedarf es, wie es das Gödel-Theorem zeigt, einer von außen wirkenden Kraft, die nicht der Dualität unterliegt. Das ist der Heilige Geist. Dieser steht außerhalb des Ego-Systems, reicht aber in dieses hinein und kann so helfen, es zu überwinden.

Man muss also sagen: Ohne die Führung des Heiligen Geistes kann das Ego-System nicht – bzw. nicht in der Weise, wie es mit seiner Hilfe möglich ist - überwunden werden.

Der Heilige Geist verwendet nämlich das Ego und damit den Körper, um die Wahrnehmung zu berichtigen. Er wirkt aber nicht auf den Körper ein, denn sonst würde er die Illusion wirklich machen. So wird der Heilige Geist zur Brücke zwischen dem, was ihr glaubt zu sein und dem, was wirklich ist.

Simplicius: Dies ist also die erste Erkenntnis: Ohne den Heiligen Geist gibt es keine baldige Erlösung vom Erden-Dasein? Wie geht's dann weiter?

Der Meister: Der nächste Schritt ist die Vergebung. Hier aber gilt es, den Unterschied zwischen der normalen Vergebung und der Selbst-Vergebung oder der wahren Vergebung zu beachten.

In der normalen Vergebung sagt man: Du hast zwar gesündigt, aber ich vergebe dir deine Sünden. Das aber bedeutet, dass ich die Sünden des anderen wahr mache. Ich glaube an sie. Das kann ich nicht mehr vergeben. Daher ist diese Art der Vergebung keine Vergebung. Man kann auch sagen: In der Trennung gibt es keine wirkliche Vergebung.
In der Trennung scheint es dir, dass andere Menschen getrennt von dir sind und fähig, sich so zu verhalten, dass ihr Denken keinen Einfluss auf dein Denken hat, ebenso wie dein Denken keinen Einfluss auf sie hat. Daher hat auch deine Haltung keine Wirkung auf sie.
Wenn du also deinem Bruder eine „Sünde" vergibst, ziehst du daraus keinen unmittelbaren Nutzen. Du lässt Barmherzigkeit einem Unwürdigen zukommen, nur um hervorzuheben, dass du besser bist und auf einer höheren Stufe stehst als derjenige, dem du vergibst. Er hat deine barmherzige Langmut nicht verdient, die du jemandem zukommen lässt, der dieser Gabe unwürdig ist, weil seine Sünden ihn unter eine wahre Ebenbürtigkeit mit dir haben sinken lassen. Er hat keinen

Anspruch auf deine Vergebung. Sie bietet ihm eine Gabe, aber nicht dir. Somit ist aus dieser Sicht normale Vergebung grundsätzlich unvernünftig, eine barmherzige Laune ist sie, wohlwollend, jedoch unverdient, eine Gabe, die manchmal gegeben und manchmal vorenthalten wird.
Da sie unverdient ist, ist es gerecht, sie vorzuenthalten und es ist auch nicht recht, dass du leiden solltest, wenn du sie vorenthältst.
Die Sünde, die du vergibst ist nicht deine eigene. Jemand hat sie begangen, der getrennt von dir ist. Und wenn du dich dann gnädig zeigst ihm gegenüber, indem du ihm schenkst, was er nicht verdient, dann ist diese Gabe ebenso wenig dein, wie es seine Sünde war.
Die wahre Vergebung ist etwas ganz anderes.
Da du in Wahrheit von deinem Bruder, dem du etwas vergeben willst, nicht getrennt bist, ist es zuerst notwendig, die Trennung aufzuheben, damit Vergebung wirksam werden kann.

Das, was dein Bruder dir als „Sünde" angetan hat, hast du hervorgerufen. Er hat nur auf deinen Anruf reagiert.
Täter und Opfer sind immer verbunden, sie sind eins. Das Opfer war ein Täter und der Täter wird ein Opfer sein, wenn man es in der Zeit sieht.
In der Zeitlosigkeit aber sind Täter und Opfer eins.
Wenn also einer derselben in der Zeitlosigkeit sich zur Vergebung entschließt, dann kann er die gemeinsame „Sünde", besser gesagt, den Fehler, beziehungsweise ein Karma aufheben, auflösen und ungeschehen machen, weil dann auch der Fehler eine Illusion ist. Dabei muss man aber den Heiligen Geist um seine Hilfe bitten. Ohne ihn geht es nicht.
 Eine wesentliche, ganz wesentliche Vorbedingung aber in diesem Prozess der wahren Vergebung ist dann, dass du bereit bist, deine Fehler aus deinem Unbewussten hochkommen zu lassen. Das ist wahrscheinlich für die meisten Menschen sehr schwierig. Denn -wer hat schon den Mut, sich selber anzuschauen, seine begangenen Fehler offen anzusprechen? Das aber ist wichtig, denn sonst kann die

Vergebung nicht wirken, es muss gelernt, es muss geübt werden.

Physicus: Meister, erlaube mir dazu etwas zu fragen, beziehungsweise aus wissenschaftlicher Sicht etwas zu ergänzen. Wie wir doch aus dem Einstein-Podolsky-Rosen Paradoxon erkannten: wenn es die Zeit nicht gibt, dann gilt doch, dass Ursache gleich Wirkung ist. Es gibt dann auch keine Subjekt-Objekt-Trennung und somit folgt weiter: Geben und Nehmen sind eins.
Geben ist Nehmen, Nehmen ist Geben.
Im Gegensatz dazu gilt in der Trennung, dass Ursache und Wirkung getrennt sind. Eine Ursache bewirkt eine Wirkung. Auch Subjekt und Objekt sind getrennt. Das heißt, wenn ich also als Subjekt dem Objekt etwas vergebe, so ist das in der Trennung eine überhebliche Anmaßung, die ohne Wirkung bleiben muss.
Ich bin also hier sehr überrascht wieder einmal zu sehen, wie eine wissenschaftliche Erkenntnis aus dem Einstein-Podolsky-Rosen- Paradoxon uns hilft, den spirituellen Prozess der Vergebung besser verstehen zu können.

Simplicius: Das alles scheint mir doch eine ganz wichtige Sache zu sein. Auch ich möchte das Ganze noch besser verstehen. Kann man also sagen: Beim Prozess der wahren Vergebung, die eigentlich eine Selbst-Vergebung genannt werden könnte, gilt folgendes:
Erstens - du musst dein Problem, deine Fehler erkennen und ganz deutlich in dir hochkommen lassen. Das darf auch Schmerz zeitigen.
Zweitens - du musst dir dein Problem, deine Fehler ins Bewusstsein holen und es womöglich aussprechen oder zumindest in Gedanken ansprechen.
Und drittens - du übergibst dann den Fehler, das Problem dem Heiligen Geist, indem du ihn bittest, es zu übernehmen.
So gesehen, scheint das ganze ja recht einfach, zumindest in der Theorie.
Am meisten aber überrascht mich doch, dass man diesen rein spirituellen Prozess erst richtig versteht, wenn man auch die Erkenntnisse der Quanten- Mechanik mit einbringt.
Ansonsten muss man nämlich das alles nur glauben, so aber kann man es auch

verstehen und daher wesentlich besser akzeptieren.

Der Meister: So ist es auch. Im Grunde ist die Selbst-Vergebung einfach, aber sie bedarf eines großen Mutes, die Fehler anzusehen und einer Durchhaltekraft, um immer wieder auf scheinbare Schuldgefühle und Aggressionen einzugehen.

Simplicius: Aber, hier ist dann doch ein Widerspruch. Du sagst: Wir übergeben das Problem dem Heiligen Geist. Wenn aber alles vorherbestimmt ist in unserem Leben, dann kann ich ja gar nichts übergeben?

Der Meister: Richtig gedacht, rein logisch. Aber dazu gibt es noch etwas zu erklären. Die Sache ist so: Die Vergebung kann die Lebensumstände nicht direkt verändern. Die Vergebung heilt nicht den Körper oder eine Krankheit. Geheilt wird nur der getrennte Geist durch die Vergebung. Dieser dann teilweise geheilte Geist verändert deinen Geisteszustand. Das ist die Heilung des Geistes. Die Vergebung nimmt gewisse Fehler im Geiste weg, das ist das

Wesentliche. Die Wahrnehmung wird berichtigt.

Als Nebeneffekt sozusagen kann aber der Heilige Geist, wenn er das sinnvoll findet, auch dein Lebens-Szenario ändern. Der heilige Geist ist Herr über Raum und Zeit. Daher kann er zum Beispiel gewisse Zeitabschnitte, in denen du etwa einen Unfall oder eine Krankheit zu erleben gewählt hast, einfach ausblenden, indem er die Zeit - die ja eine Illusion ist - aufhebt. Er lässt sie sozusagen zusammenfallen.

So verändert sich dann auch dein Lebens-Szenario, falls der Heilige Geist das für gut befindet. Du hast ihm ja die Führung und damit auch deinen Willen übergeben.

Simplicius: Mir fällt es wie Schuppen von den Augen. Und so soll es wirklich sein? Das ist ja fantastisch.

Doch Meister, erlaube mir noch eine Frage: Ich verstehe: Zur Selbst-Vergebung sind wir immer bereit. Wann aber können wir die Erlösung erwarten, wann können wir die Erlösung erreichen.

Der Meister: Vergebung führt zur Erlösung und Erlösung ist die Folge von Vergebung.

265

Es geht nur darum, sich sein ganzes Unbewusstes, also alle Schuld, allen Hass und alle Aggressions-Gefühle zu vergeben. Das kann freilich sehr lange dauern. Was du dir in einigen tausenden Inkarnationen als Unbewusstes angesammelt hast, wirst du so einfach nicht in kurzer Zeit loslassen und dem Heiligen Geist übergeben können. Also Geduld - unendliche Geduld - ist gefragt. Der Mensch ist nicht bereit für die Erlösung, solange er schläft, solange er das Leben hinnimmt, so wie es ist, solange er gott- ergeben alles erduldet und alles, was er erfährt einfach akzeptiert. Er rebelliert zwar gegen die Unterdrückung, er ist zugleich liebevoll und grausam, aber er reflektiert nicht über das Leben. Er stellt sich nicht die Fragen: Woher komme ich, wohin gehe ich, wozu bin ich da? Solange er das nicht tut, ist er nicht reif für die Erlösung, fühlt er kein Bedürfnis nach Erlösung.
Dann aber, wenn er aus dem Traum erwacht, wenn er die Geschichte überblickt und erkennt: Die ewige Wiederkehr derselben Leiden, der Grausamkeiten, der Intrigen, der Falschheiten, Mord, Krieg, Vergewaltigung und Tod und immer und

immer wieder dasselbe, wenn er dann auch selbst hinein gezogen wird in den Strudel von Verrat, Betrug und Misshandlungen, dann kann es sein, dass er nach vielen Leben erwacht und sagt - wozu das alles? Mir reicht´s. Ich will weg aus diesem Hexenkessel, aus dieser Hölle.
Das kann man niemandem und soll niemandem eingeredet werden, das muss jeder für sich selber erfahren, denn dann weiß der Mensch: Es ist der Zustand gekommen, wo ich nicht mehr anders kann und wo ich nicht mehr anders will. Dann ist er reif dafür, ein neues Bewusstsein zu entwickeln.
Doch das Wichtigste ist, dass das alles nur der Beginn eines Bewusstseins-Entwicklungsprozesses ist, der über die Ablehnung der Welt hinausführt. Ich habe schon betont, dass diese negative Sicht nicht zur Erlösung führt, weil sie dich an das bindet, was du ablehnst. Der Weg führt also über die Ablehnung der Welt hinaus zur Vergebung der Illusion, wie ich das bereits ausgeführt habe.

Simplicius: Meister, könnte man sagen, dass dieser Prozess der Vergebung der

Kerngedanke deiner Botschaft an die Welt ist und dass du aus Liebe zu den Menschen ihren Aufenthalt in der kosmischen Welt mithilfe dieses Prozesses von einigen 10.000 Inkarnationen auf einige Dutzend reduzieren möchtest?
Auf diese Weise könnte die Erlösung aus dem Rad der Wiedergeburten schneller erreicht werden. Ist es so?

Der Meister: So könnte man das sagen. Es ist mir jedoch noch außerordentlich wichtig euch, im Bezug auf den Prozess der Vergebung, das folgende mitzugeben: Versucht niemals - ich betone niemals - allein den Prozess der Vergebung anzugehen. Ihr könnt euch aus dem Ego, aus eurem Schuld- und Angst-Gefühlen niemals selber befreien. Das geht nicht. Denkt dabei an das vom Physicus herangezogene Gödel-Theorem. Man kann sich aus einem geschlossenen Gedankensystem, wie es das Ego darstellt, nicht selber herausholen. Ihr benötigt dazu die Hilfe des Heiligen Geistes, das heißt meine Hilfe, um die ihre Bitten müsst. Vergesst das nicht. Ihr braucht meine Hilfe und ich bin bereit – immer - euch beizustehen.

Physicus: Ihr habt jetzt ja eine ganze Weile miteinander gesprochen. Nun möchte ich noch fragen: Und was ist dann mit dieser Hölle. Wo ist die?

Der Meister: Man kann sagen: Die Hölle ist kein Ort, aber ein Zustand. Auch dieser Zustand ist in dir. Es der Zustand der Trennung von Gott, ein Zustand wo Angst, Schuld, Aggressionen und der Kampf ums Dasein vorherrschen. Dieser Zustand besteht in deinem Inneren, nirgendwo sonst. Alles ist entweder Himmel oder Hölle. Es gibt da kein dazwischen.
Auch das Jenseits ist in diesem Sinne „Hölle", weil auch dort die Trennung vorherrscht.
Das Jenseits wurde von den Engel-Wesen geschaffen als Zwischen-Ruhe-Zustand zwischen den vielen Inkarnationen. Dort wird eine neue Inkarnation gewählt, nachdem eine Übersicht über alle Leben gewonnen wurde.

Simplicius: Ich sehe es unserer Sophia an, dass sie mit dieser Wortwahl von „Hölle" recht unglücklich ist. Sie fürchtet, dass die Menschen von diesem Begriffe, der in der Vergangenheit doch durch furchtbare Bilder und Beschreibungen geprägt wurde, unangenehm berührt werden. Das kann man auch gut verstehen. Daher ist es notwendig zu sagen, wie hier das Wort zu verstehen ist.

Sophia: Das Wort Hölle in dem Sinne, wie es in unserem Gespräch verwendet wird, hat nichts - aber schon gar nichts - mit diesen furchtbaren Vorstellungen zu tun, wie sie in der Vergangenheit von den Religionen verwendet wurden. Es ist einfach die Definition von: „Getrennt-von-Gott-sein", wie das der Meister schon sagte.
Von den „Qualen der Hölle", vom „ewigen Feuer", von „in den Ofen werfen, in dem das Feuer brennt", von solchen Assoziationen ist es hoch an der Zeit sich zu befreien.

Simplicius: Nochmals, zu deiner Beruhigung, Sophia, das Wort Hölle ist nur zu verstehen als der Zustand des „Getrennt-

Seins-von Gott". Dass das eine Illusion ist, aus der wir uns selbst jederzeit, mit einiger Anstrengung, befreien können, ist selbstverständlich.

„Hölle" in unserem Sinne ist daher keine Strafe und vor allem keineswegs ewig, sondern ein zeitlich begrenzter, selbstgewählter Bewusstseins-Zustand. Wir könnten ja vielleicht auch einen anderen Namen dafür wählen etwa „Gott-getrennt-Seins- Zustand" oder „Kampf-ums-Dasein-Zustand", wenn dir das lieber ist. Aber das bringt dann ja auch wieder neue Probleme mit sich.

Wie wäre es, wenn wir damit das heutige Gespräch beenden würden?

Für mich war es eine völlig neue und nicht sehr angenehme Erfahrung, in die ich plötzlich hinein geworfen wurde. Ich fühle mich derzeit im Abgrund, in der Abyss, der bodenlosen Unterwelt, zwischen den Gewalten.

Auf der einen Seite das alte Denken mit dem kosmischen Gott der Trennung, das ich verlassen habe und sicher nicht mehr aufnehmen will und kann. Auf der anderen Seite die Lehre des Meisters, die ich wunderschön finde, die mir aber derzeit als

Zustand des Himmels in dieser zwecklosen Ruhe und Stille, auch nicht wünschenswert erscheint. Ich muss also zusehen, was die Zukunft bringt.

Der Meister: Du wirst ja sehen, Simplicius, was die Zukunft bringt. Am besten du übergibst sie der Führung durch den Heiligen Geist, wenn du kannst. Du erlebst derzeit offensichtlich die Angst vor Gott und die Angst vor dem Himmel. Es ist deine Aufgabe, dich dieser Angst zu stellen. Doch ich verspreche dir, dich zu begleiten auf deinem Weg. Ich werde warten, wie du dich entscheidest, und dich nicht verurteilen, ich werde einfach in Liebe warten.

Sophia: Ich habe eure Ausführungen in mein Bewusstsein einsickern lassen, um aus der Liebe heraus sprechen zu können.
Was hier besprochen wurde, ist das Ziel, der Himmel, der gewählt werden soll, oder die Erlösung.
Viele Menschen werden sich jedoch fragen, was ist dazwischen? Was geschieht in der Zeit, in der ich noch nicht im Himmel bin, beziehungsweise ihn nicht erfahren kann?

Dieser Zwischen-Zustand, wo ich weder das eine noch das andere bin, scheint sehr verwirrend zu sein, wie ein Gebilde, das bei jedem Lufthauch ins Wanken gerät.
Tröstend möchte ich dazu sagen: Auch in diesem Zwischen- Zustand kann ich mit dem Heiligen Geist in Verbindung treten und immer mehr Klarheit, Stärke und Liebe in meinem Geist erfahren. Meine Wahrnehmung löst sich dabei immer mehr von der Umklammerung des Egos und überlässt sie dem Heiligen Geist. Ein geheilter Geist segnet die Welt und alle Menschen, denen er begegnet und auch nicht begegnet. Denn im Augenblick der Vergebung, in der die Trennung von Gott aufgehoben wird, wirkt der Heilige Geist und trennt die „Spreu vom Weizen".
Die berichtigte Wahrnehmung beginnt nun die Welt anders zu sehen und der geheilte Geist heilt den Körper auf allen Ebenen. Darüber wollen wir ja am nächsten Tag noch ausführlich sprechen.

Simplicius: Ich danke euch allen für das rege Gespräch, das wir führen konnten.

Bevor wir aber auseinander gehen, möchte ich noch etwas erwähnen, was mir soeben bewusst geworden ist.

Es ist mir soeben bewusst geworden: Ich brauche nicht auf den Tod zu warten, um in den Himmel zu kommen, wie man das ja allgemein glaubt.

Sondern ich kann hier und jetzt und sofort in den Himmel kommen, wenn ich aller Welt vergebe, allen so genannten Feinden und Freunden und in den Frieden gehe. So ungefähr muss ja dieser Himmels-Zustand sein.

Daher würde ich sagen: Lass es uns doch einmal ausprobieren.

Es kann ja nicht schaden. Und man kann sagen: Vergiss alles. Denke an nichts. Und sage auch nicht, das ist ja alles Unsinn. Glaube einfach, dass es möglich ist. Und du wirst sehen, es ist möglich. Wenigstens für kurze Zeit. Und wenn du das nur einen einzigen Augenblick erlebst, diesen Frieden, dieses Glück. Ich glaube, das vergisst du nie mehr wieder. Also - auf Morgen!

Der 7. Tag – Gespräch über Krankheit und Heilung

Simplicius: Und wen sehe ich da zu meiner Überraschung? Skepticus, ich freue mich dich zu sehen, wirst du nun doch wieder an unseren Gesprächen teilnehmen?

Skepticus: Ja, ich hab`s mir überlegt. Ich dachte mir, bei diesem Thema Krankheit und Heilung kann ich euch doch nicht ganz den wilden Fantasien überlassen und sollte daher versuchen, euch auf den Boden der Realität zu holen. Ansonsten würdet ihr noch ganz abheben.

Simplicius: Gut so, lieber Freund. Du wirst, wie ich mir denke, in diesem Gespräch also die Position der hergebrachten Schule der Medizin vertreten, zumindest eben so weit wie du sie selber verstehst.

Skepticus: So soll es sein. Ich vertrete hier den Standpunkt der bewährten Medizin, wie sie derzeit gelehrt wird.

Simplicius: Und du Physicus, wofür entscheidest du dich beim Gespräch über Krankheit und Heilung?

Physicus: Nun, Simplicius, ich habe mich die letzten Jahre einigermaßen auf das Thema alternative und komplementäre Medizin eingelassen und werde versuchen, diese Ansichten hier plausibel zu machen.

Simplicius: Da wäre dann auch noch der Meister und ich vermute er wird uns seine ganz eigene Lehre darlegen, von der ich aber schon gehört habe. Wir haben also die Möglichkeit, die verschiedenen Standpunkte kennen zu lernen. Unsere Sophia ist ja selbst Heilerin und wird uns sicher ebenfalls aus ihrer Erfahrung dazu etwas sagen. Skepticus, beginne du einmal zu sprechen.

Skepticus: Ich weiß, dass ich hier, wie schon zuvor, eine einsame Position beziehe. Doch lasst mich sagen, was ich denke. Wenn es stimmt, was ich glaube, dass der Mensch ein Körper-Wesen und der Geist - von dem ja hier so viel gesprochen wird - aus meiner Sicht - nur ein Folge-Produkt, ein Epi-Phänomen des Gehirns ist, dann - ja, dann muss man dort zu heilen beginnen, wo man etwas über den Menschen weiß, nämlich im physischen Körper und nicht dort, wo die reine Spekulation ihren Wildwuchs treibt, nämlich beim Geist, von dem man immer noch sehr wenig weiß.

Ist es nicht so, dass die meisten von euch ohne die Kenntnisse der physischen Medizin zum Teil nicht einmal mehr am Leben wären?
Dir, Simplicius, hat man die Galle und den Blinddarm genommen, der guten Sophia wurde eine Niere entfernt und von dem Physicus weiß ich zu wenig. Aber ist es nicht so, dass die Menschen durch diese physische Medizin zum ersten mal in der Geschichte der Menschheit, länger leben, besser geheilt werden können, weniger Schmerzen erdulden müssen und viele Krankheiten, die man früher als tödlich oder unheilbar ansah heute zum Teil ausgestorben oder medizinisch heilbar sind?

Das alles ist der wissenschaftlichen Erkenntnis zu verdanken, die davon ausgeht, dass der Mensch körperlich sei, dass dessen Organe biologisch-chemische Maschinen oder Apparate sind, die heilbar sind, wenn man ihre biologisch-chemische Funktionsweise studiert und beherrscht.

Simplicius: Dagegen ist sicher nichts einzuwenden. Das stimmt alles, Skepticus. Ich bin also deiner Meinung und die anderen glaube ich auch.

Skepticus: Also, wenn das so ist, was passt euch nicht an dieser Medizin?

Simplicius: Physicus, sprich du einmal.

Physicus: Du legst mir da eine ganz schöne Bürde auf, wo soll ich anfangen, etwas dagegen zu sagen? Vieles, was unser Skepticus sagte, stimmt ja. Wo also hapert es?

Das wichtigste und der grundlegendste Punkt eines neuen Ansatzes zum Verständnis von Krankheiten scheint mir in den Fragen zu gründen: Was ist Krankheit? Woher kommen Krankheiten? Und wie entstehen sie?

Ist es nicht so, dass im allgemeinen diese drei Fragen nicht oder zu wenig im Vordergrund der physikalisch-wissenschaftlichen Medizin stehen? Ich will hier nicht auf Details eingehen, weil wir ja alle keine Mediziner sind, sondern die Sache nur prinzipiell behandeln. Und da würde ich sagen: Die wissenschaftlich-physikalische Medizin ist eine Symptom-Medizin und keine Ursachen-Medizin. Damit meine ich folgendes: Es geht um die Frage:
Welches Wesen ist der Mensch - Körper oder Geist?

Die physikalisch-wissenschaftliche Medizin geht davon aus, der Mensch sei ein Körper-Wesen und so behandelt sie auch. Falls aber der Mensch ein Geistwesen sein sollte, was ich glaube, finde ich es nicht sinnvoll, vornehmlich Symptome des Körpers zu behandeln, weil ich dann immer nur der Sache hinterher laufe: Behandeln, behandeln, behandeln ist dann die Devise. Wenn ich mich nicht um die Ursache kümmere, nimmt das Behandeln kein Ende.

Das ist für mich der wesentliche Unterschied. Jedoch - und das erkenne ich auch an - hier sind die Unterschiede in der Auffassung so gravierend, dass es keinen Kompromiss geben kann.
Entweder wird der Mensch materiell und körperlich gesehen oder er ist Seele und Geist. Das ist die Grundsatzfrage, die es zu klären gilt, beziehungsweise, die eigentlich unerklärbar ist, denn es ist eine philosophisch-ethische Frage, die nicht durch Debatten oder Gespräche gelöst werden kann. Es ist eine Überzeugung. Es ist eine Frage des wissenschaftlichen Paradigmas, das zu einer bestimmten Zeit vorherrscht. Und wir leben derzeit noch das mechanistisch-materialistische Welt- und Menschenbild und befinden uns im Übergang zu einem spirituellen Weltbild, das aber erst in den Anfängen steckt.

Simplicius: Das stimmt. Du hast die Sache auf den Punkt gebracht. Wir können noch jahrelang diskutieren, wir werden aber diese Anschauungsunterschiede nicht lösen können. Jeder hat aus seiner Sicht Recht, sowohl der Skepticus, wie auch der Physicus. Interessant ist es natürlich zu hinterfragen, was die jeweiligen Konsequenzen sind, wenn der Standpunkt fest steht?

Physicus: Für den, der den Körper als Festpunkt nimmt, ist die Sache klar. Die hat ja der Skepticus uns dargelegt. Wie steht es nun, wenn wir annehmen, der Mensch sei ein Geistwesen.
Hier komme ich nun mit meiner alternativ-komplementären Medizin.
Schau einmal, Skepticus, es ist doch bewiesen, dass man mit Information heilen kann. Die ganze Homöopathie basiert darauf. Wie soll das möglich sein, wenn der Mensch nicht – wie wir schon sagten - Bewusstsein ist und Bewusstsein hat. Bewusstsein ist eben, wie wir definierten, Energie plus Information.

Kein Mediziner, der den Körper für das Wesen des Menschen nimmt, käme doch auf die verrückte Idee, mit Information heilen zu wollen und zu können. Und das ist ja nur ein Beispiel für viele der Alternativ-komplementär medizinischen Methoden.

Man muss also dort heilen, wo der Mensch nicht ganz ist. Und das ist im Bewusstsein und im gespalten Geist.

Sophia: Bevor wir uns auf Diskussionen einlassen, was geheilt werden kann, möchte ich auf die Notwendigkeit hinweisen, in dieser Beziehung klare Unterscheidungen zu treffen.
Ob der Körper direkt behandelt wird oder die feinstofflichen Körper mit Informationen behandelt werden, macht keinen Unterschied.
Das Ego, das eins mit dem Körper ist, stellt nicht nur den physischen Körper, sondern auch die ihn umgebenden und ihn durchdringenden feinstofflichen Körper, dar.
Diese Einheit wird das Körperbewusstsein genannt und wirkt aufeinander ein. Jeder weiß, wenn er sich körperlich betätigt, tut ihm das gut. Wenn auf den Mental-Körper durch Informationen eingewirkt wird, ist dies auch körperlich zu spüren. Diese „Heilungen" sind jedoch nur vorläufig, dienen aber dazu, den Menschen zu beruhigen, ihm seine Angst zu nehmen,

und, wie so schön gesagt wird, ihn „über die Runden" zu bringen.
So habe ich alle Hochachtung vor der allopathischen Medizin, der Informations-Medizin und der Homöopathie, die eine wunderbare Wissenschaft für sich selbst darstellt.
Diese Arten der Heilung werden dort angewandt, wo der Mensch sich noch mit dem Körper und mit dem Ego identifiziert. Dort sind sie wunderbar und tröstend für den Menschen. Am geistigen Zustand des Menschen ändert sich dabei nichts, obwohl ich immer wieder höre, dass dies so sei.
Die körperbezogenen Gedanken, also der mentale Zustand des Menschen, verändert sich sehr wohl, es geht ihm wieder gut, er ist wieder fröhlich und lacht.
Der Mensch bleibt jedoch, was er vorher war. Er identifiziert sich mit dem Körper. Viele werden sagen, dies genügt mir, alles andere interessiert mich nicht. Es ist wie immer die eigene Entscheidung, die wir treffen und diese bewirkt, wohin wir uns wenden - zum Ego oder zum Selbst.

Simplicius: Sehr gut, Sophia, diese Unterscheidung zwischen der vorläufigen

Heilung und einer Heilung des Selbst aufzuzeigen, war sehr wichtig. Du hast damit aber einiges vorweggenommen, denn wir fragten uns ja, wo Heilung geschehen soll.
Es hieß, man muss dort heilen, wo der Mensch nicht ganz ist, wo aber ist das?
In welchem Geist? Der reine Geist ist doch immer heil, der kann doch nicht krank sein. Der gespaltene, getrennte Geist, die Seele aber schon.
Du also glaubst, Heilung muss dort geschehen, wo die Ursache der Krankheit liegt, nämlich im gespaltenen Geist, in der Seele. Stimmt das? Und was sagt der Meister dazu?

Sophia: Ja, lieber Simplicius, das stimmt und nun hören wir den Meister.

Der Meister: Die Fragen, welche der Physicus zuvor schon stellte, finde ich sehr wichtig, wenn wir das Thema Krankheit und Heilung behandeln wollen. Er fragte doch: Was ist Krankheit? Woher kommt die Krankheit? Und wie entsteht sie?
Auf diese Fragen möchte ich nun eingehen. Als erstes möchte ich grundsätzlich sagen:

Krankheit kommt von Trennung, von der Trennung von Gott. Wird die Trennung geleugnet, vergeht sie. Denn jede Krankheit ist vergangen, wenn die Idee, die sie gebracht hat, geheilt und durch geistige Gesundheit ersetzt worden ist.
Es wurde ja schon gesagt: ein heiler Geist, der reine Geist kann nicht krank sein, kann nicht leiden, fühlt keinen Schmerz, ob er nun in einem Körper ist oder nicht.

Jede Krankheit ist also eine Wirkung, die Ursache ist in jedem Fall ein nicht geheilter Geist.

Krankheit ist daher auch kein Zufall. Sie ist eine Selbst-Täuschung und ihr Zweck ist es, die Wahrheit, die du bist, zu verbergen. Krankheit ist also auch eine Entscheidung. Sie wird im Jenseits-Zustand gewählt, wie das schon beschrieben wurde. Sie ist also auch kein Ding, das dir geschieht, völlig ungebeten, etwas was dich schwächt und dir Leiden bringt. Nein, Krankheit ist nicht sinnlos, sondern so gesehen sinnvoll. Sie ist keine Strafe, sondern eine selbst gewählte Aufgabe. Du wählst sie, um etwas zu lernen.

Simplicius: Meister, hast du diese Ansichten schon oft den Menschen gesagt und wie reagieren sie dann? Möchten sie dich nicht am liebsten steinigen?

Der Meister: Das ist nicht mein Problem. Ich kann nur sagen, was wahr ist und dabei bleibe ich.
Es gibt ja zwei Möglichkeiten, auf eine Krankheit zu reagieren.
Die erste ist: Du erleidest und erduldest sie.
Die zweite Möglichkeit ist: Du sagst dir: Ich will dahinter kommen, was diese Krankheit mir sagen will. Was kann ich daraus lernen?
Was und wie man aus einer Krankheit lernen soll, dazu gibt es mancherlei Möglichkeiten, die aber nicht immer einfach zu sehen, zu erkennen sind.
Vielleicht kann unsere Schwester Sophia dazu etwas sagen.

Sophia: Zuerst möchte ich die Worte des Meisters aufgreifen, wo er sagt: Krankheit kommt von Trennung, von der Trennung von Gott und der Geist, der dies wählt, glaubt an diese Trennung und dann spricht man vom „gespaltenen Geist".

Der Geist aber, der Eins ist mit Gott, der ist ewig, er LEBT im wahrsten Sinne des Wortes. Der getrennte Geist ist nur eine Fiktion, also nicht wirklich, er schafft jedoch dieses Universum, diese Welt, diesen Körper.

Man kann sich nun vorstellen, welchen Konflikt dies erzeugt. Auf der einen Seite eins mit Gott - auf der anderen Seite getrennt.

Dieser getrennte Geist erschafft nun seine eigene Wirklichkeit, im Grossen - das ganze Universum, im Kleinen - die Bedingungen, die wir in unserem Leben vorfinden.

Dieser getrennte Geist muss fehl-erschaffen, weil er Fehl- Wahrnehmungen hat. Er sieht also nicht mehr die Ganzheit. Er identifiziert sich nun mit dem, was ihm mitgegeben wurde, um seine Getrenntheit zu erfahren - mit dem Körper.

Diese Identifikation mit dem Körper führt zu dem, was man die Verwechslung der Ebenen nennen kann. Eine Verwechslung der Ebenen ist es, wenn wir den Körper über den Geist stellen, wie das etwa der Skepticus in seinen Ausführungen getan hat. Der Skepticus meinte doch, der Körper ist das Wesentliche und das Bewusstsein, die Empfindungen würden aus diesem Körper-Dasein folgen. Er nannte dies: der Geist sei ein Epi-Phänomen des Gehirns. Damit aber ist gesagt, dass der Körper über dem Geist steht.

Aus meiner Sicht ist es nun ganz anders. Aus meiner Sicht steht der Geist über dem Körper und alles folgt daraus. Wenn also der Geist verwirrt ist, folgt dann auch daraus, dass der Körper verwirrt sein muss, das heißt in die Krankheit kommt. Diese Verwechslung der Ebenen ist ein sehr gravierender Irrtum, der unter den Menschen weithin vorherrscht und den es also zu beheben gilt, bevor wir überhaupt beginnen können, Krankheit und Heilung im richtigen Lichte zu sehen.

Ein Teil des reinen Geistes, der ganz und heil ist, hatte also die Idee, sich als getrennt von ihm zu sehen. Wie wir schon hörten, entstand aus dieser Idee die ganze Welt und damit auch unser Körper, denn nur so können wir uns getrennt von anderen und von der Welt erfahren.

Diese Trennung bewirkte im Menschen einen Mangel, der durch Angst ausgedrückt wird, Angst und schließlich Schuld. Wenn Hilfesuchende zu mir kommen, erleben sie immer als Grundmuster ihrer Probleme Angst oder Schuld.
Alle anderen Probleme sind nur Aspekte desselben Ursprungs. Wie wir wissen, hat der Mensch die Eigenschaft, Ängste und Schuldgefühle nach außen zu projizieren. Er sieht sie im Außen und reagiert darauf.
Angst und Schuld im ganz persönlichen Bereich werden auf den Körper projiziert und es entsteht Krankheit.
Selbst heute, wo noch das mechanistische Weltbild vorherrscht, weiß man: Was kränkt, macht krank.
Der Mensch glaubt nun, dass die Ursachen der Krankheit von außen kommen und diese werden behandelt und manchmal beseitigt. Das Muster aber, das im getrennten Geist eingraviert ist, bleibt bestehen und nach einiger Zeit tritt wieder etwas auf, ein anderes Problem. Wir haben ja gehört, dass das Muster im getrennten Geist bereits im Jenseits gewählt wird und ist daher auch astrologisch zu sehen.

Nun glaube ich können wir verstehen, dass es der Geist ist, der krank ist.
Die erste Grundursache dafür ist die Trennung von Gott, von der Ganzheit, die zweite Ursache ist die Identifikation mit dem, was wir nun wahrnehmen und schließlich, die Identifikation mit dem, was wir glauben zu sein - nämlich das Ego, beziehungsweise der Körper.
Diese Identifikation bindet uns an unsere Erlebnisse und bindet uns auch an Situationen und an andere Menschen. Das, was uns tatsächlich bindet, sind aber nicht die Ereignisse, die wir erlebt haben, sondern die Gedanken und Gefühle, die wir damit verbinden - genauer gesagt, es ist die Vergangenheit.
Erinnert euch nun daran, was zu Beginn gesagt wurde: Die Trennung von Gott ist nicht wirklich geschehen, so sind auch alle Ereignisse und die Krankheit nicht wirklich. Ihre Wirklichkeit erhalten sie nur ständig durch unsere Identifikation mit dieser Illusion.
Nun sind wir wieder dort angekommen, wo wir schon einmal waren: Wir sind der Träumer des Traumes und sogar der Traum

selbst, wenn wir uns mit dem Ego identifizieren.
Wenn wir das verstanden haben, dann erst können wir beginnen zu begreifen, was wir tun können, um uns von diesen Fehl-Wahrnehmungen zu befreien.
Gerne aber höre ich vorerst einmal, was ihr zu sagen habt.

Simplicius: Nachdem uns Sophia ihre Sicht des Unterschiedes zwischen vorläufiger Heilung und wahrer Heilung des Geistes vermittelt hat, möchte ich nun auch den Meister bitten zu diesem wichtigen Problem Stellung zu nehmen.

Der Meister: Ergänzend zu dem, was Sophia bereits sagte, hört von mir das Folgende:
Heilung ist ein Wort, das auf mancherlei angewendet werden kann, was die Welt als nützlich akzeptiert.
Was die Welt als therapeutisch wahrnimmt, ist nur etwas, was den Körper „besser" macht. Wenn sie versucht, den Geist zu heilen, dann sieht sie diesen als Teil des Körpers und glaubt, dass er im Körper existiert. Man sagt doch in der

291

Wissenschaft: Der Geist ist ein Epiphänomen des Gehirns. Daher ersetzen einige Formen der Heilung nur eine Illusion durch eine andere. Der Glaube an die Krankheit nimmt nur eine andere Form an, und so betrachtet der Patient sich nunmehr als „gesund". Er ist aber in Wahrheit nicht geheilt. Er hatte bloß einen Traum, dass er krank war und im Traum fand er eine magische Formel, um sich „gesund" zu machen. Er ist jedoch noch nicht aus dem Traum erwacht, und deshalb bleibt sein Geist genauso, wie er vorher war. Er sah das Licht der geistigen Heilung nicht, das ihn wecken und den Traum beenden würde. Welchen Unterschied macht der Inhalt eines Traumes in Wirklichkeit? Entweder schläft man, oder man ist wach. Dazwischen gibt es nichts.

Die Heilung, welche der Heilige Geist bringt, ist anders als das Heilen der Welt. Die Einswerdung heilt mit Gewissheit und sie kuriert jede Krankheit, aber die geistige Heilung heilt nicht den Körper, sondern den kranken Geist, der die Ursache der körperlichen Krankheit ist. Denn der Geist,

der versteht, dass Krankheit nichts anderes sein kann als ein Traum, lässt sich nicht von den Formen täuschen, die der Traum annehmen mag. Krankheit kann nicht kommen, wo Schuld abwesend ist, denn sie ist nur eine andere Form von Schuld.
Der einzige Gedanke, der heilt, ist: Es gibt keine Schuld, es gibt keine Sünde.
Dieser Gedanke macht zwischen Unwirklichkeiten keinen Unterschied. Auch sucht er nicht zu heilen, was nicht krank ist, nämlich den Körper. Es geht also nicht darum, den Körper zu heilen, da dieser nicht unter der Krankheit leiden kann.
Heilung muss dort gesucht werden, wo sie ist, und dann muss sie auf das, was krank ist angewendet werden, damit es geheilt werden kann, nämlich auf den getrennten Geist, den gespaltenen Geist.

Es gibt kein Heilmittel, das die Welt bereitstellt, das im Geist eine Veränderung bewirken kann. Wir müssen also unser Denken über die Quelle der Krankheit ändern, denn wir suchen ein Heilmittel für alle Illusionen, nicht einen Wechsel unter ihnen, die nur eine Verschiebung der Krankheit auf andere Bereiche oder auf später bewirken würden. Es gilt die Quelle der Heilung zu finden, die in unserem gespaltenen Geist ist.

So legen wir denn unsere Amulette, unsere Talismane und Arzneien, unsere Litaneien und magische Praktiken weg, welche Form sie auch annehmen mögen. Es gilt still zu sein und auf die Stimme der Heilung zu horchen, die alle Übel als eins heilen und die die geistige Gesundheit des Sohnes Gottes wiederherstellen wird. Nur diese Stimme kann heilen, es ist die Stimme der Wahrheit.
Auf den kürzesten Nenner gebracht: Magische Heilung bezieht sich auf den Körper, der wir nicht sind. Das bringt nur eine Verschiebung der Wirkungen, selbst dann, wenn diese lange anhält.
Wahre Heilung ist immer die Heilung des gespaltenen Geistes mit Hilfe des Heiligen Geistes, durch die Vergebung, durch die Einswerdung. Das ist alles.

Simplicius: Und welchen Wert haben nun aus deiner Sicht, Meister, die Methoden der physikalisch-wissenschaftlichen Medizin und der alternativ-komplementären Medizin?

Der Meister: Es mag scheinen, nach dem, was ich soeben sagte, dass diese magischen Heilmethoden abzulehnen seien. Das aber ist nicht der Fall.
Alles, was den Menschen hilft, eine Krankheit besser bewältigen zu können, ist wertvoll. Das ist eine Grundaussage. Nichts soll und darf abgewertet werden, wenn es dazu beitragen kann, Schmerzen zu lindern und die Lebenssituation zu verbessern, aber vor allem die Angst zu mildern. Denn jede Krankheit macht Angst.
Jedoch - es gilt ganz klar zu unterscheiden zwischen Heilung, die eine vorläufige Wirkung hat und die Heilung des Geistes, die eine wahre Heilung darstellt, wie das soeben von Sophia und von mir beschrieben wurde.
Die Heilung der Wirkung ohne die Ursache kann lediglich die Wirkungen zu anderen Formen von Krankheit überwechseln lassen. Und das ist nicht wahre Heilung.
Ich unterscheide zwischen kosmisch-magischer Heilung und der Heilung des Geistes.

295

Ich sagte bereits: Der reine Geist ist vollkommen und bedarf daher der Heilung nicht.

Der Körper existiert nicht wirklich, aber solange du an ihn glaubst, wird er sein und kann von dir als Lerneinrichtung für den gespaltenen Geist verwendet werden, weil er dir zeigt, wo dein gespaltener Geist fehlerschaffen hat.

Der Körper ist dann ein sehr wichtiges Anzeige-Instrument, um dir die Beschaffenheit deines gespaltenen Geistes vor Augen zu führen.

Magische Heilmethoden und physische Arzneimittel sind eine Art von „Zauber", mit denen man eine vorläufige Heilung eines Körpers bewirken, beziehungsweise eine vorläufige Heilung unterstützen kann.

Falsche Heilung beruht auf der Genesung des Körpers und lässt die Ursache der Krankheit weiter unverändert und bereit, wieder zuzuschlagen, bis sie in einem scheinbaren Sieg einen grausamen Tod bringt. Der Tod kann eine kleine Weile noch hinausgezögert werden, und das kann ein kurzer Aufschub sein, während er wartet, um seine Rache an dir zu nehmen. Er kann jedoch nicht überwunden werden, solange nicht jeder Glaube an ihn abgelegt und auf Gottes Ersatz für böse Träume übertragen wird.

Wenn du aber Angst hast, oder dir nicht bekannt ist, wie und dass der Geist zur Heilung verwendet werden kann, solltest du es auch nicht versuchen. Gerade die Tatsache, dass du Angst hast, macht deinen Geist für Fehl-Schöpfungen anfällig, so dass es sicherer ist, dich vorübergehend auf physische Heilmethoden zu verlassen.

Sophia: Dazu möchte ich hier ein Beispiel geben, das mich selbst betrifft.
Vor etwa 30 Jahren litt ich ein Jahr lang unter zeitweise fürchterlichen Nierenschmerzen. Trotz mehrmaliger Untersuchungen fand man aber nicht heraus, was die Ursache war. Etliche Todesträume machten mich auf den Ernst der Lage aufmerksam. Schließlich musste die rechte Niere entfernt werden. Ich hatte Tuberkulose in einem ganz schweren Stadium.
Erst viel später ging ich der Ursache dieser Krankheit nach und sie wurde für mich

eines der großen Lernbeispiele in meinem Leben.

Die Krankheit war gewählt worden und sie ging über viele Leben zurück und beinhaltete als Grundursache eine Angst, das Männliche in mir und auch im Außen zu akzeptieren. Ich lernte meine Abwehrhaltung dem Männlichen gegenüber kennen und damit auch mein Unvermögen, wirklich mit meinem Partner zu kommunizieren, obwohl ich Familie und Kinder hatte.
Es ging dabei also nicht um äußere Ereignisse, sondern um tief sitzende Gefühle und Gedanken-Muster.
Ich war daher froh, durch dieses Lernbeispiel mich von schweren Blockaden befreien zu können.

An diesem Beispiel kann man auch sehr gut den Unterschied zwischen vorläufiger Heilung und wahrer Heilung erkennen.
Die Entfernung der Niere, die Operation, die Behandlung mit Medikamenten, die mir sehr halfen, die Krankheit zu überstehen, ist ein Beispiel für eine vorläufige Heilung.

Die eigentliche wahre Heilung kam aber erst danach, nachdem ich mich mit der eigentlichen Ursache, die ein tiefes Gedanken-Muster darstellte, auseinander gesetzt hatte.

Simplicius: Dein Beispiel, Sophia, gibt uns zu denken auf, wie wir selber mit unseren Krankheiten umgehen können. Auch hast du wiederum gut zwischen vorläufiger und wahrer Heilung unterschieden. Wie aber sieht dann die Heilung des Geistes aus, wie der Meister sie sieht?

Der Meister: Die Heilung des Geistes hat mit der wahren Vergebung zu tun.
Diesen Prozess - die wichtigste Botschaft meiner Lehre - habe ich bereits beschrieben. Es geht darum, die unbewussten Muster und Blockaden deiner Seele aufzulösen. Das geht, wie gesagt, nur mithilfe des heiligen Geistes.
Es geht darum, einen Zustand des Friedens, der Ruhe, eines inneren Gewahrseins zu erreichen, wo dein Geist sich mit dem Heiligen Geist vereinen kann. Diesen Zustand der Eins-Werdung mit dem

Heiligen Geist nenne ich den Heiligen Augenblick.

In diesem Heiligen Augenblick geschieht Heiligung, geschieht die Heilung des Geistes von selbst. Freilich kann in einem solchen Augenblick nicht der ganze gespaltene Geist geheilt werden, so dass dieser Prozess so lange wiederholt werden muss bis dein ganzes Unbewusstes - in tausenden Inkarnationen geschaffen - aufgearbeitet und aufgelöst ist. Unendliche Geduld ist also gefragt.

So ist die Heilung des Geistes eigentlich die Befreiung von der Vergangenheit oder genauer gesagt die Befreiung von vergangenen Schuldgefühl-Mustern. Das ist alles.

Simplicius: Und was sagen nun unsere Freunde Skepticus und Physicus zu allen diesen Überlegungen und Ausführungen?

Skepticus: Ihr werdet es mir ja nicht übel nehmen, wenn ich euch nicht beipflichten kann. Für mich ist das alles sehr vage und nicht nachzuvollziehen. Aber ihr habt es sicher auch nicht anders erwartet, weil mein Standpunkt eben völlig verschieden von dem euren ist. Wie ich schon sagte: Ich bin Materialist und stelle also die Materie und den Körper über alles andere. Das aber hindert mich selbstverständlich, euren Gedankengängen, die ich wohl nachvollziehen kann, zu folgen. Sie sind für mich nicht sinnvoll und daher nicht annehmbar.

Wir stehen also hier, wie viele andere Menschen auch in der ganzen Welt, vor dem Problem unvereinbarer Standpunkte. Das ist ja weiter nicht schlimm, solange wir uns nicht gegenseitig deswegen die Schädel einschlagen. Das werden wir aber hier sicher nicht tun. Ich bin daher dankbar, an dem Gespräch teilnehmen zu können, weil ich die andere Seite hören konnte, selbst wenn ihr meine Ideen nicht akzeptieren konntet. Wir scheiden also als Freunde.

Physicus: Der Skepticus hat auch mir aus dem Herzen gesprochen. Auch ich teile nicht alle Ausführungen, vor allem des Meisters, den ich ja sehr schätze, dem ich aber in meinem derzeitigen Geisteszustand nicht ganz folgen kann.

Für mich sind die kosmischen Heilmethoden, sowohl die physikalisch-wissenschaftlichen wie auch die alternativ-komplementären, von größter Bedeutung, weil ich finde, dass die meisten Menschen, für viele tausende von Jahren, vor allem von diesen Heilmethoden profitieren werden und die Heilung des Geistes, wie sie der Meister beschreibt, für die meisten noch nicht annehmbar sein wird.
Das ist weder zu bedauern noch zu begrüßen, es ist einfach eine Feststellung. Und ich stehe mit meinem Standpunkt diesen kosmischen Heilmethoden näher als der Heilung des Geistes, die mir doch, bei aller Wertschätzung, schwierig nachzuvollziehen zu sein scheint,

Simplicius: Ich fürchte, nun ist die Reihe an mir noch zu sagen, wie ich zu diesen Ausführungen stehe. Ich will aber heute nicht näher auf meine Empfindungen eingehen, da ich glaube, diese besser am morgigen Tage, wo wir über Gott sprechen werden, äußern zu können.
Doch ich sehe und spüre, dass unsere Sophia dazu noch etwas sagen möchte. Sophia, sprich!

Sophia: Ja, so ist es. Lasst mich dazu einiges aus meiner eigenen Erfahrung sagen.
Jeder Mensch trägt doch die Sehnsucht nach Frieden, Geborgenheit und Liebe in sich.
Nun ist die Frage, wie komme ich zu diesem Frieden, wie geschieht die Heilung des Geistes?

Vor vielen Jahren glaubte ich: Heilung ist Ganzheit, bezogen auf die Einheit des Kosmos, auf die Einheit allen Seins.
Während der Heilbehandlungen hielt ich den Menschen an, sich nach Innen zu wenden, nach Innen zu lauschen, zu atmen und sich so zu erleben, wie er gerade ist.
Sanft den Körper im Inneren zu erfühlen und zu erfahren, hatte er die Möglichkeit, sich von Spannungen und unangenehmen Erlebnissen zu befreien.
Im So-Sein erlebt der Mensch wie ein immer stärkeres Fließen der Energie-Ströme entstand, wie immer mehr Lebendigkeit da war und in einem Zusammenschluss unserer beiden Energien ein angenehmes Gefühl vom Freisein und von neuem Leben entstand.

Der Höhepunkt war dann das Erleben des Eins-Seins mit dem ganzen Kosmos.
Der Körper schien sich aufzulösen und wurde im Wieder-Bewusst-Werden neu erlebt.

Damals wurde mir aber bewusst, dass der ganze Kosmos mit all den wunderbaren Lichtwesen und in seiner Gesamtheit immer die Bestrebung aussendet, zu harmonisieren. Er bietet uns alles, was wir brauchen.
So fragte ich mich: Wem bietet er alles?
Und die Antwort war: Natürlich dem Ego.
Wie ein Blitz durchzuckte es mich und ich rief: Wie lange noch möchte ich dieses Spiel des Lebens im kosmischen Raum spielen?
Unendliche Stille war da und ich lauschte nach Innen, ich war bereit zu hören.
Und die Führung des Heiligen Geistes begann.
Geistige Unterstützung fand ich beim Meister. Nun veränderte sich auch mein Leben.
Da begriff ich, dass es nur eines gibt, was geheilt werden muss: Der gespaltene Geist.
Dies ist nur möglich mithilfe einer Größe,

die jenseits der Dualität steht, jenseits des Egos. Es ist der Heilige Geist.
Nun ist der Heilige Geist nicht etwas, das fern von uns ist. Er ist in uns, er ist immer schon da, wir haben ihn nur vergessen und durch die Bedürfnisse des Egos verdeckt.
So erfuhr ich, dass ich, wenigstens für kurze Zeit, ganz still sein musste, ich entwickelte ein inneres Lauschen, das mir half, alles sein zu lassen, alles zu akzeptieren und mich nur auf ein Ziel auszurichten, nämlich auf die Führung durch das Licht des Heiligen Geistes in mir. Unwillkürlich geschah dann die Verbindung - es entstand ein heiliger Augenblick.
Durch diese Lehre erfuhr ich, dass ich alle Konflikte des Egos auf diese Weise loslassen kann und sie im Lichte aufgelöst werden. Wichtig dabei ist die Entscheidung für Gott und die Liebe.
Muster verschwinden dann aus meinem Geist, wenn ich mir mit Hilfe des Hl. Geistes selber vergebe. Nun wusste ich, die Vergebung ist es, die zur geistigen Gesundheit führt.

Vergebung ist also Heilung.

Durch den Heiligen Augenblick hob sich, auch wenn dies anfangs nur kurz war, die Trennung von Gott auf. Die Illusion, die ich ins Licht hielt, verschwand. Allerdings bemerkte ich, dass dieser Vorgang öfter wiederholt werden muss, denn das Ego hält fest.
Durch immerwährendes „Nach-Innen-Lauschen", kommen Ängste und Schuldgefühle zum Vorschein. Es ist ein Prozess, der tief bewegt und oft schmerzlich ist. Und doch brauche ich die hochkommenden Emotionen und Gedanken nicht zu analysieren und zu bearbeiten, sondern sie lediglich dem Heiligen Geist zu übergeben.

Mit diesem Vergebungs-Prozess geht ein Lernprozess einher, der mir Einsicht und Verstehen gibt.
Das Herz öffnet sich zur wahren Kommunikation mit meinem Nächsten und ich erkenne in ihm den, der auch ich selber bin -eins mit Gott.

Simplicius: Wie immer, Sophia, sprichst du, wenn du das Wort ergreifst, große Dinge in klarer Weise aus.

Diese Unterscheidung zwischen der Einheit im Kosmos und der Einheit mit dem Heiligen Geist ist für ein Verständnis, was Heilung ist, ganz wesentlich, die wir im Geiste festhalten wollen.
Für mich persönlich ist eine wichtige Erkenntnis aus unserem Gespräch, dass sich im Körper alle Fehlwahrnehmungen des Geistes deutlich zeigen.

Ist also der Körper krank, so kann man schließen, dass eigentlich im Geiste etwas nicht stimmt. Der Körper ist sozusagen das Instrument, ein untrügliches Anzeige-Gerät mit dem wir Geistes-Fehlwahrnehmungen erkennen können.
So könnte man sagen: Aus jeder Krankheit ist es möglich symbol- logisch auf den Geistes-Zustand zurück zu schließen und zu sehen: Wo fehlt´s bei mir im Geiste. Jede Krankheit ist in diesem Sinne hilfreich, um erkennen zu können, wo ein Mangel in unserem Geisteszustand zu finden ist.

Und noch etwas ist mir heute bewusst geworden. Jeder fummelt an seinem physischen Körper herum, aber kaum

jemand kümmert sich um seinen Geist-Körper. Der physische wird geputzt, geduscht, gepflegt, gereinigt, Fitness ist angesagt und gesundes Essen. Die Pflege des physischen Körpers steht derzeit hoch im Kurs. Dagegen ist nichts einzuwenden. Es ist ja gut, dieses Instrument zu pflegen, aber es sollte nicht auf Kosten des „Geist-Körpers" gehen.
Dieser - unser wahres Wesen - bedarf ebenso der Pflege. Gedanken-Reinigung, Gedanken-Kontrolle, Gedanken-Pflege oder wie man es auch nennen will, ist ebenfalls angesagt. Auch da tut sich ja einiges. Yoga, Meditation und andere Methoden sind ja bereits bekannt.
Eine ausgeglichene physische Körper-Geist-Körper-Pflege scheint mir sinnvoll. Ich jedenfalls will mich darum kümmern. Wer von euch mit tut, ist dazu eingeladen. Nur der Meister braucht so etwas nicht mehr, weil er seinen physischen Körper ja einfach auflösen kann.

Sophia: Entschuldige Simplicius, dass ich dich bei deinem Schlusswort unterbreche, aber da fällt mir noch etwas ein, was ich euch unbedingt sagen will. Es ist ganz wichtig!

Eigentlich sollten wir lernen, Krankheit positiv zu sehen. Jede Krankheit ist ein Teil der Trennung. Und wir alle sind in der Trennung von Gott und daher ist Krankheit eigentlich normal. Irgendwie sind wir ja alle krank, selbst, wenn wir glauben „gesund" zu sein. Gesund im Körper heißt ja noch nicht, dass wir auch gesund im Geiste sind. Im getrennten Geist sind wir alle immer im Prinzip krank.
Und jede Krankheit ist dann nur ein Hilfsmittel, um wieder - im Geiste - gesund zu werden. Das heißt, die normale Sicht: Oh weh, jetzt bin ich krank, sollte, könnte aus spiritueller Sicht ersetzt werden durch: Gut, ich bin jetzt krank - was will mir diese Krankheit über meinen Geistes-Zustand sagen?
Das wäre doch eine positive Sicht der Krankheit, ganz gleich welcher Art sie ist, wenn man nur mutig genug ist, sie so zu sehen.

Simplicius: Ein sehr guter Hinweis, Sophia, den du uns hier gibst. Das wäre tatsächlich eine vollkommen neue Sicht auf das, was Krankheit ist.

Wenn ich also unser Gespräch so Revue passieren lasse, so scheint mir, dass wir oftmals die Dinge wiederholt haben, etwa das Problem der vorläufigen Heilung und der wahren Heilung. Aber es ist mir bewusst, dass diese Dinge von verschiedenen Seiten beleuchtet werden müssen, um uns wirklich den großen und wesentlichen Unterschied zwischen diesen beiden Heilungs- Vorgängen bewusst zu machen. Ich glaube, dass wir damit die Dinge schon ins richtige Lot gebracht haben.

Damit aber werden wir unser heutiges Gespräch beenden. Wir sehen uns dann am Morgen zum letzten Gespräch über Gott.

Der 8. Tag - Gespräch über Gott

Simplicius: Lasst uns heute am achten und letzten Tag über Gott sprechen. Eigentlich ist ja dieses Wort eines, das vielleicht mehr als jedes andere, zu Fehldeutungen, Missverständnissen, Auseinander-setzungen und Verurteilungen

unter den Menschen geführt hat und auch heute noch führt.
Gibt es Gott überhaupt?
Unser Skepticus, nehme ich an, wird das sicher verneinen, während der Meister und Sophia es bejahen werden. Der Physicus und ich aber stehen vielleicht noch irgendwo dazwischen, verwirrt und unsicher. Zumindest gilt das für mich und was sagst du Physicus?

Physicus: Dem kann ich nicht zustimmen oder nur zum Teil. Ich vertrete den kosmischen Gott, den Gott der Trennung. Ob es noch eine andere Gottheit geben soll, davon weiß ich nichts. Ich habe wohl davon gehört, aber ich habe das nicht in mich aufgenommen.

Simplicius: Nun, da würde ich vorschlagen, wir beginnen systematisch zuerst mit dem Skepticus, der ja das Prinzip Gott überhaupt ablehnt und dann sehen wir weiter.

Skepticus: Danke für das Wort.
Ich habe ja schon früher meine Polemik gegen die Religion losgelassen. Heute will

ich sie auf das unsinnige Konzept Gott erweitern.

Früher, etwa im Mittelalter, hat man versucht, mit großem Aufwand und geringem Erfolg, das Konzept Gott zu beweisen. Das versucht man heute, Gott sei dank, nicht mehr, weil es zu nichts führt. Wozu sollte diese Vorstellung, dieses Prinzip Gott gut sein?

Die einen sagen: Ja, wir brauchen einen Schöpfer-Gott, denn alles, was ist, muss ja von irgendwoher kommen.

Muss es das? Es muss nicht. Zumindest nicht von einer metaphysischen Größe. Mir genügt die wissenschaftliche Erkenntnis des Ur-Knalls, der sich vor etwa 13, 7 Milliarden Jahren vollzogen haben soll. Sozusagen aus dem Nichts nimmt unser Universum seinen Anfang. Es entstand aus einer gewaltigen Ausdehnung, die keiner Explosion gleicht, sondern aus einer Singularität, wie die Wissenschaftler das nennen. Danach entstand im Laufe der Zeit und der Evolution bis heute alles, was ist und das ist für mich die Erklärung des Ursprungs des Universums und allen Seins.

312

Also - die Idee des Schöpfer-Gottes können wir leichten Herzens mit der Theorie vom Urknall ersetzen.
Wozu brauchen wir Gott dann noch?
Die alten Philosophen sagen: Ja, Gott ist das Eine, das Gute. Wir brauchen Gott, um wissen zu können, was gut ist, wie wir uns verhalten sollen, wir brauchen Gott für eine Ethik. Gott ist gut und so können wir uns nach ihm richten.

Dass ich nicht lache - oder besser weine!

Im Namen Gottes wurden mehr Schandtaten auf der Erde verübt, als auf Basis irgendeiner anderen Idee sonst. Lasst mich nicht auf- zählen, was da alles geschah. Es treibt selbst mir die Schamröte ins Gesicht, wenn ich denke, was aus menschlichem Versagen, im Namen Gottes, alles angerichtet wurde.

Also - das Gute kann es auch nicht sein, wofür wir Gott brauchen. Und was bleibt uns noch - ich wüsste es nicht. Daher sage ich: Das Konzept Gott ist wertlos, es hat sich als nachteilig für die Menschheit erwiesen und daher sollte man es schleunigst aufgeben.

Simplicius: Skepticus, du sprichst zwar kurz, doch eigentlich sehr überzeugend. Als Wissenschaftler sagst du ja zu recht: Gott kann es nicht geben, weil man nicht beweisen kann, dass es ihn gibt.
Nun sag mir mal, Skepticus: Wen liebst du am meisten in deinem Leben?

Skepticus: Also, komm mir nicht auf diese Weise. Natürlich kann ich lieben. Ich liebe, wie viele andere auch, meine Mutter am meisten.

Simplicius: Skepticus, sei mir nicht böse. Das glaube ich dir einfach nicht. Beweise es mir!

Skepticus: Raffiniert bist du, Simplicius, da hast du mich tatsächlich am falschen Fuß erwischt. Freilich - auch ich kann die innere Liebe zu meiner Mutter weder dir noch jemand anderem beweisen.

Simplicius: Dann lass uns weitergehen.

In der Sache mit der Evolution des Lebens hast du in einem früheren Gespräch die Argumente des Physicus, der von der Notwendigkeit eines „Designers", als eines planenden Geistes der Evolution, gesprochen hat, nicht entkräften können. Darauf bist du auch heute nicht eingegangen, so dass dein Konzept von der Evolution nur durch den Zufall auf etwas wackeligen Beinen steht. Lass also jetzt unseren Physicus dazu etwas sagen.

Physicus: Verzeih mir, Skepticus, dieses Wort: Gott ist für die Atheisten identisch mit den Fehlern der Religion. Diese Fehler aber resultieren eigentlich aus großen Missverständnissen der Menschen darüber, was Gott ist.

Diese Fehler der Menschen in Bezug auf das, was sie glauben, das Gott ist, sind wahnhafte, fanatische Ergüsse verwirrter Personen, ohne Bedeutung, aber von großer Wirkung in der Geschichte und auf die Menschheit.

Man sollte schon verstehen, dass die Ideen über Schuld, Angst, Rache und Verfolgung

nicht notwendigerweise von Gott sind, sondern eher von den Menschen. Die Fehler der Menschen haben mit dem Konzept Gott eigentlich nichts zu tun.
Man kann also fragen: Ist Gott verantwortlich für die Fehler der Religionen, für die Fehler der Menschen? Wie kann Gott verantwortlich sein für Missverständnisse, die sich in den verwirrten Gehirnen der Menschen entwickelt haben? Daher geht die Anklage der Atheisten ins Leere, sie ist einfach unlogisch.

Das Konzept Gott sollte also frei von den Fehlern der Menschen untersucht werden. Das einzige wissenschaftlich-logische Kriterium für das Konzept ist: Bringt es den Menschen ein glücklicheres Leben?
Die Atheisten sagen doch: Das Leben ist absolut sinnlos.
Mit dem Gott-Konzept aber können wir existenzielle Fragen des Menschen beantworten, nämlich z. B. woher kommen wir, wohin gehen wir und wozu sind wir da. Ohne dieses Konzept sind befriedigende Antworten auf diese Fragen, die uns auch froh leben lassen, nicht möglich.

Gott ist aus meiner Sicht nichts Besonderes. Gott ist aber alles was ist, soweit wir es verstehen können.

Simplicius: Da hast du es dem Skepticus gut gegeben, Physicus! Ich muss sagen, das war eine gute Parade. Wenn du also schon so sehr für Gott bist, Physicus, dann erkläre und beschreibe uns doch die Wunderwelt des kosmischen Gottes. Du hast dich doch damit beschäftigt. Beschreibe uns das einmal.

Physicus: Ich finde, man versteht den kosmischen Gott, die Wesenheiten der kosmischen Welt, oft falsch.
Der kosmische Gott der Dualität, der Trennung, ging in die Trennung, bewusst, um eine aus seiner Sicht bessere Welt zu schaffen.
Dazu verwendete er alle göttlichen Energien, die er ja in gleichem Maße besitzt, wie der Gott der Einheit, von dem der Meister spricht. Da ist kein Unterschied.

Wie nun wurden diese göttlichen Energien verwendet?

Schaut euch doch um! Ist diese Welt nicht wunderbar? Die Mineralien, Pflanzen, Tiere, der Mensch - die Formen des Universums, der Sterne, der Berge, die Farben und Formen in allen Bereichen. Sind sie nicht wunderschön, voller Harmonie, geprägt von der Heiligen Geometrie, welche die Basis dieses Kosmos ist?
Die Heilige Geometrie zeigt uns die Harmonie des Gegensatzes in der Dualität des Seins. Erst durch den Gegensatz entsteht diese kosmische Harmonie.
Seht doch - eine Blume zeigt die Farben rot und gelb, blau und orange, grün und lila, das ist gegensätzlich. Aber daraus entsteht erst die Harmonie der Farbenzusammenstellungen. Und so ist es überall - groß/klein, stark/schwach, hell/dunkel, positiv/negativ – das sind die Komponenten des Gegensatzes aus dem die Heilige Geometrie entsteht.

Und so ist es überall; das gesamte Universum ist auf der Grundlage der heiligen Geometrie gebildet.

Und betrachtet die Sterne, die Galaxien, das Weltall, wie unermesslich groß, unfassbar schön und bis ins letzte Detail erfüllt von einem harmonischen Zusammenspiel von starken und schwachen Energien, von Licht und Dunkelheit, von Größe und Kleinheit. Und bis ins letzte Detail von unfassbar komplexen Vorgängen bestimmt, von denen wir gerade beginnen, sie wissenschaftlich etwas zu verstehen.

Und sagt mir nicht, der kosmische Gott kennte die Liebe nicht! Das stimmt nicht. Er und alle Engel und Erzengelwesen sind erfüllt von der Liebe für ihre Schöpfung. Sie wollen das Beste, sie wollen eine lebendig-kreative Welt schaffen. So geben sie uns und den anderen Wesen die Möglichkeit zu gestalten, zu erfinden, zu tun, um Welten, neue Welten zu erschaffen.

Ist das nicht unendlicher Reichtum an Liebes-Kraft und Schöpfung? Was soll da falsch sein?
Man muss den kosmischen Gott nur verstehen, was er will. Er ist wie Gott erfüllt von Liebe, aber eben auf seine Weise. Und diese Weise ist der Gegensatz, die Auseinandersetzung, die Dualität.
Und wie wirkt diese?

Sie wirkt fördernd, weil sie das Bestehende stärkt, sie erhält die Schöpfung lebendig und stark.
Wie das?
Warum wohl wählen sich die Tier-Weibchen nur die stärksten Tier-Männchen zur Begattung? Um ihre Art stark und gesund zu erhalten. Dieses Ausleseprinzip ist höchst notwendig und förderlich. Es stärkt die jeweilige Art, sonst würde sie degenerieren und aussterben. Freilich - manche Arten sterben auch so aus. Das ist das „Stirb und Werde" der kosmischen Welt.
Es ist ein kosmisches Prinzip.
Der viel gescholtene Kampf ums Dasein ist also ein absolut notwendiges Prinzip in der kosmischen Welt. Der Stärkere frisst den Schwächeren. So ist die Nahrungskette aufgebaut und so muss es sein, damit alles stark und widerstandskräftig sein kann. Alles ist wunderbar geordnet, es gibt Sinn und es macht Sinn.

Simplicius: Ho, Physicus, du kommst ja ganz ins Schwärmen. Man sieht, du bist ein begeisterter Anhänger der kosmischen Welt.

Physicus: Ja, das bin ich sicher. Ich habe daher auch keine Angst, und keine Vorurteile in dieser kosmischen Welt zu verbleiben und mich von Evolutions-Stufe zu Evolutions-Stufe hinauf zu entwickeln, bis zu den Höhen, wo ich Welten erschaffen werde. Gestalten, Tätig-sein, Gutes-tun, kreativ sein. Ist das nicht herrlich?

Simplicius: Es sich sicher herrlich, keine Frage. Aber lass mich dann auch wenigstens die Schattenseiten deiner kosmischen Welt aufzeigen.
Auch ich begeistere mich an der Schönheit der Natur. Auch ich sehe die Harmonie der Farben und Formen in der Welt, die uns verführen zur Arterhaltung, zu Liebes-Empfindungen, zur Geborgenheit, zum Sich-wohl-fühlen. Keine Frage. Die Formen der Heiligen Geometrie, ob sie nun in einer Blume oder in einem Menschen-Körper zum Ausdruck kommen, sind - ja was sind sie? Sie sind verführerisch und einladend - aber wozu?
Die Schönheit der Formen der Heiligen Geometrie ist zu einem sehr praktischen Zweck gemacht. Sie dient der Erhaltung der

Art, sie muss die Fortpflanzung garantieren. Kannst du das verstehen?

Physicus: Sicher kann ich das verstehen und das ist auch so wie du es beschreibst.

Simplicius: Also, wenn ich das recht verstehe, dann ist die Heilige Geometrie die Basis und der Sinn zur Bestandserhaltung der kosmischen Welt. Sie will sich doch als das erhalten, was sie ist - nämlich Gegensatz. Und da beginnt der Gegensatz zu wirken. Die Männchen kämpfen um die Gunst der Weibchen in der Tierwelt bis zum Tod und bei den Menschen manchmal auch. Der Gegensatz zeigt sich eigentlich in jedem Aspekt des kosmischen Lebens als Kampf ums Dasein, ums Überleben, als Kampf um Macht, Einfluss, Gewinn und Sicherheit, als Gegensätze in der Partnerschaft, in der Familie, im Clan, in der Gesellschaft, zwischen den Völkern. Kriege, Genozide, Massenmorde sind die Folge. Muss ich noch weiterreden, Physicus?
Doch ich will dich zu nichts bekehren. Jeder kann nur das leben und erkennen was er leben und erkennen kann.

Physicus: Ich gebe zu, es gibt eben überall zwei Seiten einer Medaille und jeder sieht es so, wie er es sehen kann. Jetzt soll aber der Meister uns einmal beschreiben, wie der Himmel beschaffen ist und wie er den Gott der Einheit sieht.

Der Meister: Eigentlich zögere ich jetzt über Gott zu sprechen. Warum wohl? Ich stimme unserem Freunde Skepticus zu, der sagte, durch das Konzept Gott und den Streit um das Prinzip Gott sei mehr Leiden in die Welt gekommen, als durch irgend eine andere Idee.

Wenn das so ist, soll ich nun diese Differenzen noch mehren, indem ich auch in unserer Runde von Gott spreche? Sollen wir, die wir bis jetzt friedlich miteinander sprechen konnten, uns um dieses Konzeptes willen noch in die Haare kriegen? Das wäre doch schade.

Denn - unser Skepticus hat seinen Unwillen zum Thema schon geäußert. Was kann man darauf antworten, wenn ich jetzt etwas sage, was er nicht nachvollziehen kann. Entweder ärgert er sich oder er verlässt uns. Beides möchte ich vermeiden.

Der Physicus und du, Simplicius, ihr seid Zweifler und kritisch eingestellt. Wozu soll mein Reden gut sein? Wozu soll mein Reden dienen?
Und für Sophia ist die Sache sowieso klar, sie glaubt so wie ich, das weiß ich. Für sie brauche ich also nicht zu sprechen, sie weiß bereits.

Simplicius: Meister, du machst uns das Leben auch nicht leicht. Wir sind hier um zu hören, um zu lernen, auch von dir. Ich weiß ja, du wirst sagen: Jeder von euch lernt aus sich selbst, allein im Laufe der Zeit, mit seiner Lebenserfahrung. Dazu bedarf es des Redens nicht. Aber die Denkanstöße, die brauchen wir doch alle.

Sophia: Meister, ich bitte dich auch, sprich zu uns von Gott, so wie du ihn erkannt hast. Bitte.

Der Meister: Nun gut, ich will es versuchen. Aber versucht ihr nicht ärgerlich zu werden, nicht in die Angst zu gehen. Hört einfach in Ruhe zu, vorerst einmal ohne zu urteilen.

Niemand kann oder will euch zu irgendeinem „Glauben" zwingen. Das wäre ganz falsch und ist ohne Sinn.

Man könnte versuchen das Wort Gott, das für manche ja ein Reizwort ist, überhaupt zu vermeiden. Die alten Griechen sprachen vom Sein an sich, von der Einheit des Seins, von der Gutheit und der Schönheit. Aber es geht nicht um Worte. Es geht um ein Erleben, um das Gewahrwerden eines Seins-Prinzips. Und da beginnen die Schwierigkeiten.

Ein Tier lebt vollkommen eingebunden in das Seins-Prinzip des Kosmos. Es hinterfragt dieses Prinzip nicht, weil es Teil dieses Seins-Prinzips ist. Der Mensch durchläuft in der Entwicklung seines Bewusstseins vom Tier-Menschen zu dem, was er in Wahrheit ist, ebenfalls scheinbar verschiedene Bewusstseinstufen. Auch der Mensch ist eingebunden in das Sein. Das geht gar nicht anders.

Wieder kann ich auf die Wissenschaft verweisen, die gezeigt hat, dass es nur die Ganzheit allen Seins geben kann. Die Trennung im Körper ist eine scheinbare. Auch der Mensch, wie alles andere, sei es Mineral, Pflanze, Tier, ist mit ihm eingebunden in das Sein.

Jetzt kann man immer nur vom „Sein" sprechen oder von der „Ganzheit" oder vom „Schönen und Guten" oder eben von Gott. Das ist eigentlich einerlei. Worte sind nur Symbole. Worte bedeuten wenig, wenn man versteht, was gemeint ist. Worte aber können viel zerstören, wenn sie vorbelastet verwendet werden und Missverständnisse hervorrufen.

Nun ist es schon so, wie wir feststellten, dass Sein nicht gleich Sein ist und daher auch Gott nicht gleich Gott ist.

Die Vorstellungen von „Gott", wenn wir das Wort schon verwenden wollen, sind eben verschieden.
Ich habe ja bereits vom „Fall" und vom „Engels-Sturz" gesprochen.

Damit ist das kosmische Seins-Prinzip, der kosmische Gott der Trennung gemeint, dessen Wunderwelt der Physicus ja beeindruckend geschildert hat.
Das himmlische Seins-Prinzip, der Gott der Einheit, wie ist der nun zu zeichnen?

Wenn Gott ein Seins-Prinzip ist, dann ist er keine Person und eine persönliche Gott-Darstellung führt daher immer in die Irre. Gott ist alles, was in der Einheit des Himmels-Daseins gegeben ist. Man könnte auch von einer Geist-Wesenheit sprechen.

Wie ist nun dieses Seins-Prinzip beschaffen?
Eigentlich ist es mit Worten nicht beschreibbar, das sagte ich schon und doch wird es immer wieder versucht, also versuche ich es auch.
Dieses Seins-Prinzip, diese Geist-Wesenheit, ist - schöpferisch. Es hat das ewige Sein des Sohnes, in der Einheit des Himmels, erschaffen.
- Ohne Begrenzung, also in absoluter Freiheit
- Ohne Gegensatz, also in absoluter Ruhe, Stille und Frieden

- Ohne Angst, ohne Groll, ohne Zwist - also in absoluter nichts- fordernder und gleich bleibender Liebe.

Man kann also sagen: der Gott des Himmels ist die absolute Wahrheit, der Anfang und das Ende des nicht-wandelbaren Seins.

Physicus: Meister, ich habe doch früher von der Wunderwelt des kosmischen Gottes gesprochen. Kannst du uns vielleicht den Unterschied zwischen dem Gott des Himmels und dem kosmischen Gott näher erläutern?

Der Meister: Der wesentliche Unterschied zwischen dem kosmischen Gott und dem Gott des Himmels ist der folgende:
Der kosmische Gott kann sich nicht selber erschaffen. Er wurde vom Gott des Himmels, der Vater-Gottheit, sowie alles andere Sein auch, das nennen wir die Sohnschaft, vor der Trennung erschaffen. Alles vom Gott des Himmels Erschaffene ist göttlich - ist also wie Gott, aber es ist nicht Gott gleich in dem Sinne, dass es sich selber erschaffen kann. Also auch der

kosmische Gott hat sich nicht selber erschaffen.

Es ist also wichtig zu verstehen, dass natürlich auch der kosmische Gott vor der Trennung von Gott erschaffen wurde. Das heißt: Alles Sein ist von Gott erschaffen, kosmisch oder nicht, im Ursprung, vor der Trennung. In der Trennung aber geschieht das, was euch verwirrt, nämlich, dass die Trennung nicht vom himmlischen Gott herbeigerufen wurde und man daher auch nicht sagen kann, dass die Trennung, das kosmische Sein von Gott erschaffen wurde. Der kosmische Gott, die Himmels-Mächte, die Ego-Engel-Seelenmasse waren vor der Trennung eins mit Gott und von Gott erschaffen. Dann aber gingen sie in die Trennung, die eine Illusion ist und daher vom himmlischen Gott nicht zur Kenntnis genommen wird.

Alles was der kosmische Gott schafft ist zwar sehr eindrucksvoll und grandios, es ist aber doch eine Illusion und daher vergänglich. Alles was der himmlische Gott erschafft ist ewig, weil es keine Illusion ist.

Es mag euch nun überraschen zu hören, dass der kosmische Gott sehr wohl im

Stande gewesen wäre auch Ewiges zu erschaffen, weil er gleich wie der himmlische Gott zu wirken im Stande ist. Jedoch er wollte das nicht. Und warum nicht?
Der kosmische Gott, das Ego, wollte diese Entscheidung vermeiden, denn dazu wäre es notwendig gewesen einen Zustand der exakten Wahrnehmung zuzulassen. Das Ego fürchtet jedoch die exakte Wahrnehmung, da diese sich auch gegen das Ego selbst richten könnte, wodurch man es durchschauen würde. Das aber will das Ego, der kosmische Gott, vermeiden. Darum hat er es auch vermieden Ewiges zu erschaffen. Alles also, was vom kosmischen Gott erschaffen wird und wurde ist vorläufiges Sein, das am Ende vergänglich ist.

Simplicius: Meister, kann man Angst vor diesem unermesslichen Gott haben?

Der Meister: Welchen Gott meinst du, Simplicius, den kosmischen Gott oder den Gott des Himmels?

Simplicius: Nun, ich bin mir nicht ganz sicher, eigentlich meine ich beide. Aber lass uns vorläufig nur vom himmlischen Gott sprechen.

Der Meister: Sicher, alle Ego-Wesen in der Trennung haben Angst vor diesem unermesslichen Seins-Prinzip. Wie kann man das erklären?
Du hast mehr Angst vor dem Gott des Himmels als vor dem Ego, weil du das Ego gut kennst und weil du glaubst, das Ego zu sein und weil du an das Ego glaubst. Gott aber hast du scheinbar vergessen.
Du hast also Angst vor Gott, weil du dich für das Ego zuerst entschieden hast und jetzt fürchtest es loszulassen, fürchtest, es zu verlieren.
Du glaubst doch noch immer an den Körper. Du identifizierst dich mit ihm und meinst, wenn du den Körper und das Ego verlieren würdest, müsstest du sterben, vergehen, und nimmermehr sein. Das ist Todesangst. Und das ist der tiefere Grund der Angst vor Gott, den du nicht kennst, der für dich ein fremder Gott, ein Fremder ist, weil du ja auch deinen eigenen reinen Geist nicht wirklich kennst, wohl aber deinen gespaltenen Geist, dein Ego.

Simplicius: So habe ich das noch nie gesehen. Aber ich spüre dass das auch für mich gilt.

Der Meister: Eigentlich musst du also lernen zu Gott wieder zurück zu finden. Du musst dir mühsam einprägen, was Gott wirklich ist, nicht der kosmische Gott, sondern der Gott des Himmels. Du musst lernen dich zu erinnern.
Denn - unter dem finsteren Fundament des Ego liegt die Erinnerung an Gott und davor hast du wirklich Angst. Diese Erinnerung würde dir augenblicklich deinen angestammten Platz im Himmel zurückerstatten und dieser Platz ist es, den du zu verlassen suchtest.
So paradox es klingt, eine Angst vor Angriff ist nichts im Vergleich mit einer Angst vor der Liebe.
Deshalb hast du die Welt dazu benutzt, deine Liebe zuzudecken, und je weiter du in die Schwärze des Egofundaments vorstößt, desto näher kommst du der Liebe, die dort verborgen liegt. Und das ist es, was dir Angst macht.
Du kannst den Wahnsinn akzeptieren, weil du ihn gemacht hast, aber die wahre,

göttliche Liebe kannst du nicht akzeptieren, weil du sie nicht gemacht hast.
Du möchtest also lieber Sklave des Egos sein als ein Sohn Gottes in der Erlösung und der Liebe.
Du musst dir also deine Illusion ansehen und sie nicht verborgen halten.
Solange sie im Verborgenen bleibt, hat es wohl den Anschein, dass sie autark sein würde. Das ist die fundamentale Illusion, auf der die anderen beruhen. Denn unter den Illusionen liegt verborgen - solange sie versteckt sind - der lebendige, liebende Geist.
Halte also keinen einzigen Schmerz vor seinem Licht verborgen und durchforsche deinen Geist sorgfältig über Gedanken, die du möglicherweise aufzudecken fürchtest. So etwa stellt sich die Angst vor Gott in dir dar.

Simplicius: Eigentlich komme ich mit all dem nicht gut zurecht. In mir regt sich vieles und ich möchte meinen Groll zum Ausdruck bringen, damit ich ihn vielleicht auch überwinden kann.

333

Und so muss ich darüber reden, dass es heißt, man sollte Gott dankbar sein. Aber ich frage mich wofür?
Muss ich meinen Eltern dankbar sein? Wofür? Dass sie mich in ihrer blinden Lebenslust gezeugt haben?
Muss ich Gott dankbar sein dafür, dass er mich erschaffen hat?
Er wollte das – nicht ich.
Bin ich das Opfer seiner Zeugungswut?
Zuerst erschaffen für den Himmel. Dort war es dann stink- langweilig. Daher sind wir alle zusammen geflüchtet mit Luzifer und Jesus. Ja, auch Jesus rebellierte gegen die „Sinnlosigkeit des Himmels", sonst wäre er nicht mit uns aus dem Himmel geflohen.
Und jetzt sitzen wir in der Falle, in dieser Welt, im Chaos und in der Hölle.
Gott wollte das nicht?
Gut wir wussten es nicht besser.
Zurückgehen in den Himmel aus dem wir geflüchtet sind? Hier bleiben in der Hölle?
Es ist eine ausweglose Situation. Und Gott soll ich dafür danken - wofür?
Dabei muss ich sagen: Meister, zu dir habe ich Vertrauen, aber Gott? Gott ist mir fremd.

Der Meister: Simplicius, du hängst noch zu sehr am Zeitlichen, an der Form, am aktiven Tun, am Ego.
Dein Problem ist die Arroganz der Verleugnung Seiner Liebe. Du bist ein rebellierendes Gottes-Kind, das den Vater infrage stellt, der es erschaffen hat.
Rebelliere nur, das geht vorbei. Deine Rebellion ist zwar Gotteslästerung, aber sie bringt nichts und sie macht dich nicht weniger liebevoll, sie macht dich nicht weniger Gottes-Kind. Es ist nur die Angst vor dem Vater, die aus dir spricht.
Stampf nur mit den Füßen auf den Boden, wirf dich nieder und brülle deinen Schmerz, deinen Groll, deine Angst aus dir heraus. Kein Jota weniger wird dein Vater dich deswegen lieben. Du bist und bleibst, was du immer warst und immer sein wirst: der geliebte Sohn deines Vaters im Himmel.

Erst wenn du beginnst nur das, was zeitlos ist, als wirklich zu akzeptieren, dann fängst du an, die Ewigkeit, den Himmel zu verstehen und ihn dir zu Eigen zu machen.

Das ist die Medizin, die dich heilen wird.

Du musst lernen, alles Urteilen aufzugeben und nur um das zu bitten, was du in jeder Situation wirklich willst - das Wertvolle oder das Wertlose.

Sophia: Freund Simplicius, den einzigen Hort des Friedens findest du nicht in der Welt und im ganzen Universum, du findest ihn nur in Gott, dem Gott des Himmels. Das wirst du irgendwann erkennen.
Die meisten Menschen schauen nicht auf das, was sie sind. Sie versuchen nur ihr kleines Ich zu retten und dann sagen sie: Es geht mir gut, ich bin zufrieden.
Das ist in Ordnung. Sie können nicht und brauchen nicht das Leid der Welt sich zu Eigen zu machen. Das bringt auch nichts.
Denn auch die andere Sicht, nämlich: Du siehst das Chaos, das Leid der Welt und leidest mit, auch die bringt nichts. Das eine ist so wie das andere ohne Bedeutung, außer du gibst ihm eine.
Was ist dann von Bedeutung?
Du bist es!
Deine Einstellung zur Welt ist es. Du hilfst der Welt nicht, wenn du dich sorgst, denn Sorge ist Angst und die Angst schwächt.

Für den, der wirklich wissen will und an sich arbeiten will, dem geht es darum, über die Welt hinaus zu schauen und sich das äußere Bild der Welt zu vergeben.
Das ist sicher nicht einfach. Aber, was soll sonst vernünftig sein? Willst du helfen diese Illusion zu verbessern? Willst du den „armen Menschen" helfen? Sicher alles ist in Ordnung.
Es ist ein Fass ohne Boden, das du in deiner Anmaßung glaubst füllen zu können und füllen zu müssen. Das ist Macher-Mentalität, die du, Simplicius, verdeckst. Und die hat dich, weil du sie nicht erfüllen kannst, in die Angst vor Gott gebracht.
Doch ich sage dir: der einzige Hort des Friedens und der Freiheit in der Welt ist nicht in einer Höhle im Himalaja und nicht auf einer Insel im Pazifik und nicht in den Bergen oder am Meer.
Wo ist so ein Ort zu finden?
Auch nicht in einer Kirche, auch nicht in einem Tempel und auch nicht in einer Synagoge.
Er ist nur in deinem Inneren zu finden und nur dann, wenn du die Ruhe, die Stille, das Gewahrsein suchst und findest – und das kannst du dann „Gott" nennen, wenn du

willst. Du kannst aber auch irgendeinen anderen Namen dafür verwenden. Daher sage ich dir: Du wirst den Hort der Ruhe nirgends finden, wenn du ihn nicht in dir findest. Dessen bin ich mir sicher.

Simplicius: Ich sehne mich ja nach Frieden, nach Sicherheit und Ruhe. Ist es das, was Gott mir geben kann? Ist Gott das Prinzip des Friedens, der Freiheit, der Einheit allen Seins ohne Kampf, ohne Krieg und ohne drohende Vernichtung?
Wenn es das ist, was sollte dagegen sprechen?
Irgendwo muss es auch in diesem Universum, in diesem Sein, einen Ruhe-Ort, einen Ruhe-Pol, einen Hort des Friedens geben. Doch weiß ich nun: Im Universum ist er nicht zu finden, also dann im Himmel? Ist der Himmel dieser Ruhe-Ort, der Ruhe-Pol? Formlos, zeitlos, raumlos, im Frieden und in der Ruhe?

Es beginnt mir zu dämmern, dass es so sein könnte, und so fasse ich mich in Geduld, ich vertraue dem Meister, er wird mich führen. Nochmals kann ich sagen: Meister, dir

vertraue ich, denn ich spüre deine Liebe und deine Wärme.
Doch Gott, der „Gott", der die Welt erschaffen hat, den die Welt kennt?
Der himmlische Gott, von dem der Meister spricht, ist mir derzeit noch fremd, zu weit weg.
Der kosmische Gott, der Gott, den die monotheistischen Religionen anbeten, Jahwe oder Allah, das sind für mich Angst- Rache- und Furcht-Götter, die, durch Religionskriege und Kreuzzüge, mehr Leid in die Welt gebracht haben als irgendeine andere Ideologie, etwa der Nazis oder der Kommunisten.
Diese Religions-Götter und die damit verbundenen Religionen sind eigentlich, wenn man sie durchschaut, atavistisch, das heißt einem primitiven Menschentum entsprechend, das nach meiner Meinung in den kommenden Jahrtausenden wird überwunden werden müssen. Die ersten Anzeichen dazu sind ja – Gott sei Dank - bereits erkennbar.

Physicus: Lasst mich euch noch etwas vorstellen, was mir bei diesen Überlegungen, die ich vom Meister hörte,

soeben deutlich wurde und was ich als die existenzielle Situation des Menschen, so wie ich es empfinde, bezeichnen möchte.
Ich frage mich: Was ist die letzte, die endgültige Entscheidung -das Ego oder der Himmel?
Man könnte auch sagen: Was ist die letzte Entscheidung - Gott oder der Widersacher. Wer bietet mehr? Darum geht es doch bei uns allen, wenn wir uns in diesem Leben diesen letzten Fragen stellen.

Die Verführungen des Egos liegen doch auf der Hand. Es sind dies einerseits Lust, Genuss, Spaß, also die so genannten Sinnes-Begierden. Jeder kennt sie. Diese sind direkt und stark, es sind starke Empfindungen und Erlebnisse, die uns vollkommen erfassen. Jeder Orgasmus erfasst den Menschen in seinem ganzen Ego-Sein, durchströmt ihn und lässt ihn mit dem unerfüllbaren Wunsch nach dauernder Wiederholung zurück. Ist es nicht so?

Andererseits stehen im Ego den Menschen die Spiele der Macht, von Einfluss, Prestige, Ruhm, Ehre und so weiter zur Verfügung, die ihn ebenfalls bis ins Innerste erfassen.

340

Die ganze Geschichte der Menschheit ist von diesen beiden großen Empfindungen geprägt. Nehmt doch Cäsar und Cleopatra oder Alexander den Großen und wie sie alle heißen und ihr werdet diese Ego-Spiele diese Ego-Bedürfnisse als die Wurzel des Tätigseins des Menschen in der Geschichte erkennen.

Liebe ist im Ego eher eine fragwürdige Sache. Jeder kennt die Partnerliebe, die Elternliebe, Kindes-Liebe, Menschenliebe, Nächstenliebe. Aber das sind Begriffe, die mehrdeutig auslegbar sind. Es sind Absichtsziele, die verfolgt werden. Es sind also keine uneigennützigen, sondern immer eigennützige Liebes-Aspekte, die zur Erhaltung der Art, zur Fortpflanzung, zur Aufzucht der Nachkommen, zur Selbst-Bestätigung oder zur Lustbefriedigung zum Tragen kommen. Liebe ist also eine seltsame Sache im Ego.

Was steht dem nun dagegen? Was bietet uns der Himmelzustand an? Zahlt sich der überhaupt aus?
Der eine und wie mir scheint wesentliche Unterschied scheint zu sein - oder genauer

gesagt- ist: Alle Ego-Empfindungen, die
Genüsse, die Liebes-Erlebnisse, die Macht-
Zustände sind vorübergehend, sie gehen
vorbei, keiner davon ist bleibend. Das Ego
weckt Bedürfnisse, die es auf Dauer nie
erfüllen kann.
Keine Macht kann auf Dauer gehalten
werden und jede Liebesbeziehung zeitigt
zumindest problematisch-destruktive
Folgen, welcher Art auch.

Partnerliebe sucht nach einiger Zeit der
Gewöhnung neue Faszination und
Ehebruch, Eifersucht, Mord und
Selbstmord, Zwist, Scheidung und Streit
sind die notwendigen Folgen.

Ähnliches gilt für jede andere Art der
Liebesbeziehung, ob es nun Eltern-Kind
oder Partnerliebe sind. Überall gibt es -
notwendigerweise – d.h. vom Prinzip des
Gegensatzes, der Dualität der Welt her -
Zerwürfnis, Streit und Auseinandersetzung,
oder wenn du es so willst, auch
Kompromisse.

Nun kannst du ja sagen: Genau das will ich.
Ich liebe die Auseinandersetzung, den

Streit, Hass und Liebe, Höhen und Tiefen sind genau das, was ich will. Ich will stark werden und dazu brauche ich das alles. Wenn du so denkst, dann bist du hier auf der Erde am richtigen Ort und wirst es auch bleiben wollen und können.

Falls du aber denken solltest: Mir reicht´s. Von diesen Spielen, von diesen Zerwürfnissen habe ich genug, dann, ja dann gibt es auch den anderen Weg. Aber den gibt es nur dann, wenn du auf die Ego-Lust-Erlebnisse, welcher Art auch, verzichten kannst. Denn, du kannst sicher nicht zwei Herren dienen!
Dann entscheidest du dich für Frieden, Freude, und Freiheit. Und diese sind ungetrübt und dauerhaft. Vielleicht erscheinen sie uns - zumindest am Beginn der Reise - weniger lustvoll als ein Ego-Lust- Erleben ist. Aber sie sind eben ohne die Folgen, die ich schon beschrieben habe.

Das ist eigentlich die letzte, wie mir scheint, die endgültige Entscheidung. Das Ego in großer Lust und großem Leid bringt uns jeweils Erlebnisse, die von nur kurzer Dauer sind. Sie halten nicht, sie sind vergänglich.

Zum anderen bringt das Gewahrsein des Himmels in Friede, Freude und Freiheit ewige Erfüllung.
Leicht ist diese Entscheidung auch dann nicht, wenn du das alles weißt. Du musst es hautnah erleben und erst dann weißt du, wovon ich rede.

Simplicius: Physicus, damit hast du Vieles angesprochen, was auch mir große Probleme macht. Gott oder die Welt, Gott oder das Ego - das ist doch die letzte, endgültige Entscheidung, wie du richtig sagst. Ich fühle, ich stehe vor dieser Entscheidung und sie zerreißt mich scheinbar. Du beschreibst genau meine Situation.

Physicus: Nachdem hier Weltverzweiflung hinaus posaunt wird, indem der Simplicius uns mit seinem Weltschmerz bekannt macht, und ich versuchte, euch und mir selber die letzte, endgültige Entscheidung zumindest anzudeuten, möchte ich doch noch auf einen Aspekt zu sprechen kommen, der mir ebenfalls sehr am Herzen liegt.

Man kann ja sagen: Alles Tätigsein und Tun in einer Illusion hat wenig Sinn. Aber stimmt das auch? Im Prinzip schon, glaube ich. Doch bedenkt doch folgendes: Ist es nicht sinnvoll, die Menschen zu unterstützen, als Arzt, Wissenschaftler und Politiker, als Vater, Mutter, Hausfrau, in jedem Beruf?
Ist es nicht sinnvoll durch eine Tätigkeit den Menschen zu ermöglichen ihr Bewusstsein zu erweitern?

Darum geht es, das kann auch der Illusion einen Sinn geben, denn irgendwann, nach langer Zeit und vielen Inkarnationen, kommt jeder von uns zur Erkenntnis, was in dieser Welt gespielt wird. Nämlich, dass sie ein Traum ist, dass nichts bestehen bleibt, dass alles eine selbst geschaffene Illusion ist.
Aber das muss jeder von uns einerseits selbst erkennen und andererseits muss er dazu auch hingeführt werden.
Sanft hingeführt werden, denn ein hartes Hinführen ruft zumeist Widerstand hervor und du verdirbst dann mehr als du bewirkst.

Sinnvoll ist daher dieses „Gutes-tun" auch in der Illusion. Auch wenn es vom Prinzip her sinnlos scheint. So stehen sich also die Konzepte des kosmischen Gottes der Trennung, der zum Tun in der Welt und zum liebevollen Umgang mit den Menschen in der Illusion aufruft und das Konzept des Gottes der Einheit, der auf den Himmel verweist und den Schwerpunkt auf die Entwicklung des eigenen Bewusstseins legt, nur scheinbar gegenüber, aber in Wahrheit ergänzen sie sich, denn ohne die Führung im kosmischen Dasein, in der Illusion, bis zu dem Punkt des Bewusstseins, wo der Mensch begreifen kann, dass die Welt ein Traum ist, bedarf es der Hilfe, der Unterstützung in jeder Form und in jeder Art, damit dieser Geistes-Wandel auch ermöglicht werden kann.

Simplicius: Dem, Physicus, wird wohl niemand widersprechen können, meine ich. So lasst mich also zuletzt reflektieren: Das Seins-Prinzip Gott hat keinen Namen. Einen Namen geben, etwas zu benennen, bedeutet eine Trennung herbeizuführen. Wenn der Skepticus, Sophia und wir alle, eins sind in unserem wahren Wesen, eine

Einheit sind, wie sollten wir uns dann benennen?
Und wenn wir alle und alle Lebewesen überhaupt eins sind mit dem Sein, dem Prinzip-Gott, sind wir dann nicht auch Gott oder göttlich?
Auf den einfachsten Nenner gebracht könnten wir sagen:
Gott ist das kreative Seins-Prinzip von Macht und Liebe.
Der kosmische Gott der Trennung, das Ego, ist das kreative Seins-Prinzip von Macht und Angst.

Wir können wählen – in jedem Augenblick - das eine oder das andere. Nur – beides zugleich - ein wenig dort und ein wenig da, das geht nicht.
Der einzige Unterschied zwischen Gott und uns ist, dass er, der Gott der Einheit und nicht der Gott der Trennung, uns als Geistwesen erschaffen hat und wir uns nicht selbst erschaffen können.
Wir sind, was wir sind, reiner Geist. Wir sind auch das, was wir glauben zu sein, Körper und Ego, dann, wenn wir daran glauben.

Und da gibt es eben nur zwei Varianten, nämlich:
- Eins mit dem Vater im Himmel oder
- Eins mit dem Ego in der Trennung.
In jedem Augenblick entscheiden wir uns für das eine oder für das andere und aufgrund dieser Entscheidung sind wir dann entweder im Himmel oder in der Trennung, das heißt auf der Erde in einem Körper oder im Jenseits ohne Körper, aber dann auch noch immer in der Trennung.
Der Unterschied zwischen dem einen und dem anderen Sein ist dann: Das eine ist ewig unveränderlich, das andere ist ein veränderlicher, zeitlich begrenzter Traum, der sich in Nichts auflösen wird.
Auflösen wird er sich in Nichts natürlich nicht so bald, sondern in einigen Millionen Jahren, aber was soll's, wenn es die Zeit sowieso nicht gibt.
Zuletzt habe ich noch eine Frage an den Meister. Meister, sage uns noch, wie wir die Angst vor Gott überwinden können?

Der Meister: Eigentlich geht es, wie ich schon sagte darum, eine Beziehung zu Gott zu entwickeln. Eine Kommunikation zu ihm

herzustellen, ihn wieder kennen zu lernen, seine Nähe zu suchen, sich auf ihn einzustimmen und auf ihn zuzugehen.
Teil dieses Prozesses ist, dass du deine Angst anschauen musst und wie tust du das? Du fragst dich selber: Was macht mir eigentlich Angst?
Durch dieses Anschauen wirst du dir deiner selbst bewusst und wirst lernen mit dir selber umzugehen, eigentlich dich selber kennen zu lernen.
Es gilt natürlich zu wissen, dass Gott in dir ist und nirgendwo sonst. Du bist ein Gottes-Geschöpf, wie alles in der Welt, aber nicht im Körper, sondern im Geist.
Die Identifikation mit dem Körper und dem Ego einerseits und die Dis-Identifikation andererseits, ist eine der wesentlichsten Voraussetzungen, die einerseits die Angst vor Gott verursacht und andererseits die Angst überwinden lässt.
Also gilt es, die Dis-Identifikation zu üben.
 Einen Führer deines Vertrauens auf diesem Weg zu wählen ist gut und wird eine notwendige Voraussetzung für den Erfolg sein.

Simplicius: Letzte Frage, Meister. Kannst du uns noch einmal –obwohl du das schon öfter getan hast, aber es erscheint mir wichtig - den Unterschied zwischen dem Gott der Wahrheit und dem Ego, dem kosmischen Gott, deutlich machen?

Der Meister: Lasst mich dazu also noch einmal etwas weiter ausholen:
Es gilt zu unterscheiden die Vater-Gottheit, die Ursprung und Quelle allen Seins im Himmel ist.
Diese schuf die Gottes-Sohnschaft, die in allem gleich dem Vater ist, also allmächtig, allwissend, reine Liebe und Wahrheit, ausgenommen eben die Fähigkeit sich selbst zu erschaffen.
Gott ist also, wie ich bereits betonte, keine Person, sondern ein Seins-Prinzip der Liebe und Wahrheit, das man auch eine Geist-Wesenheit nennen kann. Man kann einfach sagen: Gott ist.
Gott ist alles was ist und wir alle sind Teil der Gottes-Sohnschaft.

Aus welchem Grunde auch immer - etwa Überheblichkeit, Größenwahn, Eigenwille oder Widerwille - trennte sich nun ein Teil

der Gottes-Sohnschaft von der Vater-
Gottheit, vom Himmel. Das bezeichnet man
als den Engels-Sturz.
Dieser Teil der Gottes-Sohnschaft - mächtig
wie der Vater - schuf das Universum auf
Basis des Gegensatzes, also der Dualität, im
Gegensatz zum Himmel, in dem die Einheit
allein Seins – die Nicht-Dualität - gegeben
ist.

Dieser Teil der Gottes-Sohnschaft, der sich
vom Himmel trennte, träumt aber nur einen
Traum von der Trennung. Es ist eine
Illusion, eine Nicht-Wirklichkeit, die aber
zufolge der Geisteskraft der Gottes-Söhne
in jedem Augenblick als wirklich erscheint,
dann und nur dann, wenn der Gottes-Sohn
an die Trennung, an die Illusion glaubt.

Daher ist es so, dass eure Körper euch als
wirklich erscheinen, weil ihr an deren
Wirklichkeit glaubt.
Ich aber konnte, nachdem ich für mich die
Wahrheit erkannt hatte und daher nicht
mehr an die Wirklichkeit des Körpers
glaubte, diesen – nachdem er nach der
Kreuzigung ins Grab gelegt worden war -
auflösen. Später habe ich dann wieder einen

Körper angenommen um den Jüngern
erscheinen zu können.

Es ist also für euch vielleicht überraschend
zu hören, dass Gott, das heißt genauer
gesagt der Gottes-Sohn überheblich,
größen- wahnsinnig, bösartig, von Angst
und Rachegefühlen erfüllt sein kann.
Der Gottes-Sohn ist also nicht unbedingt
unfehlbar, und nicht immer allgütig. Er ist
das alles nicht, wenn er sich, wie wir alle
das getan haben, von der Himmels-Einheit
trennt. Dann zeitigt er auch alle die
problematischen Eigenschaften, die ihr in
euch und in der Welt findet, denn alle
Menschen-Wesen sind Teil der Gottes-
Sohnschaft, ohne Ausnahme, wie gut oder
böse sie auch scheinen.

Fürchtet euch also nicht zu hören, dass auch
Gott, der Gottes-Sohn, in den Irrtum fallen
kann. Denn Gott kann alles sein, was ist,
das ist seine Freiheit, die auch jeder von
euch, jeder von uns, in sich trägt. Jederzeit
könnte sich auch ein Gottes Sohn des
Himmels für die Hölle entscheiden, so wie
wir das alle getan haben.

Jetzt aber erkennen wir, dass es eine wahnsinnige und verrückte Idee war, die wir wieder rückgängig machen wollen und können. Die Freiheit der Entscheidung- für oder gegen die Einheit des Himmels - ist ewig unser.

Simplicius: Und wie ist das nun mit der Natur, Meister? Ist Gott auch in der Natur?

Der Meister: In der Natur, im Universum findet ihr den Gottes-Funken der Sohnschaft - entgegen der oftmaligen Annahme -nicht. Denn die von Gott getrennten Gottes-Söhne, die den Gottes-Funken in sich tragen, schaffen eine Illusion von Universum und Natur. Sie können aber den Gottes-Funken nicht in die Natur einbringen, denn dann würden sie diese wirklich, das heißt auch ewig, machen. Denn die Wahrheit kann kein Gegenteil haben. Das kann nicht oft genug gesagt und überdacht werden. Denn wenn das, was nicht wahr ist, ebenso wahr ist wie das, was wahr ist, dann ist ein Teil der Wahrheit falsch. Und die Wahrheit hätte ihre Bedeutung verloren.

353

Nichts als die Wahrheit ist wahr, und was falsch ist, ist falsch.
Die Wahrheit muss all umfassend sein, wenn sie überhaupt die Wahrheit sein soll.
Lasst keine Gegensätze und keine Ausnahmen zu, denn dies zu tun heißt, der Wahrheit insgesamt zu widersprechen.
Ihr alle wisst, dass diese Welt, die ihr seht, von euch, zusammen mit dem Ego, gemacht wurde.
Gott hat diese Welt nicht gemacht. Dessen könnt ihr sicher sein. Was kann er – der Unvergängliche, Vollkommene, Eine - von dem Vergänglichen, der Sünde, der Schuld, von der Angst, dem Leid und der Einsamkeit wissen und von dem Geist, der in einem Körper lebt, der aber sterben muss?
Ihr klagt ihn nur des Wahnsinns an, wenn ihr denkt, er habe eine Welt gemacht, wo solche Dinge Wirklichkeit zu sein scheinen.
Gott aber ist nicht verrückt. Denn nur Verrücktheit macht eine Welt wie diese.
Zu denken, dass Gott das Chaos machte, das seinem Willen zur Einheit und Harmonie so widerspricht, dass er den Gegensatz, die Dualität, zur Wahrheit ersann und duldete,

dass der Tod über das Leben triumphiert, das alles ist Arroganz und kann nicht sein.

Simplicius: Wie aber kommt es dann, Meister, dass alle Religionen, den kosmischen Gott, den Demiurgen, der die Welt so schuf, wie du sie soeben beschrieben hast, als den wahren Gott anbeten und du - als Einziger - lehrst, es sei ganz anders?

Der Meister: Wiederum kann ich euch nur davon sprechen, was ich erkannt habe. Und es liegt an euch zu entscheiden, ob ihr das annehmen wollt oder nicht. Diese Entscheidung liegt bei euch. Doch ihr könnt euch von der Logik der Schlussfolgerungen, die ich euch anbiete, leiten lassen.

Sophia: Geliebter Meister, nicht nur deine Wort sind überzeugend, deine Anwesenheit erhebt unsere Herzen, lässt sie offen werden und voll Freude. Und dies, liebe Freunde, ist die größte Gabe, die uns zuteil wird, denn sie öffnet das Tor zu IHM hin. Wie fröhlich könnten wir auch in dieser Welt leben, ohne von ihr zu sein, wenigstens noch eine Zeit lang, bis auch uns die Gnade

zuteil wird, so wie der Meister es erlebte, eins mit Gott zu sein.
Wir haben, da wir in diesen Gesprächen miteinander kommunizierten, uns offensichtlich für die Trennung entschieden, für diese Welt, wenigstens für eine Zeit lang.
Auch wenn unsere Meinungen oft auseinander gingen, fühle ich eine große Liebe, sowohl zu dir Simplicius, wie zu dir Skepticus und zu dir Physicus und ich danke euch, wo wir so intensiv um die Wahrheit gerungen haben und noch immer ringen.
So sage ich euch also: Lasst euch nicht ablenken vom Weg, hört auf den Meister und lebt, was er uns geben kann, nämlich seine Lehre, die uns den Sinn des Daseins in Freude und Liebe vermitteln kann.

Der Meister: Zuletzt möchte ich euch noch folgendes mitgeben:
Die Weltsituation verschlechtert sich in eurer Zeit in alarmierender Weise.
Die Menschen verlieren derzeit mehr als sie gewinnen.
Aufgrund dieser akuten Notsituation, wird der normalerweise langsame Prozess der

spirituellen Entwicklung umgangen, indem installiert wird, was man ein spirituelles Beschleunigungs-Manöver nennen kann. In gewisser Weise läuft euch die Zeit davon. Zweck der Eins-Werdung mithilfe der wahren Vergebung ist es, alles, was euch zueigen ist, euer wahres Wesen, in Erinnerung zu bringen.
Bei eurer Erschaffung wurde euch alles bereits gegeben, was ihr in Wahrheit seid. Sobald ihr euch dessen bewusst seid, werdet ihr Teil des Erlösungsprozesses. Sobald ihr meine Unfähigkeit, einen Mangel an Liebe in euch und jedem anderen zu tolerieren teilen werdet, müsst ihr Teil dieses Beschleunigungs- Manövers werden, um zusammen mit mir diesen Mangel zu korrigieren.

Der Slogan für diese Bewegung ist:

Horchet, lernet und tut.

Horcht auf meine Stimme, lernt die Fehler in euch zu beseitigen
und tut etwas, um sie auch in anderen zu korrigieren.

Die ersten beiden Schritte sind die
freiwilligen Aspekte eurer Bereitschaft mir
zur Seite zu stehen.
Der letzte Aspekt aber muss unwillkürlich
erfolgen, denn dieser untersteht dann
meiner Kontrolle.
Vergesst aber niemals das Gewahrsein des
Träumens aus den Augen zu verlieren.
Versucht nicht die Wahrheit in die Illusion
zu bringen.
Das wäre unmöglich.
Erkennt, dass ihr in einem Traum existiert,
den wir zusammen auflösen können.

Ich grüße euch. Amen.

Der Ausstieg - Die Synthese von Glauben und Wissen

Beim Einstieg sagten wir: 800 Jahre der Trennung zwischen Glauben und Wissen charakterisieren das Denken der westlichen Welt. Hier, am Ende dieses Buches, am Ausstieg, können wir sagen: Eine Synthese von Wissen und Glauben ist gegeben. Wodurch ist diese positive Aussage möglich geworden?

Zum ersten Mal in der Geschichte der Menschheit lässt die Wissenschaft ein Welt- und Menschenbild entstehen, das die Synthese von Wissen und Glauben erlaubt. Die Basiskomponenten dieses umfassenden und revolutionären Weltbildes sind, noch einmal kurz zusammen gefasst, dass es keine Materie gibt, dass es Raum und Zeit nicht gibt, dass die Welt eine Illusion ist und, dass die Menschheit eigentlich als eine Ganzheit, eine Einheit, existiert.

Dieses Weltbild, das von den Wissenschaften, der Physik, insbesondere der Quantenphysik, geschaffen wurde, erweist sich überraschenderweise, wie wir bereits betonten, als ein übersinnliches, ein un-sinnliches und daher metaphysiches.

Jahrtausendelang ließ sich der Mensch von seinen Sinnen täuschen. Die Wissenschaft, bis zur Entdeckung der Quantenphysik, war eindeutig auf die Sinne bezogen. Es war ein Wissen von den Phänomenen.
Und heute sagen wir, auf Grund der Erkenntnisse der Quantenphysik, wiederum 1000fach experimentell und daher unwiderleglich bewiesen: Diese Welt ist nicht so, wie uns die Sinne sie erkennen lassen.

Freilich - auch der Glaube beruht nicht auf einer Sinnes- Erfahrung. Der Glaube kann sich nicht auf eine Sinnes-Erfahrung berufen, weil auch er metaphysische Wurzeln hat.
Daraus ergibt sich die Erkenntnis, dass eine Synthese zwischen Glauben und Wissen, ohne einen Kompromiss eingehen zu müssen, erfolgen kann.
Die Synthese kann erfolgen nicht als eine forcierte Angelegenheit, nein, sie ist normal, wissenschaftlich verständlich und

logisch nachzuvollziehen für jeden, der sich über die Tatsachen informiert.
Ist das nicht eine unerhörte Revolution des Geistes, eine unerhörte Revolution des Bewusstseins des Menschen von seinem Bild auf die Welt, auf das Universum, auf den Kosmos?

Jeder, der diesen revolutionären Paradigmen-Wandel einigermaßen begreift, muss zutiefst betroffen und erschüttert sein und sein ganzes bisheriges Denken von Grund auf umstoßen, sonst wird er dieser geistigen Revolution nicht gerecht werden können.

Kann man also Gott jetzt wissenschaftlich erklären?
Das wäre falsch. Gott ist keine Person, kein Ding, keine Sache, die sich einer experimentellen Untersuchung unterwerfen ließe. Gott kann mit unserem Verstand, mit unserer Logik, unserem Denken nicht erfasst werden. Gott kann nur erlebt werden.
Aber das ist eine sehr individuelle und persönliche Sache, die man nicht verordnen,

nicht erzwingen, niemandem aufdrängen kann.

Natürlich kann man von wissenschaftlicher und philosophischer Seite her schon sagen: Gott ist alles in allem. Gott ist die Ganzheit. Das kann man auch rational verstehen und sogar nachvollziehen. Man kann auch sagen: die Wissenschaft spricht von der Ganzheit und diese Ganzheit kommt dem Prinzip Gott nahe. Aber Gott erlebt zu haben, das ist eine andere Sache. Die Wissenschaft lehrt uns, Gott als ein numinoses Sein zu erspüren mit dem Verstand, aber Gott erleben ist nur im Geist möglich.

Das Seins-Prinzip Gott kann nur erfahren werden, aber die Wissenschaft kann eine Schule zur Gottes Erfahrung sein.

So also erleben wir die Synthese von Glauben und Wissen als eine derzeit noch unglaubliche Froh-Botschaft für das nächste und die darauf folgenden Jahrhunderte.

V. Hinweise zur Literatur

Literatur zum Skepticus

1. Jaques Monod, Zufall und Notwendigkeit, Philosophische Fragen der modernen BiologiePiper, 1970
2. Richard Dawkins, The God Delusion, Bantam Press2006
3. Christopher Hitchens, God is not great, How Religion Poisons Everything, Twelf, 2007

Literatur zum Physicus

1. F. Moser, Bewusstsein in Raum und Zeit, Die Grundlagen einer holistischen Weltauffassung auf wissenschaftlicher Basis, Leykam, 1989
2. Roger Penrose, The Emperor's New Mind Penguin, 1989
3. Michel Cazenave, Science and Consciousness, Two Views of the Universe, Pergamon, 1979
4. Hans Primas, Chemistry, Quantummechanics and Reduktionism, Springer, 1983

5. David Bohm, Wholeness and the Implicate Order, Ark, 1980
6. Wolfgang Stegmüller, Hauptströmungen der Gegenwartsphilosophie, Kröner, 1975

Literatur zum Meister

1. Ein Kurs in Wundern, Greuthof, 1994
2. Kenneth Wapnick, Jenseits der Glückseligkeit, Greuthof, 1999
3. Gary Renard, Die Illusion des Universums, Goldmann, 2006
4. Gary Renard, Unsterblich, Goldmann, 2007

Lebensdaten der Autoren

Ingrid Maria Moser, geboren 1943, Ausbildung zur medizinisch-technischen Assistentin. Danach mehrere Jahre beschäftigt mit Forschungsarbeiten am Institut für medizinische Biochemie an der Universität Graz.
Nach 10jähriger Ausbildung bei und mit englischen Heilern 1984 Errichtung des Zentrums für Geistige Heilweisen. Seitdem Veranstaltung von Seminaren und Arbeiten im Zentrum.

Franz Moser, geboren 1928, Studium der Chemie an der Technischen Universität Graz und der Princeton University, USA.
12 Jahre Tätigkeit als Chemie-Ingenieur in Deutschland und Holland.
Von 1966 bis 1996 Professor für Grundlagen der Verfahrenstechnik an der Technischen Universität Graz.
Seit der Emeritierung Mitarbeit im Zentrum für Geistige Heilweisen in Graz.

Adresse der Autoren
Bergwirtstraße 45
8075 Hart bei Graz